छह लम्बी कहानियाँ

छह
लम्बी कहानियाँ

एस.आर. हरनोट

वाणी प्रकाशन

प्रकाशन के उत्कृष्टतम 62 वर्ष

सजिल्द पहला संस्करण : 2025

vaniprakashan.com

वाणी प्रकाशन

4695, 21-ए, दरियागंज, नयी दिल्ली-110 002

फ़ोन : + 91 11 23273167, 23275710

शाखाएँ

अशोक राजपथ, पटना-800 004, बिहार

कॉफ़ी हाउस कैम्पस, महात्मा गांधी मार्ग, प्रयागराज-211 001, उत्तर प्रदेश

महात्मा गांधी अन्तरराष्ट्रीय हिन्दी विश्वविद्यालय, वर्धा-442 001, महाराष्ट्र

sales@vaniprakashan.in

vaniprakashan@gmail.com

Chhah Lambi Kahaniyan

by S. R. Harnot

ISBN : 978-93-6287-500-6

Collection of Stories

मूल्य : ₹ 600

जी.एस. ऑफ़सेट, दिल्ली-110 095 में मुद्रित

वाणी प्रकाशन का लोगो मक़बूल फ़िदा हुसैन की कूची से

अपने गांव चनावग की मिट्टी के लिए
जहां से जीवन की यात्रा शुरू हुई।

विषय सूची

डैथ लाइव

घोर सन्नाटा है। निस्तब्धता विरान पगडंडियों पर मोर के पावं चल रही है। खामोशी का आलम यह है कि आप चींटियों की आवाजें सुन सकते हैं। ध्वनियां गायब हैं। कुछ बचे हुए परन्तु जीर्ण-शीर्ण अवस्था को प्राप्त पुश्तैनी घर सिमैंन्ट-बजरी से निर्मित आधुनिक मकानों के बीच ऐसे लगते हैं जैसे किसी सरकारी कृपा से देश छोड़ गए अरबपति की बगल में कोई भीखारी का बच्चा अचानक खड़ा एक रूपए के लिए याचना में हो। घरों और मकानों के भीतर शब्दहीनता पसरी हुई है। दरवाजों पर लटके ताले जंग-रोग की वजह से ऊंघ रहे हैं। खेतों और मकानों के आड़े-पिछवाड़े लगे-उगे पेड़ बिना छंटाई के झांखरों की शक्ल अख़्तियार कर चुके हैं। हवा चलती-बहती है तो उनकी टहनियां ऐसे असार से नाचने लगती हैं जैसे अब शादियों में डीजे की कानफोड़ू चीखों पर बच्चे और युवा ब्रांडिड जूते-कपड़ों में पगलाए हुए हों। देवता का मंदिर घोर नीरवता में डूबा है। हवा के झोंकों के साथ द्वार-बरामदे में टंगी घंटियां जब आपस में टकराती है तो लगता है गुरों-चेलों की हूहू और अपनी ही पीठ पंर लोहे के शांगलों की बौछार-ध्वनियां उनके भीतर से ऐसे फड़फड़ाकर छूटती लगती है मानों किसी खंडहर में चमगादड़ों के ठिकानों को छेड़ दिया हो। पहले लोग देवता की शरण में होते थे। अब देवता बदहवास सा घरों, मकानों, आंगनों और खेतों में लोगों को ढूंढता फिर रहा है।

पहाड़ी की पीठ पर कुछ जिओ, बीएसएनएल, एयरटेल के जो टावर लगे हैं उनके सिगनल की तरंगें बदहवास सी खाली घरों में घूमती रहती है लेकिन उन्हें न तो कोई सिमकार्ड मिलते हैं न मोबाइल फोन। वे हवा से लड़ती-झगड़ती दूर-पार हो लेती है। सिगनल टावर अंधेरी रातों में किन्हीं खूंखार असुरों की तरह ऐसे चीखते-भिड़भिड़ाते रहते हैं जैसे तलवार की तीखी धारों से कोई युद्ध लड़ा जा रहा हो। उनकी छतरियों पर नदारद हुए कुछ गिद्ध कहीं से आकर जरूर बैठे देखे जा सकते हैं।

वे कुछ खाते या लड़ते समय कर्कश, लंबी आवाजें निकालते हैं और साथ घुरघुराने लगते हैं। दूर से ये आवाजें भूखे सूअरों या कुत्तों के भौंकने जैसी लगती हैं। बीच-बीच में गिद्ध जब अपनी गर्दनों को अज़ीब तरह से पंखों को झटके से फैलाते हुए ओर-छोर घुमाते हैं तो लगता है उन तरंगों से भिड़ रहे हों। कुछ कौवों के दल पागलों की तरह मकानों-घरों के ऊपर, अगल-बगल मंडराते अपनी आवाज़ों को अनियमित या विस्फोटक विस्फोट की तरह उच्च स्वरों में निकालते देखे जा सकते हैं जिनके साफ संकेत हैं कि ये घोर संकट का दौर है। गौरैया, मैना या तोते की मीठी-मीठी चहचाहटें अथाह वेदनाओं में हैं। खेतों के मुहानों पर कुछ मोर जब नृत्य करने के लिए पंख फैलाते हैं तो लगता है भयंकर तूफान आने वाला है। उनकी कूहकें उस स्थान की शांतता को और भी डरावना बना देती है। गीदड़ असमय जब हू-हुआते हैं तो भूखे-अधमरे कुत्ते उन्हीं जैसा चिल्लाने लगते हैं। कुत्ते जैसे भौंकना भूल चुके हैं और तमाम छोटे-बड़े पक्षी चहचाना।

सम्पन्न लोगों के पक्के मकानों के भीतर झांकना मुश्किल है परन्तु उनकी दयनीय हालत बाहर से देखते ही बनती है। सालों-साल रंग-रोगन न करने की वजह से वे कीचड़ में धंसे सूअरों की तरह दिखते हैं। शीशों पर धूल की मोटी परतें जम गई हैं। कई दरवाजों के ताले जंग से टूट गए हैं। लटके हुए वो ऐसे लग रहे हैं मानो छूट कर भागने की फिराक में हो। कच्चे भीत वाले घरों की दरारों से सनी दीवारें मजबूती से जरूर ऐसे तनी दिखती है जैसे बरखा-पानी-आंधी से वे बरसों से मुकाबला कर रही हो। उन पर छवाई स्लेटों और खप्परों की छतें जगह-जगह से टूट गई हैं। जिन घरों की खिड़कियों के पल्ले नहीं हैं उनसे भीतर झांका जा सकता है। रसोई को देखें तो भीतर मरा हुआ चूल्हा है और उसके आसपास बिखरा-टूटा सामान भी ऐसे लगता है मानो सभी ने बारी-बारी खुदकशी कर ली हो। चिपटा और फुकरनू चूल्हे की राख में औंधे मुंह पड़े हैं। चूल्हे के आंवदे पर रखा पानी गर्म करने का पतीला आवदें का एक कोना टूटने से टेढ़ा होकर बाहर ऐसे देखता लगता है जैसे वह मुंह खोल कर शिकार की तैयारी में हो। कोने में दूध बिलाने का घड़ा, शील-बट्टा, कुछ थालियां-गिलास, कई मसालों, दालों और अनाजों के डिब्बे, खजूर के पटड़े-झाड़ू आदि ऐसे बिखरे हैं जैसे भीतर भयंकर युद्ध हुआ हो।

वहां अब कोई मौसम नहीं आते। आते हैं तो पति से झगड़ा किए पत्नी की तरह रूठे-रूठे अगल-बगल से मुंह चुराए निकल जाते है। बसंत आती है, निराश-उदास

चली जाती है। सरसों के पीले खेतों में न कोई लड़कियां और न ही औरतें अपनी-अपनी डालों के साथ घास-साग चूगती दिखती हैं। उजाड़ खेतों में सांवां, कोदों, मकड़ा, दूब, वनचरी, मूसल, मोथा, हिरनखुरी और कांग्रेस घास जैसे खतरनाक खरपतवारों का वर्चस्व स्थापित है। उनके बीच रेंगते, विषैले अजगर, विषखोपड़ा और गोहें जब फुफकारते हैं तो खरपतवार भी सहम जाते हैं। पौष, माघ, फाल्गुन, चैत्र, बैशाख, ज्येष्ठ, आषाढ़, सावन, भादो, असोज, कार्तिक और अगहन अपने अपने मौसमों के साथ हताश-निराश चुपके से निकल लेते हैं।

चौराहे पर पीपल का विशालकाय पेड़ तकरीबन दो सौ वर्ष पुराना है जिसके नीचे का चबूतरा टूट गया है। उसके तने में बंधी पूजा की लाल-सफेद असंख्य डोरियां सड़-गल कर मरे हुए सांपों की तरह लटक रही हैं। आसपास असंख्य टूटे हुए दीए पड़े हैं। हवाएं चलती है तो बूढ़ा पीपल जैसे कुछ बड़बड़ाने लगता है। कहने लगता है। चीखने लगता है। किसी को पुकारने लगता है। उसकी टहनियों में बर्रों के कई छत्ते चिपके हैं। एक छत्ते में कराल प्रजाति के बर्रों का बसेरा है। उनके असंख्य साथी छत्ते की बाहरी परतों पर सुरक्षा कर्मियों की तरह पहरा देते देखे जा सकते हैं। पास से एक सड़क गुजरती कहीं दूर-पार राज मार्ग में मिलती है। उस पर कभी-कभार जब कोई ट्रक, कार या बाईक शोर करती निकलती है तो बर्रे ऐसे चौकस हो जाते हैं मानो उन पर आक्रमण होने वाला हो।

गौशालाएं खाली-खाली हैं। कुछेक की छतें टूट कर भीतर की तरफ धंसी हुई हैं। कईयों की दीवारें गिर गई हैं। कुछ दरवाजों की सांकलें लगी तो है पर पल्ले सड़ कर बाहर-भीतर झूल रहे हैं। कोनों और कांधों के साथ जमीन में गड़े खूंटे और उनमें बंधे गलावें घास-मिट्टी के बीच से बाहर झांकते ऐसे लग रहे हैं जैसे अब भी गाय, बैलों, भेड़ों और बकरियों के साथ मालिक के इंतजार में हो...या उखड़ कर भागने के उपक्रम में हो। जगह-जगह पड़ा पत्तियों और घास से सना गोबर सूख कर केकड़ों सा दिख रहा है। भेड़ों और बकरियों की मींगने आपस में ऐसे चिपक गई है मानों उन पर किसी जानवर के निगलने का खतरा मंडरा रहा हो। भीतर की छत टूट गई है। बीच-बीच में से घास की पुल्लियां और सूखी लकड़ियां नीचे ऐसी झूलती नजर आती हैं जैसे उन्होंने सामूहिक आत्महत्याएं कर ली हैं। जहां-तहां चूहों ने दीवारें कुतर-कुतर कर मिट्टी के ढेर लगा लिए हैं। एक कोने में दो किल्टे और तीन डालें बुरी तरह तुड़ी-मुड़ी ऐसे लगती है मानो उनका आपस में भयंकर झगड़ा

हुआ हो। दीवार से सटे हल-हेंगे के भी वही हाल हैं। हल दीवार की झरती मिट्टी में आधा दब कर उल्टा पड़ा है। उसका फाला बाहर झांकता भागने की कोशिश में लगता है। जुंगड़े के जोच-रस्सियां टूट गई हैं और किसी विधवा जैसे लग रहे हैं।

ये कुछ छवियां उस अभागे गांव की हैं जहां अब बरसों से कोई नहीं रहता। गांव की बड़ी बेड़ से दूर पार महज एक पुराना स्लेट का घर है जहां केवल अस्सी पार दो पति-पत्नी बुजुर्ग रहते हैं। उसके साथ आधुनिक कंकरीटी शैली में ढाई मंजिला मकान भी है परन्तु उसमें कोई नहीं रहता। वह अकड़ कर ऐसे खड़ा दिखता है जैसे कोई खरांट साहुकार अपने उधार के पैसे गुहराने आया हो। दोनों बुजुर्गों के रहने-जीने में कोई जीवट नहीं है। गति नहीं है। चाल नहीं है। आशाएं नहीं हैं। सपने नहीं हैं। कुछ मरी-ऊंघी उम्मीदें जरूर हैं। वे जब कभी घर से बाहर लाठियों के सहारे निकलते हैं तो लगता है जैसे लाठी उन्हें जबरदस्ती घसीट रही हो। आंगन में जहां-तहां जब वे खड़े होते हैं तो दूर से गेहूं के खेतों में कागभगोड़े से ज़मीन में धंसाए लगते हैं। भोजन-पानी के नाम पर उनके पास तीन तरह के कैप्सूल हैं। लाल रंग का वे सुबह नाश्ते में लेते हैं। पीले रंग का दोपहर में और काले रंग का रात्री में। यही उनका नाश्ता, लंच और डिनर है। मुंह का स्वाद गायद है। बुजुर्ग के पास एक आई फोन है जो सदरी की जेब में ऐसे पड़ा रहता है जैसी किसी देवी प्रतिमा के पास भोग के लिए रखा लड्डू। वह महीने दो महीनों में जब घरघराता बजता है तो बूढ़ा उसकी तरंगों में ऐसे कांपने लगता है जैसे किसी गूर में देवछाया प्रवेश कर रही हो। जेब से फोन को निकालते हुए उसका माथा पसीने से भीगने लगता है। वह मुश्किल से उसे निकाल कर कान के साथ लगाता है तो विदेश से फोन पर एक तुफानी आवाज सुनाई देती है,

'हाय डैड! हाउ आर यू। स्टिल लाइव..? क्या ज़िंदगी है आपका। गज़ब। अब इतनी उम्र कहां मिलती है। आई एम हैपी डैड।'

बूढ़े की हैलो मुंह से ऐसे निकलती है जैसै उसका गला किसी ने दबा रखा हो। वह आदमी का मुंह नहीं बल्कि किसी रब्बड़ के खिलौने का मुंह हो। सूखा हुआ। ओंठ आपस में चिपके हुए। फोन करने वाले को इससे कोई मतलब नहीं कि उसकी आवाज़ निकले या नहीं। वह आश्वस्त है कि फोन जिसने उठाया है वह ज़िंदा है।

'हैलो डैड! मैंने फूड का पार्सल भेजा है। शहर से कोई आकर दे जाएगा आपको। नो नीड टू कुक फूड। उसे खाओ और आराम से रहो।' फोन कट जाता है।

बूढ़ा कुछ देर फोन को देखता है और हल्का सा मुस्कुरा देता है। आपस में चिपके ओंठो के बीच वह मुस्कराहट बिजली की तरह कौंधती है।

यह उसके विदेश में बस गए बेटे का फोन है जो महीने में एक आध बार आ जाता है।

वृद्ध फोन को मुश्किल से सदरी की जेब में ठूंसता है और वहीं पलास्टिक की कुर्सी पर धंस जाता है। आंखें बंद कर लेता है। आंखों से धीरे-धीरे पानी की बूंदे झुर्रियां सनी सफेद दाढ़ी पर रिसने लगती है। भीतर जैसे बहुत कुछ टूट रहा हो। बह रहा हो। उबल रहा हो। स्मृतियों के बवंडर मस्तिष्क में उमड़ने-घुमड़ने लगे हैं। बिल्कुल वैसे ही जैसे तेज हवाओं में बादलों के काले-सफेद टोले आसमान में बदहवास से भागते एक दूसरे से भिड़ते रहते हैं। इन स्मृतियों की फ़ेहरिस्त अथाह लम्बी हैं। बेहद तकलीफदेय हैं। उनको याद करना अपने ही हाथ से कलेजे को तिल-तिल चाकू से काट-काट कर अपने ही पैरों के पास ढेर लगाने जैसा है।

●●●

शीशपाल कश्यप...यही नाम था बुजुर्ग का। उसकी पत्नी बेमी देवी भी उसी की उम्र की थी। उसे सरकारी दफतर से चपड़ासी के पद से सेवानिवृत्त हुए तकरीबन बीस साल के करीब हो गए थे। जब शीशपाल नौकरी लगा था तो उन दिनों माहौल बहुत खुशनुमा था। उसके गांव का एक व्यक्ति उस दफतर में था जिसकी सिफारिश से उसे चपड़ासी की नौकरी मिली थी। गांव से काफी दूरी पर स्थित एक प्राईमरी स्कूल में वह पांचवीं तक पढ़ा था। लेकिन ग़रीबी के कारण आगे नहीं पढ़ सका। कम उम्र में शादी हो गई थी। घर का अकेला लड़का था। गांव में थोड़ी ज़गह-ज़मीन थी जिससे घर का गुजारा मुश्किल से चला करता था। उसके पिता कच्चे मिट्टी के मकान बनाने वाले मिस्त्री थे। इसलिए खुद का दो मंजिला घर भी कच्ची मिट्टी के भीतों से उसने बनाया था। ऊपर-नीचे और पीछे की ओर तीन-तीन कमरे और सामने दो बड़े हॉल थे। नीचे के हॉल को बीही और ऊपर को पौड़ा कहते थे। पहली मंजिल के एक छोर से दूसरी के लिए सीढ़ियां लगी थीं जो दूसरे हॉल यानि पौड़े पर पहुंचती थी। इसमें आंगन की ओर दा-बाई-तीन की पांच दवारियां थीं। यानि छोटी-छोटी खिड़कियां। घर के साथ बीही के दाईं तरफ रसोई अलग से जोड़ी गई थी। नौकरी में रहते शीशपाल ने कच्चे मकान के साथ ढाई मंजिला सिमैंट का खूबसूरत मकान भी बना दिया था। यही सोच कर कि बेटे-बेटी के लिए होगा। उनकी ब्याह-शादी के लिए काम आएगा। कभी-कभार गांव आएंगे तो आराम से रहेंगे। परन्तु वे कभी गांव

नहीं आए। पक्के मकान में कभी पति-पत्नी का मन नहीं रमा और अपना स्थायी ठिकाना पुराना घर ही बना रहा।

शीशपाल के पिता की इच्छा थी कि लड़का कहीं नौकरी लग जाए। नौकरी लगते ही शीशपाल की शादी हो गई। लड़की गांव की संस्कृति में पली-बढ़ी थी। घर-बाहर, खेती-बाड़ी के सभी काम जानती थी। कुछ दिनों बाद घर में सुन्दर बेटा हुआ और उसके चार साल बाद एक बेटी हो गई। उनकी परवरिश अभी चल ही रही थी कि शीशपाल के माता-पिता एक बस हादसे में चल बसे। अब घर में अकेली पत्नी और बच्चों को रहने में कई तरह की कठिनाईयां आने लगी थीं। शीशपाल की इच्छा थी कि बेटा-बेटी दोनों खूब पढ़े। अफसर बने। इंजीनियर बने या अच्छे स्कूल में अध्यापक। इसके लिए गांव छोड़ना जरूरी था। क्योंकि स्कूल काफी दूर था जहां बच्चों को पढ़ाना संभव नहीं था। गांव के कई घरों से जो नौकरी-पेशा लोग शहरों में रहते थे उन्होंने अपने बच्चे अपने पास ही रख लिए थे और अच्छे अंग्रेजी स्कूलों में पढ़ाने लगे थे। शीशपाल भी ऐसा ही करना चाहता था। उसने निर्णय लेने में देर नहीं की। घर में जो दो चार पशु थे उन्हें बेच दिया। घर में ताला लगाया और पत्नी को बच्चों सहित शहर ले गया। बच्चों को एक बढ़िया अंग्रेजी स्कूल में पढ़ाने डाल दिया।

बच्चे धीरे-धीरे बड़े हो रहे थे। दोनों पढ़ने में काफी होशियार थे। परन्तु शीशपाल और उसकी पत्नी को जो बात अखर रही थी वह थी अपनी संस्कृति, रीति-रिवाज और अपनी बोली के प्रति उनकी खिन्नता। स्कूल तक तो थोड़ा ठीक-ठाक चलता रहा लेकिन कॉलेज पहुंचते ही दोनों बच्चों के हाव-भाव पूरी तरह शहरी हो गए थे। अपनी बेटी का पहनावा देखकर तो दोनों का सिर भन्ना जाता था। फटी हुई ब्रांडिड जीन, नाभी से ऊपर टंगा ब्लाउज, बिखरे कटे हुए बाल और लम्बे-लम्बे नाखून। गांव घर में फटे हुए कपड़े पहनना और लड़कियों के बाल काटना बड़ा अपशकुल और अपमानजनक माना जाता था। वैसे ही बेटे का पहनावा भी अजीब सा रहता था। दोनों के लिए मंहगे मोबाइल फोन, ब्रांडिड कपड़े और साथ-साथ पढ़ाई का खर्च पूरा करना शीशपाल के लिए काफी कठिन हो रहा था। वह हमेशा कर्ज में डूबा रहता। कई बैंकों से लोन उठा रखा था। लेकिन अच्छी शिक्षा देने के लालच में पति-पत्नी सब अनदेखा करते गए। यही सोचकर कि केवल उन्हीं के बच्चे ऐसे नहीं है। वे उनके साथियों को भी देखते तो उन्हीं की तरह पहनावे में होते। उसका संतोष यह था कि कभी दोनों बच्चे फेल नहीं हुए बल्कि अच्छे नम्बरों से पास होते रहे।

किराए का मकान छोटा था। दो कमरे और एक रसोई। धीरे-धीरे माता-पिता और बच्चों के बीच की संवादहीनता भी बढ़ने लगी थी। घर के जो संस्कार थे वे सादे और संस्कारित कपड़ों की तरह गायब थे। साथ-साथ बैठकर खाना खाना... अवकाश के दिनों में गांव जाना...खेती-बाड़ी की देख-भाल करना...गांव में सबसे मिलना-जुलना आदि...आदि। लेकिन दोनों बच्चों का गांव से, वहां के रहन-सहन से और संस्कृति से जैसे मोहभंग होता चला जा रहा था। अब वे गांव भी नहीं जाते थे। जिस किराए के मकान में उनकी प्रारम्भिक शिक्षा हुई थी अब उन्हें वह भी अखरने लगा था और पिता की चपड़ासी की नौकरी भी। घर में गाड़ी न होने का मलाल दिन-व-दिन बढ़ता जा रहा था। शीशपाल उनकी इन मांगों को अनदेखा कर रहा था क्योंकि उसकी तनख़्वाह इतनी नहीं थी कि वह पढ़ाई के अतिरिक्त बच्चों के ऐशो-आराम को पूरा करता। वह यह देखकर भी हैरान होता कि घर में जो साधारण खाना पकता उसके लिए भी बच्चे मुंह बनाने लगे थे। उनके खाने में अब जंक फूड शामिल होने लगा था जिसके लिए जिद करके बच्चे पैसे एंठ लेते थे। शीशपाल की पत्नी को भी मन ही मन यह सब अच्छा नहीं लगता परन्तु वह आपस के मन-मुटाव को शांत रखने के लिए प्रयत्नशील रहती थी।

एक दिन तो हद ही हो गई जब बेटी ने माता-पिता के सामने अपने ही कॉलेज के एक लड़के से शादी की इच्छा जता दी थी। इसकी भनक शीशपाल को कई दिनों से थी। इसलिए भी कि बेटी अब समय पर घर नहीं आती थी। कभी देर रात आती तो चुपके से अपने कमरे में चली जाती थी। मां ने कई बार टोका भी। समझाया भी लेकिन उसकी पैरवी बेटा करने लगा था। कहता,

'मम्मा...यह आपका टाइम नहीं है। हम आपकी तरह रूढ़िवादी नहीं होना चाहते। गवंई बन कर नहीं रहना चाहते। हमारे साथ अच्छी सोसाइटी के बच्चे पढ़ते हैं। उनके मां-बाप डैड की तरह चपड़ासी नहीं है। किसी के बिजनेस मैन है, किसी के सरकारी नौकरी में अफसर तो कोई इंजीनियर। हमें तो घर के बारे में बताते शर्म आती है कि हमारा बाप चपड़ासी है। कई बार तो बोलना पड़ता है मॉम...डैड इज नो मोर...।'

शीशपाल की पत्नी बेटे की बातों को सुनकर अवाक् रह गई थी। स्कूल तक जो माता-पिता, अम्मा और बापू थे, वे कॉलेज जाते ही मॉम और डैड बन गए थे। आखिर की पंक्तियां...डैड इज नो मोर...अंग्रेजी में बेटे ने बोली थी जो उसे समझ

नहीं आई। आ जाती तो चक्कर खा कर गिर पड़ती या मर ही जाती। कुल मिलाकर पति-पत्नी ने आपस में समझौता कर लिया था कि बच्चों को कुछ न बोले न उन्हें टोके। अन्यथा आज की युवा पीढ़ी के कई किस्से-हादसे उनके सामने थे। उनके ही पड़ोसी के लड़के ने इसलिए आत्महत्या कर ली कि उसके पिता ने उसके हाथ से मोबाइल छीन लिया था...कि वह चौबीस घण्टों उसी पर लगा रहता है, पढ़ाई नहीं करता। उसी शहर की एक लड़की कुछ दिनों पहले किसी लड़के के साथ भाग गई थी और एक युवा जोड़े ने, जिनकी शादी के लिए माता-पिता सहमत नहीं थे, जहर खाकर जान दे दी थी। इतना ही नहीं बल्कि एक मामला तो ऐसा भयानक सामने आया था कि शीशपाल कई दिनों तक हैरतज़दा बना रहा। वह बात उसने अपनी पत्नी को भी नहीं बताई। हुआ यह था कि कॉलेज में पढ़ रहे बेटे को जब मां-बाप नशा न करने के लिए टोकते रहे तो एक दिन बात इतनी बढ़ गई कि उसने किसी पैनी धार वाली चीज से उन दोनों का खून कर दिया। पुलिस पकड़ कर तो ले गई परन्तु उसे उस बात का कोई मलाल नहीं था। यह खबर कई दिनों तक अख़बार की सुर्खियों में बनी रही थी।

उसी शहर में एक और विचलित करने वाली घटना का पता शीशपाल को दफतर के एक साथी से ही लगा था। उस साथी के पड़ोस में जो परिवार रहता था उनके भी बेटा-बेटी थे जो एक ही कमरे में रहते थे। एक दिन जब बेटी की तबीयत बिगड़ी तो उसकी मां उसे अस्पताल ले गई। जब डाक्टर ने गोपनीयता से मां को बताया कि उनकी लड़की प्रेगनैंट है तो मां के होश उड़ गए। मां ने यह बात कई दिनों तक अपने पति को भी नहीं बताई और यह जानने का प्रयास करती रही कि यह गर्भ किस का हो सकता है। बेटी को पूछती तो वह तपाक से कह देती,

'फिर क्या हुआ मम्मा गिरा देंगे न। आज तो यह आम बात है। अब हो गया तो मर तो नहीं सकती। मेरी आप लोगों की तरह दकियानूस सोच तो नहीं। हम नए जमाने में रहते हैं जहां यह मनोरंजन की चीजें हैं। मैं खुद मनैज कर लूंगी।'

उसकी मां दिल पर पत्थर रख कर उसकी बातें सुन गई थीं। एक मन हुआ कुछ खाकर जान दे दें। आस-पड़ोस या बिरादरी में पता चला तो मुंह कैसे देंगे... और बेट के पिता तो सुनकर जान ही न दे दें।

उस साथी ने आगे बताया कि अभी यह सब उस लड़की की मां के मन से गया भी नहीं था कि एक और बात सामने आ गई। वह देख रही थी कि बेटा-बेटी कई

बार तो दिन भर कमरे को बंद करके पड़े रहते। एक दिन शायद वे दोनों कमरे में भीतर से कुंडी लगाना भूल गए या गलती से दरवाजा ऐसे ही रहा। खाना खाने को बोलने के लिए जब मां ने दरवाजा खटखटाया तो अचानक खुल गया और भीतर का दृष्य देखकर वह दरवाजे पर ही मूर्छित हो कर गिर पड़ी। भीतर भाई-बहन निपट नंगे एक दूसरे में लिपटे हुए थे। बेचारी मां पर इसका ऐसा असर पड़ा कि वह कई दिनों तक कोमा में रही और मुश्किल से होश में आई। उसका पति या डाक्टर कभी नहीं जान पाए कि यह सब किस वजह से हुआ था...? सारे राज मन ही मन दफन रहे।

●●●

शीशपाल अपने बच्चों को लेकर उस दिन से बहुत डरा-सहमा रहने लगा था। वह अपने भय और चिन्ताओं को पत्नी से भी साझा नहीं कर पा रहा था। यही स्थिति उसकी पत्नी की थी। इसलिए उन्होंने लड़की की बात का कोई विरोध नहीं किया और शादी तय हो गई। माता-पिता चाहते थे कि गांव से शादी हो लेकिन लड़की और उसके होने वाले पति को गांव रास नहीं आता था। दूसरे लड़की जानती थी कि उसका डैड गांव की रस्मों-रिवाजों के साथ 'घटिया' सी शादी ढोल-नगाड़े के साथ कर देगा जहां उन गंवारों के साथ उनके क्लासमेट और लड़के के रिश्तेदार कैसे एडजैस्ट करेंगे। इसलिए एक दिन बिना बताए दोनों ने कोर्ट मैरिज कर ली। लड़की चुपचाप घर से निकल कर लड़के के साथ रहने लगी और कुछ दिनों बाद पता चला कि वह पति के साथ कहीं विदेश चली गई है। उसका पति एक सम्पन्न परिवार का लड़का था। यह ऐसा दुःख था जो बेहद असहनीय था। पति-पत्नी दोनों के चेहरों पर अथाह मायूसी पसरी रहती। घर में चुप्पी छाई रहती।

अब एक आस बेटे की रह गई थी। परन्तु वह भी अपने कमरे में मोबाइल के साथ बंद रहता। कॉलेज आने-जाने के लिए ही निकलता। खाने के नाम पर कभी पीजा, कभी बर्गर, कभी मैगी तो कभी कुछ...कितने दिनों से उसने मां-बाप के साथ बैठकर खाना नहीं खाया था। शीशपाल के मन में अब एक डर यह भी बैठ गया था कि यदि बेटे को कुछ कहा या समझाया तो पता नहीं क्या कुछ कर बैठेगा...? बेटी की तरह क्या गुल खिलाएगा...? बेटी के बिछोह के दर्द तो असहनीय थे ही इससे ज्यादा दफतर और बिरादरी में नाक कटने की पीड़ाएं ज्यादा थीं। शहर में तो इन बातों की ओर लोग इतना ध्यान नहीं देते परन्तु गांव में यह खूब चर्चा का विषय बना

हुआ था और जैसे-कैसे उनकी सहानुभूति शीशपाल और उसकी पत्नी के साथ थी। उन दोनों का मन होता बेटी का दु:ख बेटे के साथ बांटें परन्तु वह अपने आप में मस्त था और मां-बाप की कोई परवाह भी नहीं थी। रिश्ता अब पैसों तक सीमित रह गया था। उन दोनों को भीतर ही भीतर यह बात खाए रहती कि उनकी परवरिश में ऐसी क्या कमी रह गई थी कि आज उन्हें ये दिन देखने पड़ रहे हैं...? उन्होंने गांव में सबकुछ दाव पर लगाकर बेटे-बेटी को उच्च शिक्षा देने के लिए यह सब किया था। फिर बात मौजूदा माहौल पर आकर टिक जाती कि शायद अब समय ही ऐसा है।

संतोष की बात यह थी कि बेटे ने प्रथम श्रेणी में ग्रेजुएशन कर दूसरे शहर में एक कम्पनी ज्वाइन कर ली थी और उसी के साथ आगे की पढ़ाई भी जारी रखी। वह अब घर कम ही आता था। सप्ताह में एक-आध बार पिता से बात होती थी या तब जब उसे पैसों की जरूरत होती। शीशपाल जैसे कैसे उसे उतने पैसे भेज देता जितनी वह डिमांड करता रहता था। नौकरी में क्या-कुछ कमाता है इसकी पूछने की कभी हिम्मत नहीं जुटा पाया। उन्होने बेटी खो दी थी। अब बेटे को खोना नहीं चाहते थे। बेटे ने उसी कम्पनी में काम करते हुए कई प्रोफेशनल कोर्स भी कर लिए थे।

संयोग देखिए जिस दिन बेटे को एक विदेशी कम्पनी का लंदन में ज्वाइन करने का ऑफर मिला उसी दिन शीशपाल की रिटायरमैंट भी थी। उसने जिस ईमानदारी से काम किया था उसको देखते हुए दफतर वालों ने उसे बहुत बड़ी पार्टी दी थी लेकिन उसे अफसोस रहा कि बेटा नहीं आया। उसने फोन पर ही विदेश जाने की सूचना पिता को दी थी और पिता उसे यह भी नहीं बता पाया था कि वह आज लम्बी सेवा से रिटायर हो रहा है। पार्टी धूमधाम से हुई लेकिन पिता के हृदय को कोई नहीं समझ पाया। फूलों के हारों में लदा वह बेटे के न मिलने के गम में ऐसे लग रहा था जैसे हार किसी आदमी में नहीं बुत में पहनाए गए हो। फूलों के स्पर्श शीशपाल को कांटो की तरह चुभ रहे थे। उसकी पत्नी के भी यही हाल थे। वह जैसे चल नहीं रही थी घिसट रही थी। आंखों में अथाह नीरवता थीं। आंखें रातें हो गईं थीं और अंधेरा स्तब्ध कर रहा था। कहीं कोई घ्वनि नहीं थी। संवाद नहीं था...घोर सन्नाटा था।

रिटायरमैंट पर उसके गांव से भी कुछ रिश्तेदार आए थे। क्योंकि शीशपाल और उसकी पत्नी को अब गांव ही लौटना था इसलिए उन्होंने गांव में बड़ी धाम देने का निश्चय किया था। जिस दिन वे दोनों गांव गए यह देखकर चकित रह गए कि बस अड्डे पर जैसे पूरा गांव ही उमड़ पड़ा था। ग्रामीणों ने अंग्रेजी बाजे की एक पार्टी

भी उनके स्वागत में बुला ली थी। साथ गांव के पारंपरिक बजंतरी भी। लोग पंक्तियों में हाथों में फूल मालाएं लिए ऐसे खड़े थे जैसे कोई मंत्री गांव आ रहा हो। यह उस गांव में बचा हुआ प्यार था। एक दूसरे के प्रति आदर। अपनापन। केवल शीशपाल के लिए ही नहीं, जो भी कभी उस गांव में लौटा वहां के लोगों ने इसी उर्जा और सम्मान से उनका गांव में स्वागत किया था। शीशपाल को महसूस हो रहा था कि काश! उसके घर कोई होता तो आज गांव के लोगों के लिए बड़ा उत्सव हो जाता। धाम हो जाती। इसीलिए अब उसी सप्ताह गांव वालों की सलाह से बड़ा आयोजन घर में करना ही था। उस दिन की आव-भगत गांव वालों की थी जिन्होंने मिलकर पहाड़ी धाम का आयोजन किया था। इस सम्मान और स्नेह ने शीशपाल के हृदय को पसीज दिया। बहुत देर गांव की औरतों के घेरे में उसकी पत्नी रोती रही थीं। यह एक ओर उनके स्नेह की खुशी थी तो दूसरी ओर भीतर छिपे बच्चों के विछोह के दर्द थे जो आंखों से नदी बन कर बहते चले जा रहे थे। यही हाल शीशपाल का भी था। गांव वाले उनके मन के दर्द समझते थे लेकिन उनके हम उम्र उन्हें समझाते कि वे इन दुःखों को भोगते अकेले नहीं है। अब यह घर-घर की कहानी है। फिर भी शीशपाल और उसकी पत्नी को लोग सेवानिवृत्ति और बेटे की विदेश में नौकरी लगने की बधाईयां देते नहीं थक रहे थे।

शीशपाल ने एक बार बेटे से लौटने की मनुहार अवश्य लगाई थी कि वह अपने ही शहर में कोई नौकरी कर लें...उनके साथ रहे। परन्तु बेटे ने मना कर दिया था। वह पिता को उनके पिछड़ेपन की याद दिलाता...चपड़ासी की नौकरी की याद दिलाता कि इन सभी के बावजूद आज उसके सपने पूरे हुए हैं। वह विदेश में बड़ी कम्पनी में अफसर है...चपड़ासी या क्लर्क नहीं...। वह पिता-मां को भी समझाता कि वह शहर में ही रहें। गांव में जिन्दगी बर्वाद न करें। शीशपाल बेटे की हिदायतें चुपचाप फोन पर सुनता रहता था। सोचता भी कि बेटे ने तो अपने सपने पूरे कर लिए पर उन दोनों के सपनों, संघर्ष और त्याग का क्या हुआ जिनका लेखा-जोखा कहीं नहीं था...?

कुछ दिनों बाद शीशपाल के खाते में जरूर एक भारी राशि बेटा भेज देता।... एक ऐसी राशि जिसकी शीशपाल और उसकी पत्नी को कोई जरूरत नहीं थी...वह बेटे को देखना चाहते थे। बुढ़ापे के दिनों में उसका प्यार, उसका साथ चाहते थे। उसकी शादी गांव में धूमधाम से करना चाहते थे। लेकिन वह सब नहीं हो पाया था।...

शीशपाल ने गांव वालों सहित पूरी पंचायत के लिए एक बड़ा आयोजन किया था। उस दिन गांव के देवता को भी निमंत्रण था जो अपने रथ-छत्तर और गाजे-बाजे के साथ उसके द्वार आया था। जब देव पंचायत हुई तो देवता ने झोली भर-भर आशीर्वाद दिया था जिसे दोनों पति-पत्नी मन ही मन अपनी बेटी और बेटे को स्थानांतरित करते रहे...कि उन्हें अब किसी तरह के आशीर्वाद की क्या आवश्यकता...जरूरत बच्चों के साथ और प्यार की थी...जो शायद अब कभी न मिलें...इसलिए वे जहां भी रहें खुश रहें और देवता का आशीर्वाद उन्हें फलता फूलता जाए। हालांकि उन दोनों का कुछ भी करने का मन नहीं था परन्तु अपनी बिरादरी और गांव के लिए उन्हें यह सब करना पड़ा था।

●●●

शीशपाल और उसकी पत्नी मूलतः ग्रामीण संस्कृति और किसानी जीवन के वाहक थे इसीलिए उन्होंने अपनी बिखरी खेती को पुनः समेटने का प्रयास किया। इतने बरस शहर में गुजारने के बाद भी गांव उनसे ज़हन से कभी नहीं गया। क्योंकि बिना काम के रहना उनकी फ़ितरत में नहीं था। उनके स्वभाव और वृत्तियां विशुद्ध गंवई ही थीं जिसे उन्हाने इतने बरसों तक शहर में बच्चों की बेहतरी और उनकी उच्च शिक्षा के लिए समर्पित कर दिया...और आज उसी बेहतरी ने उन्हें बच्चों से ही जुदा कर दिया...शीशपाल सोचा करता कि क्या उसका यह निर्णय सही था...कितना अच्छा होता दोनों बच्चों को गांव के स्कूलों में पढ़ाया होता तो न जात-बिरादरी और गांव-पंचायत में बेटी को लेकर इतनी निंदगी होती...न ही बेटे के प्यार और साथ से वंचित होना पड़ता। नौकरी करते, बच्चों को पढ़ाते हुए जिस गौरवता का एहसास होता रहा आज वे दोनों जैसे खाली हाथ अपने जीवन के कई बरस गंवाकर गांव लौट आए थे। वे चाहते जरूर थे कि मन-बहलाव और थोड़ा चुस्त-दुरुस्त रहने के लिए काम करते रहना जरूरी है जिसके लिए केवल खेती-बाड़ी ही एक मात्र विकल्प था परन्तु क्या इस ढलते, भीतर से अथाह दुःखों की पीड़ाओं में राख होते जीवन के आखरी पड़ाव पर वे इसे निभा पाएंगे...? बहुत प्रश्न थे उन दोनों के सामने जो बार-बार विचलित करते रहे थे। फिर यह सवाल भी कि किसके लिए करेंगे यह सब...? फिर भी बचे हुए जीवन को जीने के लिए कुछ तो चाहिए ही था। यही सोचते हुए बिरादरी से एक गाय और दो तीन बकरियां पालने के लिए उन्होंने खरीद ली थी।

अब उनकी दिनचर्या उनकी सेवा-टहल में लगी रहती। घर के आसपास खेतों की थोड़ी खोद-खुदाई करते, उनमें थोड़ी फसलें और हरी सब्जियां लगाते-उगाते। दिन काम में निकल जाता पर रातें भयानक अकेलापन लेकर आतीं...बच्चों की यादें लेकर रूलातीं। कई बार दोनों की रातें करवटों में गुजर जाया करतीं। एक तरफ उन्होंने दोबारा से इस किसानी जीवन को जीना शुरू किया था तो दूसरी तरफ गांव से खेती-बाड़ी तकरीबन पूरी तरह समाप्त होने के कगार पर थी। उसे अपने बचपन और जवानी के दिन याद आ रहे थे जहां यह गांव आपसी सौहार्द, संस्कृति, रीति-रिवाजों से हरा-भरा रहता था। आए दिनों किसी के घर ब्याह-शादी, किसी के घर देवता की जातरें, किसी के घर बच्चा पैदा होने के उत्सव तो किसी के घर ब्वारी-सहयोग चले ही रहते थे। कभी गांव में किसी की मृत्यु हो जाती तो हर घर से लोग उस परिवार का दु:ख बांटा करते।

हालांकि आज गांव में पक्के मकान बन चुके थे परन्तु जो पारम्परिक कच्चे मकान शेष थे वे गांव वालों के आपसी सहयोग से ही बने थे। केवल एक मिस्त्री और दो तीन मजदूर ध्याड़ी पर होते बाकि के काम जैसे मिट्टी ढोना, खोदना, दूर-पार की बांवड़ी से पानी लाना और मिट्टी के भीत की कुटाई करना सभी काम मिलजुल कर ब्वारी में हुआ करते थे। जब तक घर पूरी तरह छवाई के साथ बनकर तैयार नहीं होता हर घर से बारी-बारी एक-एक मर्द या औरत हर रोज आ जाते और पता भी नहीं चलता कि घर कब बन कर तैयार हो गया। उनका अपना घर भी तो इसी तरह बना था। पहले पुराने घर की छत खप्परों से छवाई गई थीं जिन्हें शीशपाल के पिता ने अपने खेत में बनाई भट्टी में पकाया था। परन्तु बाद में जब नई छत डाली तो बहुत दूर से स्लेटें लाई गई थीं। जहां तक सड़क उपलब्ध थी वह जगह गांव से लगभग दस बारह किलोमीटर की दूरी पर थी इसलिए पत्थरों के ट्रक वहीं उतरते और गांव के लोग ब्वारी में उन्हें ढोते रहते।

देखते-देखते गांव में सड़क जब आई तो घर मकानों में बदलते रहे। उन्हें गिराकर रेत, बजरी और सिमैंट के पक्के मकान बन गए। जिस किसी के पास कच्चे मकान रहे उन्हें पिछड़ा और गरीब माना जाता रहा। मकान तो बने लेकिन उनसे लोग शीरे-धीरे गायब होते रहे। सभी की सोच शीशपाल की तरह अपने बच्चों को अच्छी शिक्षा देने की थी। कारण यह भी था कि गांव में कोई अच्छा सरकारी स्कूल नहीं था। हालांकि कुछ सालों पहले दसवीं तक का स्कूल खुल गया था परन्तु

उसमें गांव के बच्चे न के बराबर थे। कुछ बिहारी और नेपाली मजदूरों के बच्चे, जो जमींदारों के पास काम करने आते थे, वही इन स्कूलों में पढ़ते थे। इनमें भी बैठने की कोई अच्छी व्यवस्तता नहीं होती न ही कभी पूरे अध्यापक। जिनकी बदलियां गांव होती वे उसे बतौर सजा मानते और अपने में मस्त रहते। इसलिए प्राइवेट स्कूलों की तरफ लोगों का रूझान बढ़ता चला गया था। अब तो उस स्कूल की महज इमारत खड़ी रह गई थी...कितने बरस हो गए थे स्कूल में कोई बच्चा नहीं था। उसके दरवाजे टूट चुके थे...वे खुले ऐसे लगते जैसे बच्चों का इंतजार कर रहे हो।

शीशपाल को याद है गांव में सभी बिरादरियां थीं। ब्राहम्ण थे। कनैत थे। दर्जी थे। जूता गाठने वाले चर्मकार थे। बजंतरी थे। छोटी दुकाने थीं। उसी तरह साहुकारियां भीं। छोटी-मोटी सारी जरूरतें वहीं पूरी होती रहतीं। देवता का मंदिर आबाद था। देवता सज-धज कर जातराओं और मेले त्यौहारों में जब जाता तो गांव के हर घर से एक-एक आदमी उसके साथ जाना अपना धर्म समझता। कर्त्तव्य समझता। गांव में ही बजंतरियों की बेहद कुश्ल पार्टी थी। जो खेती-बाड़ी के साथ ये काम न केवल देवता के लिए करते अपितु दूर-दूर तक शादी, व्याह और करियालों में भी जाते। कितने सधे हुए नगारची थे...ढोलिए थे...शहनाईए और करनालची थे। हर सक्रांत को देव पंचायतों में गांव-परगना ही जैसे उमड़ जाता। देवता के पास लोग अपने-अपने दुःख-तकलीफें बयान करते...और देवता के गूर चावल-गेहूं के दाने देकर उन्हें आश्वस्त करते कि सब ठीक हो जाएगा। लोग उन्हें माथे से वांचते... अपनी जेबों और पल्लुओं में बांधते...घर ले आते...उनकी यही आस्था दवाईयों का काम करतीं और इस अटूट विश्वास से वे अच्छे हो जाते। फिर ठीक होकर देवता के पास आते...कोई आटा-चावल लाता...कोई फूलों के हार...कोई अच्छा सा कपड़ा तो कोई अपनी-अपनी हैसियत के मुताबिक चांदी और सोने के छत्तर। कई लोग बलि के लिए बकरा-भेड़ू भी लाते थे क्योंकि देवता के लिए उन दिनों पशुबलि का खूब प्रचलन था। परन्तु शीशपाल कभी इस हक में नहीं रहा कि देवता के नाम से निरीह पशुओं की बलि दी जाए। इस बात को लेकर कई लोग उसका विरोध तो कुछ समझदार लोग तारीफ भी करते थे। इन क्रिया-कलापों से लोग भी खुश और देवता भी प्रसन्न। परन्तु शीशपाल के देखते-देखते मंदिर से सारी चीजें खत्म हो गईं। शहरों की तरफ के रुझान और पलायन ने देवता को जैसे अकेला कर दिया। गांव को सुनसान। नई पीढ़ी की सोच और आस्थाएं समय के साथ-साथ बदलती रहीं

और देवता या गांव उन्हें अपने पिछड़ेपन के संवाहक लगने लगे। धीरे-धीरे सब पीछे छूटता गया...बच्चें पढ़-लिख कर दूर-पार निकल लिए और पीछे रह गए उनके बुजुर्ग माता-पिता...पुश्तैनी मकानों को सजाते-संवारते, रूढ़ियों और परम्पराओं को ढोले-संजाते, अपनी जगह-जमीन को देखते-संभालते...और आहिस्ता-आहिस्ता अपने जीवन की लीलाएं समाप्त करते।

खेती-बाड़ी भी धीरे-धीरे न के बराबर हो गई थीं। खेत उजाड़ होने लगे थे। पहले लोग खूब खेती करते थे। फसलें बीजते थे। उन दिनों गांव में जानवर ज्यादा नहीं थे जो खेतों में खड़ी फसलों को नुकसान पहुंचाते। बंदर और भालू जरूर थे परन्तु लोग किनारे की जमीनों पर जुगालियां बनाए रखते जिनमें रात-दिन बारी-बारी से लोग फसलों की जुगाली करते और जानवरों से उन्हें बचाए रखते। आज जैसे-जैसे परिवारों से लोग कम हुए...नौकरी-पेशा प्राथमिकता में रहा और बच्चों को अंग्रेजी शिक्षा मिली...गांव से ये सभी चीजें गायब होतीं गईं। कुछ परिवार थे जो कई दिनों तक किसानी करते रहे थे लेकिन उनके पल्ले केवल फसलों के डंठल ही पड़ते बाकि फसलों को बंदर, भालू, सुअर और पक्षी खा जाते। लोग हैरान थे कि इन जानवरों के झुंड इतने कहां से पैदा हो गए...?

गाय-बैल पालने की संस्कृति समाप्ती पर थी। शायद ही कोई घर बचा था जहां अब मर्द-औरतें गाय, बैल या बकरियां पालते थे। खेती कम होने का एक बड़ा कारण सस्ती दरों पर डिपुओं का राशन भी था। अब लोग महीने भर निठ्ठले बैठ कर लैंटरों पर ताश खेलते रहतेए दारू शराब पीते रहते और सरकारी राशन का इंतजार करते। इस प्रवृत्ति ने खेती-बाड़ी की तरफ से ध्यान बिल्कुल हटा दिया था और लोग सुविधा भोगी हो गए थे। इन सभी को देखते हुए शीशपाल के लिए दोबारा से इस ओर लौटना आसान नहीं था परन्तु उन दोनों ने केवल अपने मन-बहलाव के लिए ही थोड़ा-बहुत काम करते रहने की सोची थी।

●●●

रिटायरमैंट के बीस साल शीशपाल और उसकी पत्नी बेमी देवी के कैसे गुजरे पता ही नहीं चला। वह आज अपने आंगन में बूढ़े हो गए गलगल के पेड़ के नीचे प्लास्टिक की कुर्सी पर बैठा है। दूर से कोई देखे तो लगता है कोई आदमी नहीं तुड़े-मुड़े पुराने कपड़ों का ढेर है। जब वह खांसता है तो तभी लगता है कुर्सी पर कोई जिंदा आदमी है।

उसकी नज़रें ठीक हैं। यादाशूत बिल्कुल दुरुस्त है। अगर पास कुछ है तो निपट अकेलापन है। भीतर तिल-तिल उपले जैसा जलता एक दिल। आंखें भीतर को धंस चुकी है। वे ऐसी दिखती है जैसे किसी मिट्टी के पुतले में जबरन धंसाई गई हो। सर पर बहुत बिरले बाल हैं। झुर्रियां ऐसे चेहरे पर नजर आतीं हैं जैसे पानी के बगैर सूखी धान की मेढ़ें हों। पहने हुए कपड़े ऐसे लगते है जैसे उसे जबरन उनके बीच पसराया गया हो। ...उसने कपड़े नहीं, कपड़ों ने उसे पहन रखा हो।

शीशपाल की पत्नी के हालत भी वैसे ही है। बहुत कमजोर हो गई है। सर के बाल किसी झंखाड़ से लगते हैं। बाजू की दर्द से वह उन्हें ढंग से कंघी भी नहीं कर पातीं। कभी-कभार वह जरूरी कुर्सी पर बैठे शीशपाल के पास खजूर के पटड़े पर आकर बैठ जाती है तो दूर से लगता है एक पुराने किल्टे के पास टूटी हुई डाल रख दी हो। शीशपाल कई बार उसके बालों को एक लकड़ी की कंघी से संवारता रहता है परन्तु वे उनके अपने जीवन की तरह आपस में बुरी तरह से उलझे हुए हैं।

बेटे ने उनसे संवाद नहीं तोड़ा है। लेकिन महीने में एक-दो बार ही बात होती है। उसने विदेश में ही अपने दफतर की किसी अंग्रेज लड़की से शादी कर ली है। उनके भी एक बेटी और बेटा है। शीशपाल को एक महंगा फोन दे रखा है जिस पर वह कभी कभार विडियो कॉल करके अपने परिवार को दिखा दिया करता है। वह कई पल जब तक फोन नहीं कटता, मरी हुई आंखों और मन से उन्हें देखता जाता है। उसकी पत्नी ने विडियो देखना छोड़ दिया है। जैसे उसके कोई औलाद ही न हो।

बेटे ने कभी उन्हें नहीं कहा कि वे दोनों उसके पास चले आए। न ही गांव आने का उसे इतने बरसों में समय लगा। शीशपाल पहले अपनी पैंशन लेने गांव से दूर एक बैंक में चला जाता था लेकिन अब चलना-फिरना बंद हो गया है। बेटा फोन पर उनसे निवेदन करता रहा है कि उसने उनके लिए शहर के एक वृद्धाश्रम में बहुत बढ़िया प्रबंध कर दिया है। वे जाकर वहां रहें। परन्तु शीशपाल और उसकी पत्नी ने साफ मना कर दिया है। उनका जीवन अब इसी घर का आंगन है।

कुछ साल पहले जब शीशपाल ने बेटे को बताने का प्रयास किया था कि अब वे दोनों चल-फिर नहीं सकते...उनसे कुछ काम भी नहीं होता...न वे अब ठीक से खाना ही बना पाते हैं...गांव में सभी घर खाली हो गए हैं...पुराने घरों और नए मकानों में ताले लगे है...वहां न कोई दूकानदार है...न दर्जी...न जूते गाठने वाला...न ही कोई परिवार बचा है...सभी गांव से कहीं शहर बसने चले गए हैं...केवल वही

दो वहां रहते हैं। बेटे ने जब यह सुना तो फोन पर लाल-पीला हो गया। फिर वही दुहराया कि वृद्धाश्रम चले जाएं लेकिन शीशपाल ने मना कर दिया और फोन काट दिया।

●●●

एक दिन जब शीशपाल आंगन की मुंडेर पर बैठा था तो अचानक दो लोग आंगन में चले आए। उन्हें देखकर वह चौंक गया था। उसने कई सालों से उधर आता कोई आदमी नहीं देखा था। वे किसी बड़ी कम्पनी के कर्मचारी थे। जब उन्होंने बताया कि उन्हें शीशपाल के बेटे ने भेजा है तो उसकी आंखें चमक गईं। शरीर हरकत में आ गया। उसकी पत्नी भी जैसे नींद से जग गईं। चौकस हो गई। कर्मचारियों ने अपने पिट्ठुओं से बहुत सारे हरे-पीले रंगों के कई पैकट निकाले और शीशपाल के सामने रखते हुए समझाया,

'देखो बाबा...हम शहर में उस विदेशी कम्पनी की ब्राच में हैं जिसमें आपका बेटा बड़ा अफसर है। विदेश से वह आ नहीं सकता पर आपकी बहुत चिन्ता करता है। इसलिए हमें भिजवाया है। आपको अब भूखे रहने की कोई ज़रूरत नहीं है। न कुछ बनाने की। हम आपको 'लाइफ फूड कैप्सूल' लाए हैं।'

कर्मचारी ने एक पैकट खोल दिया था और उसमें से तीन कैम्सूल निकाल कर शीशपाल को समझाने लगा था,

'बाबा, ये जो हरा है इसे सुबह उठते पानी से निगलना है। यह आपका ब्रेकफास्ट है। दूसरा लाल रंग का है। इसे दोपहर में पानी के साथ लेना है। यह आपका लंच है। और तीसरा जो काले रंग का कैम्सूल है इसे सोने से पहले रात को खाना है और इस तरह आपका डिनर हो जाएगा। आपको कभी भूख नहीं लगेगी। किसी चीज के खाने-पीने की तमन्ना नहीं रहेगी। आप पहले की तरह चुस्त-दुरुस्त रहेंगे।'

यह बता कर कर्मचारी चले गए थे। शीशपाल के हाथों में तीन कैप्सूल थे। हरा, लाल और पीला। कई पैकट पास रखे थे। वह कभी उनको देखता। कभी आंगन से खेत की पगडंडी से नदारद हुए उन दो कर्मचारियों को। तो कभी अपनी पत्नी को देखता जो एकटक उसे ही देख रही थी। शीशपाल उठा। दोपहन का समय था। मुश्किल से भीतर जाकर पानी का गिलास ले कर आया और कई दिनों से भूखी

पत्नी को लाल कैप्सूल खिला दिया और एक अपने मुंह में ठूंस लिया। जब वह सूखे गले से भीतर चला गया तो शीशपाल ने पहलवान की तरह पहले दोनों बाहें ऊपर खींची। फिर नीचे कीं। आहिस्ता से दो तीन-दंड बैठकें लगाईं। छाती तान कर एक चक्कर आंगन का लगाया और पत्नी के पास पहुंच कर गिर गया। एक भयंकर चीख के साथ...उसने पत्नी को बाहों में भर लिया और दोनों पता नहीं कितनी देर फूट-फूट कर रोते रहे थे। उनका रोना किसी ने नहीं सुना। सुना था तो नए मकान और पुराने घर की दीवारों ने...आंगन ने...गलगल के पेड़ ने। सिगनल टावरों पर बैठे गिद्ध इन चीखों को सुन कर जरूर घर के ऊपर से एक दो चक्कर लगा कर लौट गए थे। वे रोज ऐसे ही आते और आंगन में कुछ देख कर चल देते। शायद वे उन दो जिंदा पर बेजान जैसे बूढ़ों के मरने के इंतजार में होंगे कि कब इनके प्राण जाएं और उनका भोजन हो जाए।

शीशपाल उन गिद्धों की डरावनी आवाजें सुनकर धीरे से उठा। अपनी बाहों से पत्नी को आज़ाद किया और गलगल के पेड़ के पास जाकर प्लास्टिक की कुर्सी पर बैठ कर अपने अनधोए कुर्ते से आंखें पोंछी। फिर उठा...और जोर जोर से हंसने लगा। यह हंसी बहुत डरावनी थी। वह अचानक पुराने घर की छत से टकराई और दो-चार पत्थर के स्लेट भरभरा कर नीचे गिर गए...वह बुदबुदा रहा था...'बेटा इसकी जगह जहर ही दे देता तो ये दिन देखने को नहीं मिलते। मैं तो कभी का मर जाता...पर इस तेरी मां का क्या करूं जिसकी सांसे नहीं निकल रहीं...रोज देखता हूं मर जाए...तो मैं भी दीवारों में सर पटक-पटक कर जान दे दूं।'

●●●

एक दिन शीश पाल ने देखा कि पत्नी बेहोशी की हालत में निर्जीव सी हो गई है। उसने कई बार उसे हिलाया पर वह नहीं हिली। फिर उसके मुंह के पास कान लगाए...उसकी नब्ज टटोली...जैसे उसका जीवन खत्म हो गया था। तभी जेब में रखा फोन घरघराया...कांपते हुए उसने ऑन किया तो देखा बेटे का विदेश से विडियो कॉल था...बिजली की तरह मस्तिष्क में एक आस जगी कि मां तो बेटे का मुंह कई सालों से न देख पाई इस बहाने शायद बेटा आए और अपने जीते जी उसे देख लें...यह सोचते हुए उसने मुश्किल से हैलो किया...

'हाऊ आर यू डैड...एण्ड मॉम टू...? ब्रेक्फास्ट...लंच...मिल गया...? अब आपको खाना नहीं बनाना पड़ेगा...दिस इज ए वर्ड फेमस प्रॉडक्ट अवर कम्पनी इज

प्रोड्यूसिंग...आप अकेले नहीं हो डैड जो इसे खाएंगे...दुनिया के कितने ऐसे बूढ़े हैं जो इन्हें खाते हैं।...एंज्वाए डैड...एंज्वाए...!'

फोन कटने ही वाला था कि शीशपाल ने हिम्मत जुटाकर लड़खड़ाती जुबान से बोलने का प्रयास किया...

'बेटा तुम्हारी मॉम नहीं रही...मर गई।' यह आवाज बहुत दर्दीली और रूंधी हुई थी।

एक हल्की सी चौंक वीडियो में बेटे की दिखी। फिर बेटे ने डैड को समझाया...

'सी डैड...मॉम की उम्र हो गई...कौन जीता है ऐटी प्लस आज...शी वाज ए लक्की वुमिन।'

'पर बेटा मैं इसका क्या करूं...अब कैसे जलाऊं...गांव में कोई नहीं है। दूर-दूर तक भी नहीं। नहीं जलाई तो भूखे गिद्ध-कौवे खा जाएंगे।'

'मत चिंता करो डैड...आई विल एरैंज एवरीथिंग...। वेट करो कल तक। कम्पनी के लोग आकर सब कर जाएंगे...।' इसी के साथ फोन कट गया था।

'कम्पनी के लोग...?' शीशपाल के गले में जैसे कुछ अटक गया। सिर भन्ना गया। आंखों के सामने अंधेरा था। कान फट रहे थे। सांसें रुकती महसूस हुई। थोड़ी हिम्मत जुटाई। जैसे ही आंगन से उसे उठाने का प्रयास करने लगा दो तीन गिद्ध मंडराते गलगल के पेड़ पर बैठ गए थे। वह सिहर उठा। मुश्किल से पत्नी को भीतर लाकर बिस्तर पर लिटा दिया।

रात भर पत्नी को गोद में लिए बैठा रहा था वह। निष्प्राण। साथ केवल अंधेरा था। पुराना घर। उसकी दीवारें। उसके दरवाजें खिड़कियां। बाहर अजीब-अजीब कुत्तों और गिद्धों की डरावनी आवाजें। ...और गोद में एक मृत देह। थका तो नीचे लिटा दिया।

जैसे कैसे रात काटी। सुबह होते ही कम्पनी के चार-पांच लोग आंगन में थे। एक भीतर आया और शीशपाल को समझाने लगा,

'आपके बेटे ने भेजा है अंकल। हम डैथ पीपल केरियर है। और कॉरप्स बर्रनर। यानि डैडबॉडी जलाने वाले। सर ने कहा है भीतर से लेकर जलाने तक लाइव वीडियो दिखाना। हमने लोकेशन देख ली है। घर के पीछे जो खेत है उसकी लोकेशन अच्छी है। चिता जलेगी तो बेकग्राउंड धांसू लगेगी...।' यह कह कर वह बाहर चला गया।

यह सुनकर शीशपाल सन्न रह गया। सोचा पत्नी के साथ ही उसके प्राण भी क्यों न चले गए...क्या यही दिन देखने को रहे थे...? अचानक एक ख्याल आया कि क्यों न पत्नी की चिता के साथ ही जल जाऊं..?

उसने पीछे देखा तो भौचक्क रह गया। पत्नी उठ कर बैठ गई थी। पहले लगा कोई भूत-भात है। फिर ध्यान से देखा-छुआ, बेमी देवी ही थी...उसकी पत्नी। हिल रही थी। सांसे चल रही थी। उसने उसका हाथ पकड़ लिया और जोर से छाती के साथ लगाया तो दोनों फूट फूट कर रो दिए। वह मरी नहीं थी केवल बेहोश हुई थी। फिर कम्पनी के लोगों का ध्यान आया। वे तो चिता तैयार कर रहे हैं। उसने पत्नी को आज खूब हौसला दिया। खूब ढाढस बंधाया। हिम्मत दी।

शीशपाल के दिमाग में एक विचार कौंधा। उसने धीरे से पत्नी को सहारा दिया। उसे खड़ा किया और दूसरे कमरे में बिस्तर तक ले गया। वहां बिठाते सारी बात बता दी। पत्नी सुनकर हक्की-बक्की रह गई। विश्वास नहीं हो रहा था कि ऐसा भी कुछ संभव हो सकता है। बेटा इतना क्रूर हो जाएगा। शीशपाल ने फिर उसे खूब हिम्मत दी। उसके भीतर जो कुछ मोह बेटे के लिए शेष बचा था वह आज खत्म हो गया।

अपने शरीर में एक स्फूर्ति सी महसूस हुई शीशपाल को। उसने एक रजाई निकाली। उसे नीचे बिछाया। उस पर तीन सिरहाने ऐसे लपेटे जैसे लाश हो। फिर बाहर जाकर बारीक रस्सियां ले आया और रजाई के चारों तरफ लपेट दिया। एक लाश का आकार।

कुछ देर बाद बाहर से दो लोग भीतर लाश लेने आए तो देख कर कहने लगे कि सर ने कहा है मदर का मुंह खुला रखें। शीशपाल ने गुस्से में उन्हें आदेश दिया कि हमारी रिवाज नहीं है यह। लाश बिल्कुल ऐसी ही जलेगी जैसी बंधी है। कम्पनी के लोगों को उसकी बात माननी पड़ी थी। उन्होंने भीतर बीही में लाश को बांस के डंडों पर रखा। फूल मालाओं से सजाया। कैमरा ऑन हुआ और शूटिंग शुरू।

खेत में चिता सज गई थी...दोनों तरफ वीडियो के लिए कैमरे लग गए थे। लाश को चिता पर रखा गया। कुछ कैमिकल छिड़काए गए ताकि लकड़ियां आग जल्दी पकड़ ले। उन्होंने एक मशालजलाई और शीशपाल के हाथ में पकड़ा दी कि वह पत्नी को आग दें। उसके कपड़े ठीक किए। बालों में कंघी की। चेहरे पर मेकअप जैसा कुछ लेप लगाया और आग देने से पहले कैमरे में उसे चैक किया कि कैसा दिखाई देता है। जब सब ओके हो गया तो वीडियो ऑन हो गए और डैथ का लाइव

प्रसारण शुरू। शीशपाल के हाथ में जलती मशाल थी जैसे भीतर कलेजा जल रहा हो। परन्तु आज पहली बार जीवन में उसने इस लाइव डेथ का आनंद लिया। एक स्वांग भी रचा...चेहरे पर अथाह वेदनाएं...तड़फ...कराह के भाव और भीतर उस जली हुई आग में एक नए जीवन का संचार...। उसने चिता को अग्नि दे दी। वीडियो पर बेटे के साथ उसकी पत्नी और बच्चों की आवाजें ऐसे कौंध रही थी जैसे वे किसी दीवाली के बरलाज को जलते देख रहे हो।

शीशपाल एक तरफ खड़ा इस विचित्र करियाले को देख रहा था। कम्पनी के लोगों ने तकरीबन पन्द्रह मिनट का लाइव किया और कैमरे समेट कर चल दिए। उसकी पत्नी अपने कमरे की पिछली खिड़की से अपनी ही चिता को जैसे जलते देख रही थी।

शीशपाल भीतर आया। पत्नी की तरफ एक नज़र दी। फिर चारपाई के नीचे रखा ट्रंक खोला। उसमें कुछ पुरानी यादें थीं। बेटे की कुछ तस्वीरें। साथ बेटी की भी। बेटी की एक गुड़िया। बेटे की कुछ गेंदे...छुनछुने...एक स्कूल की स्लेट...एक तख़्ती... दो चार घिसी हुई पैंसिलें...और बाल पैन...स्कूल में मिले कुछ प्रतियोगिताओं के मैडल और पुरस्कार चिन्ह...कुछ छोटे-छोटे पुराने कपड़े...। सब समेटे उसने और पत्नी को लेकर घर के पीछे जलती चिता के पास पहुंच गया। आग अभी भी भभक रही थी। शीशपाल उन एक-एक स्मृतियों को भीगी आंखों और थरथराते हाथों से आग के हवाले करता जा रहा था...जब हाथ में कुछ नहीं बचा तो पत्नी को गले लगाकर एक हिम्मत दी...

"बेमी ! यह तुम्हारी चिता है। बेटे का उपहार। देख इतने बरसों से हम बेटे और बेटी की जिंदा लाशें ही तो मन में उठा कर जीते रहे हैं। किसी ने हमारी सुध नहीं ली आजतक। तमाशा बनाया हमारा। जैसे हम मां-बाप नहीं हाट से खरीदे गुड्डे-गुड्डिया थे। बता तू...हम किस के लिए चिंता में हैं। तेरे बेटे ने तुझे तो जला दिया आज...अब मेरा इंतजार है...लेकिन मेरे बारे में उसे बताएगा कौन...गिद्ध, कौवे तो इंतजार में हैं...बूढ़े मरे तो उनका भोजन हो। बाकि तो गांव में अब कुछ बचा नहीं। आज मैं भी मर ही गया हूं। देख बेमी...सोच...इस आग में आज हमने सारी यादें जला दी हैं। बचा हुआ मोह और ममता भी। सारे अरमान भी। आसें भी। इंतजार भी। भीतर के दर्द भी। हमारे पास अब कुछ नहीं बचा। मेरे पास इतने पैसे हैं कि हम अपने भीतर की हिम्मत और बचे हुए दिनों को अपने लिए जी सकते हैं...।

सुन...तू कहा करती थी न कि कभी कश्मीर दिखा दो...पर बच्चों को ऊंची शिक्षा देने के चक्कर में कभी सोच भी न पाए अपने लिए...मन मजबूत कर। मैंने शहर में एक ट्रैवल एजैंसी को कहकर गाड़ी बुक करवा दी है। वे यहां आकर हमें ले जाएंगे और हम कई दिनों तक खूब घूमेंगे। फिर यहां क्यों मरना...किसी नदी में कूद कर साथ डूबेंगें बेमी...साथ।"

शीशपाल की पत्नी की आंखें फटी की फटी रह गई। मां का दिल था। बच्चों की यादें कैसे जातीं? परन्तु जैसा कुछ बच्चों ने उनके साथ बर्ताव किया था उसे याद करते हुए भीतर एक नफरत सी कौंध गई। दोनों ने उस चिता की तरफ देखा जिसमें आज जैसे सबकुछ जल कर राख हो गया था। वे दोनों उस ठंडी राख को कुछ समय तक देखते रहे थे।

●●●

...और सुबह एक आलीशान गाड़ी में शीशपाल और उसकी पत्नी अपना घर, नया मकान, उजाड़ खेत-खलिहान और सुनसान गांव को पीछे छोड़ कर ऐसे जा रहे थे जैसे दूल्हा-दुल्हन हनीमून पर जा रहे हो।

(पाखी-सितम्बर, 2024)

लड़की गुस्से में है

मैंने उसे मंदिर में देखा था।

मैं जब कभी काली मंदिर आता तो मंदिर परिसर में आगे की ओर लगे बेंच पर काफी देर बैठा रहता। इन बैंचों के मुंह मंदिर-द्वार और मुख्य गेट की तरफ थे। ऐसे ही आज भी बैठा था। चार बज चुके थे। यह समय कन्या वरिष्ठ माध्यमिक पाठशाला की लड़कियों की छुट्टी का समय होता था। उनकी छोटी-छोटी टोलियां मंदिर के बाहर से गुजरती थीं। उनके बोलने की भीतर ऐसी आवाजें आतीं मानों गौरैया का दल झुरमुटों में चहचाह रहा हो। कुछ भीतर आ जाया करतीं। माथा टेकती और कुछ दरवाजे के बाहर से ही देवी मां को प्रणाम करके प्रसाद लेकर चली जातीं। गर्भगृह में विराजमान प्रतिमाएं जैसे बच्चियां हो जातीं और उपस्थित श्रद्धालु तथा पुजारी पल भर के लिए अपने-अपने बचपन में लौट आते। परिसर की दीवारों की ओट में छीना-झपटी की ताक में छिपे बंदरों में उस वक़्त कोई शरीफ आत्मा प्रवेश कर जाती और वे तब तक उत्पात से बचे रहते जब तक स्कूल की लड़कियां वहां से चली नहीं जातीं। लोगों और जानवरों का यह वात्सल्यभाव बच्चियों को देवीरूपा मानने की कालांतर से स्थापित व प्रचलित परंपरा का जैसे उस घड़ी वाहक बना रहता। लेकिन कुछ देवी भक्त वहां ऐसे भी होते जो अपनी नई ब्याही दुल्हन या बहू को इसलिए मन्नत में लाते कि देवी मां उन्हें पहली संतान बेटा ही दें। उन्होंने देवी मां से वरदान या मन्नत में कभी लड़कियां नहीं मांगी होगी। देवी मां गर्भगृह में चुपचाप आंखें मूंदे बैठी पता नहीं उनके मन्नत-भाव कैसे सहती रहती होगी...?

जब लड़कियों की मंदिर से धम्मा-चौकड़ी खत्म हो जाती तो एक मासूम सी दिखने वाली लड़की गेट से प्रकट होती। सीढ़ियों से धीरे-धीरे उतरती। अपने पांव इतने एहतियात से रखती मानों सीढ़ियां संगमरमर की नहीं पानी पर जमीं बर्फ की

परतें हों कि अभी टूटी कि अभी। जूताघर के बाहर वह जूते-जुराबें उतारती, उचक कर शेल्फ पर पीछे की ओर ठूंस देती। शायद उसे डर रहा होगा कोई उन्हें उठा कर न ले जाए। बसता उसकी पीठ पर ही रहता। उसे वह नहीं उतारती। पानी के नल के पास जाकर पहले हाथ धोती। फिर पानी के खूब छींटे मुंह-आंखों पर मारती। पांव पर पानी डालती और कुछ देर वहां लगी लकड़ी की बेंच पर तब तक बैठी रहती जबतक मुंह, हाथ और पांव से पानी की नमी सूख न जाए। फिर झटके से पीठ का बसता उतारती। उसकी जिप खोलती और एक किताब निकाल कर उसमें कुछ ढूंढती। मैं उसके आने से लेकर जाने तक लगातार उसे देखता रहता।

किताब के बीच एक फूल रखा होता। जब मिल जाता, किताब को यथावत बसते में डाल उसे बंद करती और पीठ में उठा लेती। किताबों से भरा बसता काफी वजनी था जिसे उठाते और उतारते उसे काफी मशक्कत करनी पड़ती। फूल को हाथ में लेकर उसे कुछ पल बहुत स्नेह से देखती रहती। माथे से लगाती और कुछ डरी-सहमी सी मंदिर के मुख्यद्वार के कोई दस फुट दूरी पर लगी रेलिंग पर उसे चुपके से रख देती और बिना भीतर देखे उल्टे पांव लौट आती। लौटते हुए उसके चेहरे और पांव के भाव ऐसे दिखते मानो वह कोई अपराध करके निकल रही हो। जूताघर के पास जाकर फिर उचक कर बूट-जुराबें निकालती और हाथ में उठाकर बाहर जा कर सड़क में कहीं पहन लेती।

मुझे उसकी ये हरकतें विस्मित कर देती। मैं बेंच से उठता। उस फूल को देखता जो बिलकुल भीतर गर्भगृह में स्थापित देवी प्रतिमा के सामने की ओर रखा होता। दोनों में लगभग बीस मीटर की दूरी होती। मेरे सिवा किसी को आभास तक न होता कि कोई लड़की रोज वहां एक फूल भी छोड़ा करती है। एक पल के लिए लगता जैसे फूल और देवी मां अर्धनारीश्वर हो गए हैं और कोई गंभीर वार्ता कर रहे हैं। उसके पास जो फूल होते उन्हें वह स्कूल से आते देवदार के जंगलों से चूग कर लाया करती होगी। हालांकि मंदिर के रास्ते जो प्रसाद, नारियल और चुन्नियों के स्टाल होते वहां पांच और दस रुपए के पत्तों और कागजों के दोने मिलते जिनमें फूल रखे होते, पर शायद उसकी हैसियत उन्हें खरीदने की नहीं थी।

जब उसके पास कभी फूल नहीं होता तो वह अपनी कॉपी से एक कागज का छोटा टुकड़ा फाड़ कर बसते में रखे रंग-बिरंगे स्केच पेनों से उसे फूल का आकार देती और सबकी नज़रें बचाकर निर्धारित जगह पर रख आती। कई बार वह हवा

से उड़ कर मंदिर परिसर में जगह-जगह पड़ता-गिरता रहता परंतु उसे इससे कोई मतलब न होता। वह अपना काम करके चल दिया करती।

उसके मंदिर आने का तरीका बहुत विनम्र, सलीकेदार और सधा हुआ था। अब तक मेरे सिवा शायद ही किसी और को यह मालूम भी हो कि एक लड़की रोज आकर वहां फूल भी छोड़ जाती है। मैं बेंच पर चुपचाप बैठे उसे तब तक निहारता रहता जब तक वह मंदिर परिसर से बाहर न चली जाती। यह बात भी मुझे आश्चर्य में डालती थी कि और लड़कियों की टोलियों में वह कभी नहीं आई। मैंने हमेशा उसे अकेले ही आते-जाते देखा था।

●●●

एक दिन मैं चार बजे के बाद मंदिर पहुंचा था। अचानक उस पर नजर पड़ी तो वह कुछ सहम सी गई। वह गेट के बाहर ओट में खड़ी थी। चेहरे पर आज पहले जैसा नूर नहीं था। आंखें बहुत उदास-उदास। ध्यान पीछे दीवार की ओर फूल, नारियल और रंगीन चुन्नियां बेचने वालों पर था। मैं सीढ़ियां उतरने लगा तो पांव अनायास ही रुक गए जैसे उस लड़की ने बाजू पकड़ कर रोक दिया हो। पीछे, आसपास देखा तो कोई नहीं था। वह अभी भी वहीं चुपचाप खड़ी थी।

मैं पीछे मुड़ा और उसके पास चला गया। पता नहीं कैसे एकदम मुंह से निकल पड़ा, "फूल नहीं लाई आज...?"

जैसे उसकी चोरी पकड़ी गई थी। वह थोड़ी सकपकाई। कंधे झटके ताकि पिट्ठू की डोरियां मजबूती से टिकी रहे। भागने के लिए कदम बढ़ाए ही थे, मैने उसका हाथ पकड़ लिया,

"आओ तुम्हें फूल देता हूं आज।"

उसने मुझे ऐसे देखा मानो उसका उपहास उड़ा रहा हूं।

"देखो घबराओ नहीं। मेरे साथ आओ। मेरे पास बहुत फूल है। खरीदे नहीं है। अपनी क्यारियों के हैं। रोज लाता हूं तुम्हारी तरह।"

लड़की भौचक्क थी। जैसे आज चोरी पकड़ी गई हो और कोई बहुत बड़ी सजा मिलने वाली हो।

"अरे! बच्ची! शर्माओ नहीं। पोती जैसी हो मेरी। जानती हो मेरी भी तुम्हारे जितनी एक पोती है। पर यहां नहीं रहती। विदेश में पढ़ती है। बेटा-बहू वहीं नौकरी करते हैं।"

इतना कुछ एक सांस में बोल गया था। सोचा इस अनजान सी लड़की को इतनी बातें बताने की क्या जरूरत थी...? थोड़ा संभला फिर उसका हाथ पकड़ लिया और गेट से नीचे उतर कर हम दोनों जूताघर के बाहर आ गए। मैंने जूते-जुराबें उतारीं और भीतर रख दीं। उसने भी पहले की तरह जुराबें-बूट उतार कर शेल्फ में पीछे ठूंस दिए। फिर वही सब दोहराया। जब वह बैंच पर बैठी तो मैं भी उसी के पास बैठ गया। दो तीन बार उसे देखा पर उसकी नजरें झुकी हुई थीं और अपने दोनों हाथों की उंगलियों के नाखून बारी-बारी कुतर रही थी।

"सुनो! आज कागज का फूल क्यों नहीं बनाया...?"

"सुन कर फिर चौंकी थी वह। पर इस बार थोड़ी सहज थी।"

"आज स्कूल में फांक्शन था। झोला नहीं ले जाना था।"

"अच्छा।"

●●●

मैंने अपने छोटे से बैग से फूलों का लिफाफा निकाला और मुट्ठी भर फूल उसकी ओर बढ़ाए।

उन्हें देख कर उसका चेहरा वैसे ही खिल गया जैसे सूरजमुखी का फूल सूरज निकलने पर उत्सवी हो जाता है। उसके मुंह से पहली बार आवाज निकली थी,

"इतने सारे...?"

और वह इस खुशी में सचमुच बहुत भीतर से हंसी थी। फूलों की तरह। काश! फूलों का हंसना हम सुन पाते तो उनकी हंसी इतनी ही मीठी और मोहक होती। उसका चेहरा पूरी तरह खिल गया था। कुछ-कुछ ऐसा ही जैसे आरती के श्रृंगार के वक्त भीतर देवी प्रतिमा के चेहरे का नूर निखर जाया करता है।

"चलो! आज मेरे साथ भीतर चलो। हम साथ-साथ देवी मां के दर्शन करेंगे और परिक्रमा भी। तुम्हारे फूल आज देवी के चरणों में चढ़ाएंगे।"

यह सुनते ही उसका चेहरा बिल्कुल उजाड़ हो गया था। मानो बहुत से हिरणों ने किसी सरसों के खेत की सारी हरियायी और पिलाई चट कर दी हो। एक दम उसके मुंह से निकाला था,

"नहीं नहीं। भीतर नहीं। अब्बू बोलते हैं। हिंदू के मंदिर में नहीं जाते। वो तो भीतर यहां तक आने को भी ना करते हैं। पर मैं चुपके आ जाती हूं।"

मेरे लिए यह सब अप्रत्याशित था। उसके चेहरे का उजाड़ जैसे मेरे चेहरे पर उतर आया था। एक पल के लिए स्तब्ध सा खड़ा उसको देखता रहा।

मैं अब समझा था कि वह चुपचाप लोगों की नजरों से बचती, छिपती क्यों आती है...? और वह भी देवी मंदिर। क्यों वह किसी मस्जिद में नहीं जाती...?

"तो यह हिंदू लड़की नहीं मुस्लिम है। उसके बावजूद इसकी इस मंदिर में इतनी आस्था...?"

मैने अपने को संभाला। परन्तु भीतर उसकी निर्मल और बहुत ही मासूम छवि ने उथल-पुथल मचा दी। उसने जिस भाव से बहुत धीरे पर डरे हुए 'मुसलमान' शब्द कहा था मानो इसे भीतर से बहुत यत्न से बाहर खींचा हो। अपने को सहज किया ताकि उसकी बातों का कोई प्रतिकूल असर मेरे चेहरे पर न दिखे। इस समय न जाने कितने प्रश्न मन में ज्वारभाटे की तरह उछालें मार रहे थे...?

मैंने पास बुलाकर बहुत धीरे-धीरे उसे समझाने का प्रयास किया था,

"देखो, यहां सब आते हैं। फिर भगवान तो किसी से भेदभाव नहीं करते। देवी भी नहीं।"

"पर आदमी तो करते हैं न...?"

मेरे पास अब कोई उत्तर नहीं था।

"तुम मेरे साथ आओ बच्ची। मैं ले जाता हूं तुम्हें मंदिर।"

वह अभी भी असमंजस में थी जैसे उसे मुझ पर बिल्कुल भी यकीन न हो। मैंने बहुत स्नेह से उसका हाथ पकड़ा और अपने साथ भीतर ले गया था। उसने कोई विरोध नहीं किया था। ऐसा लगा जैसे कई दिनों से इस घड़ी या अवसर का इंतजार कर रही हो। बावजूद इसके न जाने क्यों उसके भीतर का वह डर कहीं अब मेरे भीतर घुस आया था कि सचमुच उसे पहचान कर पुजारी या सूरक्षा गार्ड टोक न दें।

●●●

वह जब मेरे साथ भीतर गई तो उसे ऐसा अनुभव हो रहा था मानो स्वर्गलोक में चली आई हो। उसके दोनों हाथों में मेरे दिए ताजा फूल थे। मंदिर का गर्भगृह कुछ ऊंचाई पर था। परिक्रमा पथ दाएं-बाएं तीन-तीन सीढ़ियों के बाद उंचाई पर बना था। यानि तीन सीढ़ियां चढ़नी-उतरनी होती थी। वह देवी प्रतिमा के बिलकुल सामने हाथ में फूल लिए जब खड़ी थी तो मैं उसके चेहरे को बहुत ध्यान से देख रहा था। मैं ही नहीं भीतर बैठा पुजारी भी और कुछ बाहर बैठे सेवादार भी।

लड़की बेहद एकाग्र होकर देवी प्रतिमा की आंखों में आंखें डाल कर कुछ पढ़ रही थी। ठीक उसी तरह जैसे कोई प्रकांड विद्वान किन्हीं गूढ़ मंत्रों का जाप मन ही मन कर रहा हो। गर्भगृह में कुछ विचित्र संयोग घट रहे थे। कुछ प्रकाशपुंज इधर उधर नृत्य करते दिखे। बिजली की रोशनी कई बार कई रंगों में बदलती रही। मंदिर का भीतर कुछ देर में ओम के दिव्य उच्चारण से सराबोर हो गया। सभी अपनी-अपनी जगह पर अचरज और ईश्वरीय भाव से उस बच्ची को देख रहे थे।

मैं कभी भीतर, कभी देवी प्रतिमा, कवि पुजारी और कभी उस लड़की के चेहरे को देखता। उसकी आंखें बंद थीं। ओंठ भी नहीं हिल रहे थे और हाथ खाली थे। मैने उसके पांव की तरफ देखा कि कहीं फूल उसने नीचे तो नहीं गिरा दिए। परंतु वहां कुछ नहीं था।

धीरे से उसने आंखें खोली। बिना देवी प्रतिमा की तरफ पीठ किए उल्टे पांव आहिस्ता-आहिस्ता सरकती रही। वैसे ही बाहर निकल गई। लगा जैसे वह पहलीबार नहीं निरन्तर यहां आती रही हो और उसे भीतर की एक-एक चीज का पता हो। गेट के पास बैठे पुजारी ने रोक कर उसके माथे पर तिलक लगाना चाहा, पर उसके माथे पर पहले ही बड़ा सा सिंदूर का तिलक लगा था। फिर प्रसाद देने लगा पर उसके हाथों में पहले ही प्रसाद मौजूद था। मैं सब नोटिस कर रहा था। ये सब अचंभित करने वाले दृश्य थे। सच और भ्रम के बीच मैं कुछ तय नहीं कर पा रहा था कि ये सब क्या हो रहा है...?

वह जब बाहर निकली तो उसकी आंखों और चेहरे पर बरसात की पहली बारिश जैसा सुकून था और मेरे हृदय में उसके प्रति अथाह स्नेह। मैं भूल गया था वह कोई पराई लड़की है, जैसे मेरी पोती अक्ष्या ही मेरे साथ मंदिर आई हो।

मैं चाहता था वो मेरे पास बेंच पर बैठे। पर अब वह जल्दी में थी। स्वाभाविक भी था। जूताघर तक जाते-जाते मैं उसका नाम ही पूछ पाया था,

"बच्ची! नाम नहीं बताया अपना।"

उसने बिना कोई संकोच किए झट से क्लासरूम स्टाइल में सब बता दिया था...

नाम खुशी।

कक्षा नौवीं।

राजकीय वरिष्ठ माध्यमिक पाठशाला...।

बूट-जुराबें पहन कर जब वह गेट से बाहर जाने लगी तो मैंने जोर से उससे कहा था,

"खुशी! कल फूल मत लाना। घर से ताजा फूल लेता आऊंगा।"

यह सुनकर दौड़ते हुए वह फिर हंसी थी जैसे कह रही हो,

"ले आना न दादू।"

"दादू...?" पर उसने तो ऐसा कोई संबोधन मुझे किया ही नहीं था। बहुत देर सोचता रहा। यह भी कि कल कहूंगा खुशी से कि मुझे दादू बोला करे।

●●●

खुशी अपने घर चली गई थी और मैं अपने घर। हालांकि बाजार से रोज ही कुछ न कुछ घर ले जाना होता परन्तु आज कुछ ले जाने का मन नहीं था। वैसे कोई ऐसी चीज भी नहीं थी जिसे जरूरी ले जाना था। हालांकि खुशी के साथ आज का दिन बहुत खुशनुमा गुजरा था फिर भी उसका कहा "मुसलमान" शब्द दिलोदिमाग में घुस गया था। सच कहूं तो सेवानिवृत्ति के बाद पहली बार यह शब्द भीतर बहुत चुभा ही नहीं था तकलीफ भी दे गया था। नौकरी करते हुए या इस शहर में कभी कुछ ऐसा भी नहीं घटा था कि आज अचानक इस शब्द का इतना गहरा असर हो जाए। शायद रोज-रोज की टीवी की बहसों और अख़बार में दंगों की खबरों का यह असर रहा होगा।

संतोष की बात यह थी कि हमारे शहर में कभी भी किन्हीं समुदायों के बीच कोई न झगड़ा हुआ था न कोई मनमुटाव। शहर में आजादी के बाद से ही हर वर्ग, हर समुदाय और प्रत्येक जाति के लोग रहते थे। परंतु जब से कुछ कट्टरपंथियों ने टीवी और राजनीतिक मंचों पर हिंदू मुस्लिम बहसें शुरू की थीं, देश में जगह-जगह एक घुटनभरा माहौल बनता जा रहा था। आए दिनों दो समुदायों के बीच हुई झड़पों और दंगों के समाचार अखबारों और टीवी चैनलों पर आते रहत थे। लेकिन अचानक जैसे मौसम के बदलाव की वजह से तापमान बढ़ जाता है इस तरह की घटनाएं और बहसें भी बढ़नी शुरू हुई थीं। परंतु इस पहाड़ी शहर की आबोहवा में ठेठ पहाड़ीपन था। आपसी प्रेमभाव और भाईचारे के संस्कार कूट-कूट कर भरे थे। सब एक दूसरों की मदद और सहयोग के लिए हमेशा तैयार रहते थे जबकि हर पांच साल के बाद सरकारें बदल जाया करतीं थीं। पर कभी किसी के मन न बदले थे।

वास्तविकता यह थी कि इस पहाड़ी शहर को जहां कश्मीर और जम्मू से आए खान लोग गतिमान रखते थे वहां शहर के अन्य समुदायों का काम उनके बिना नहीं चलता था। दुकानों, सड़कों, गली-मोहल्लों में यही खान लोग शहर की तमाम मुसीबतें अपनी पीठ पर ढोया करते थे। पहले जमाना कोयले और मिट्टी के तेल जलाने का हुआ करता था। आने-जाने की शहर के बीच कोई ज्यादा सुविधाएं नहीं थीं। आज भी शहर के हेरिटेज जोन में केवल राज्यपाल और मुख्यमंत्री की गाड़ियों का प्रवेश ही मान्य था। आधा शहर सरकारी और निजी वाहनों के लिए बिल्कुल प्रतिबंधित था। विधायकों, मंत्रियों, जजों और सरकारी अफसरों की गाड़ियां शहर के कुछ चिन्हित स्थलों तक ही विशेष परमिटों से आ-जा सकती थीं। इसलिए शहर के बीच और दूर दूर पहाड़ों की चोटियों तक रोजमर्रा की जरूरतों से लेकर अन्य निर्माण आदि का सामान सारा खान मजदूरों की पीठ पर ही जाता था। हालांकि अब कुछ पहाड़ी मजदूर भी शहर में आकर रहने लगे थे परन्तु खान मजदूरों को कामकाज और ईमानदारी में टक्कर देना मुश्किल होता था। कुछ ऐसे काम होते थे जिन्हें केवल यही खान लोग कर सकते थे। इनमें पहाड़ की चोटियों पर बसे लोगों के घरों तक संकरी गलियों और पगडंडियों से पीठ पर दो ढाई सौ लीटर मिट्टी तेल से भरा ड्रम तीन खान ऐसे उठाकर ले जाते मानों वे तीन नहीं छः टांगों वाला कोई महा मानव जा रहा हो। वैसे ही कोयले और लकड़ी की बोरियां और बंडल घर घर पहुंचते रहते।

अधिक परेशानियां बर्फ में होती थीं। क्रिसमिस से पहले ही शहर बर्फ की मोटी चादर से सराबोर हो जाया करता था। ऐसा कोई साल नहीं होता जब दिसम्बर मास में पांच से दस फुट बर्फ न गिर जाती हो। कम भी गिरती तब भी रास्तों और सड़कों पर चलना मुश्किल हो जाया करता था। एक किस्म से शहर जड़ जो जाता। ठहर जाता। ऐसा लगता जीवन ही कहीं नहीं है। फिर ये खान मजदूर ही होते जो पीठ पर गैस के सिलेण्डर, दूध, ब्रेड, सब्जी, आटा और राशन यानी जरूरत की चीजों को न केवल दुकानों तक अपितु घर-घर पहुंचाया करते। बर्फ थमती तो हाथों में बेलचे, फावड़े और गैंतियां उठा कर सड़कों से बर्फ हटाते रहते। हर तरह से आमजनों की मदद करते। पर्यटकों की सहायता करते।

बर्फबारी के बाद जब धूप निकलती तो देवदारों के पेड़ों और लाल टीन की छतों से तो बर्फ पिघल जाती पर सड़कों पर दोनों तरफ जहां कई-कई फुट बर्फ केढेर लगे रहते वहीं सड़कें बर्फ की पतली परतों के जमने से शीशा हो जाती। कहीं

पैर टिकना कठिन हो जाता था। ऐसी विकट और जानलेवा परिस्थितियों में भी हम सड़कों पर इन्हीं खान मजदूरों को चलते-भागते देखते। इनके पैरों के जूतों में खूब घनी सुतलियां बंधी होती जो उन्हें फिसलने से बचाती। जहां तक शहर के नीचे कार्ट रोड़ पर रोजमर्रा की चीजों के वाहन आते वहां से सारी जरूरतों की सामग्री यही खान खड़ी चढ़ाई में चढ़ते हुए दुकानों, रेस्तरां और होटलों तक पहुंचाते थे। सारे शहर की दुकानों के सामान ढोने का जिम्मा इन्हीं का होता था। इतना ही नहीं किसी के घर कोई बीमार हो जाए तो लोग इन्हें ही फोन कर बुलाते और उनकी पीठ एंबुलेंस बन जाया करती थी। इन कामों के इलावा शहर में देवदार के पेड़ों की कटाई और चिराई में भी इनकी माहरत थी। बर्फ के कारण कई पेड़ गिर जाते। सड़कों और रिहाइशी मकान इनके शिकार होते तो यही खान नगर निगम प्रशासन के बुलावे पर आरे उठाकर हाजिर हो जाते और पल भर में पेड़ों को घरों-सड़कों से हटा लिया जाता। कई बार एहसास होता जैसे हमारे सैनिक हमारी सरहदों की रातदिन सुरक्षा में तैनात रहते वैसे ही ये खान मजदूर शहर की सुरक्षा और मदद में लगे रहते।

अब शहर में न तो पहले जैसी बर्फ गिरती है, न ही कोयले और मिट्टी के तेल की ही आवश्कता होती है। फिर भी शहर के ज्यादातर कठिन काम इन्हीं के जिम्मे हैं। मैंने इनमें कूट-कूट कर विनम्रता भरी देखी है। शहर या शहर के आसपास दूर-दूर तक जहां कहीं भी इन खान मजदूरों के डेरे हैं कभी कोई दंगा-फसाद होते नहीं देखा। लोग मजदूरी देते वक़्त इनसे खूब मोलभाव और अभद्रता भी करते हैं लेकिन कभी इनके चेहरे पर शिकन नहीं आती। ऐसे भी बहुत कम मजदूर हैं जिन्होंने अपने परिवार साथ रखे हैं। ये वर्ष भर खूब कमाते हैं और गर्मियों में और कुछ सर्दियों में अपने-अपने घर कश्मीर या जम्मू चले जाते हैं। मैंने देखा था कि पहाड़ों में जहां-तहां भी ये मजदूर रहते उनके मिज़ाज भी पहाड़ी लोगों की तरह ही हो जाते।

आज पता नहीं क्यों जब खुशी ने अपने मुसलमान होने का बताया, बहुत अटपटा तो लगा ही एक अप्रत्याशित भय भी भीतर पसर गया। कई प्रश्न मन में उठते रहे कि जब खान मजदूरों के परिवार साथ नहीं रहते तो खुशी साथ क्यों रह रही है...? ज्यादा सोच मन में यह घर कर गई थी कि इस बच्ची का उस काली मंदिर से इतना लगाव और श्रद्धा क्यों है जबकि वह किसी मस्जिद में भी तो जा सकती थी...? घर पहुंचते पहुंचते बहुत से ऐसे प्रश्नों से मेरा सामना होता रहा था जिनके मेरे पास न कोई उत्तर थे न उनके समाधान। घर पहुंच कर इस बच्ची के बारे में मैं बहुत

देर तक अपनी अर्धांग्नी से बात करता रहा था। एक-एक बात मैंने पत्नी को बताई थी...और विदेश में रह रहे बहू-बेटा तो याद आए ही, पोती बहुत याद आई थी।

●●●

अब खुशी को फूलों की आवश्यकता नहीं होती। मंदिर के भीतर जाने का रास्ता उसे मिल गया था। उसका दबा-छुपा आत्मविश्वास जैसे लौट आया था। शक्ल से वह बिल्कुल पहाड़ी लड़की दिखती थी। उसके बोलने से कतई नहीं लगता कि वह किसी खान मजदूर की बेटी है। वह अब बिना मेरे सहारे के सीधे अंदर जाती। एक परिक्रमा गर्भगृह के चारों तरफ करती। परिक्रमा पथ पर दस महाविद्याओं की खूबसूरत बड़ी-बड़ी तस्वीरें लगी थीं जिन्हें मैंने ही उसे बताया था। जब मैं उसे इनके बारे में बता रहा था तो उसके ओंठों पर एक रहस्यमई मुस्कान मैने देखी थी। उसकी छोटी-छोटी आंखों में उस समय ग़ज़ब की चमक भी मैंने नोटिस की थी। कई बार लगता रहा जैसे ये दसों महाविद्याएं उसके भीतर मौजूद है। परिक्रमा पथ पर इन पेंटिंग्स के क्रम इस तरह थे...काली, तारा, छिन्नमस्ता, षोडशी, भुवनेश्वरी, त्रिपुर भैरवी, धूमावती, बगलामुखी, मातंगी और कमला जिन्हें उसी शहर में रह रहे एक मशहूर बंगाली चित्रकार ने कई महीनों की मेहनत से बनाया था।

खुशी इन सभी के पास जाकर रुकती और बड़े ध्यान से देखा करती थी। हालांकि सभी पेंटिंग्स दीवार में उसके कद के हिसाब से काफी ऊपर टंगी थी फिर भी उसके हाथ इन के नीचे लिखे नामों तक पहुंच जाते थे। मसलन जब वह पहली काली महाविद्या की पेंटिंग्स के पास से परिक्रमा करती, काली शब्द पर सात या नौ सेकंड तक उंगलियां लगाए रखती। प्रत्येक महाविद्याओं की आकृतियों के सामने खड़े होने पर उसके चेहरे के भाव बदलते रहते। इन में सबसे अधिक देर वह काली महाविद्या की आकृति के नीचे खड़ी रहती। उस समय उसके चेहरे पर भयंकर उग्र भाव उमड़ आते। आंखें लाल हो जाती। मुट्ठियां भींची रहती और कई बार उसके दांत कड़कड़ाने की आवाजें बहुत धीमे-धीमे परिक्रमा पथ में फैल जाती। जैसे ही वह शोडसी महाविद्या के सामने आती, चेहरे के पूर्व भाव गायब हो जाते और वह बिलकुल सहज लगती। मंदिर के भीतर उसके इन क्रियाकलापों को केवल मैं ही नोटिस किया करता था।

एक दिन पूछा था उससे,

"खुशी! अब फूल नहीं लेती तुम..?"

मुस्कुराई थी वह।

"अब क्या जरूरत दादू, आपने देवी से तो मिला दिया न। अब तो मैं उससे बिना फूल दिए ही बातें कर लेती हूं।"

"दादू...।" कितना प्यारा लगा **था** यह संबोधन उसके मुंह से। रोम-राम रोमांचित हो गया था। मैं तो उसे आज खुद कहने वाला था कि वह मुझे दादू कह कर संबोधित किया करे और आज खुद ही खुशी ने यह कह दिया। कई बार लगता था कि मैं जो सोचता हूं वह पहने ही उसे बूझ लिया करती है।

परिक्रमा के बाद खुशी देवी की प्रतिमा के सामने बैठ जाती। लगता जैसे देवी से आंखें मिला कर गंभीर संवाद कर रही हो। मेरे लिए खुशी को समझना आसान नहीं था। इधर लोग यह समझने लगे थे कि वह मेरी पोती होगी।

●●●

एक दिन उसने अपना किताबों का बस्ता मेरे पास ही छोड़ दिया था और खुद मंदिर में चली गई थी। पिट्ठू एक किनारे से थोड़ा खुला था। जिप पूरी तरह बंद नहीं थी। मैं जैसे ही बंद करने लगा मेरी नजर भीतर एक किताब पर पड़ी। उसे निकाले बिना नहीं रह पाया। पाठ्यक्रम की किताबें जहां रखी थीं उसके दूसरे खाने में ये किताब थी। कुछ और भी। मैं देख कर हैरान रह गया। वह गीता थी जिसके बीच-बीच में कुछ सूखे फूल रखे हुए थे। मैंने दूसरी किताब और फिर तीसरी भी निकाल ली। इनमें एक कुरान और दूसरी महात्मा गांधी की किताब "सत्य के प्रयोग" थी। मैंने एक नज़र भीतर दी कि कहीं खुशी देख न ले और फिर तीनों किताबें यथावत रख दी थी। उन पर लिखा उसका पूरा नाम भी पढ़ा था...खुशी अन्नम। कक्षा नौवीं। मैंने 'अन्नम' शब्द कई बार पढ़ा जो जहन में बैठ गया था। साथ नौवीं कक्षा भी जो दर्शाती थी कि कई सालों से ये किताबें उसके पास है। अन्नम का अर्थ मुझे मालूम नहीं था। सोचा खुशी से ही पूछ लूंगा। तभी खुशी बाहर आकर मेरे बैठ गई थी।

"दादू! मेरे पास बाइबल नहीं है।"

मेरे कानों को विश्वास नहीं हुआ था। पहले एक झटका सा लगा कि मेरी चोरी पकड़ी गई है। शायद खुशी ने किताबें निकालते मुझे देख लिया होगा। मैंने अपने को बिल्कुल सहज रखा।

"कोई बात नहीं खुशी, मैं ला दूंगा न तुम्हें।"

इस पर वह खूब हंसी थी। यह हंसी किताब लाने की थी या कुछ और मैं नहीं समझ पाया था। सोचता रहा गीता, कुरान, सत्य के प्रयोग के साथ अब बाइबल भी...मेरी समझ में कुछ नहीं आ रहा था। इतनी छोटी उर्म में बच्ची ये सब भी पढ़ रही है...? कल इसे बाइबल दूंगा और परसूं यदि गुरूग्रंथ साहिब मांग लिया तो कहां से लाउंगा? अभी यह विचार मन में आया ही था कि खुशी बोल उठी,

"वह तो पढ़ लिया दादू, बहुत पहले। वहां जहां मैं रहती हूं न सामने गुरूद्वारा है। वो लोग पाठ करते हैं जो मेरे घर तक सुनाई देता है। अब सब याद हो गया।"

"याद हो गया...?" मैं थोड़ा चौंका था।

"अब चलती हूं दादू। बाबा राह देख रहे होंगे।"

"उसका बाबा संबोधन फिर हतप्रभ कर गया। जबकि उसे अब्बू बोलना चाहिए था।"

यह कहते हुए उसने झोला उठाया। उसे ध्यान से देखा और मुस्कुराती हुई जूताघर में चली गई। मैं बैंच पर जड़वत बैठा रहा था। तभी मंदिर का पुजारी हाथ में पानी का लोटा लिए मेरे पास से गुजरा और रूक गया।

"सर! बहुत प्यारी बच्ची है। देवी भक्त है। आपकी पोती है...?"

"नहीं नहीं पुजारी जी मेरी नहीं। यहीं मंदिर में मिलती है। दादू-दादू बोलती रहती है मुझे।"

"जी बढ़िया।"

पुजारी राम राम, जय सीताराम बोलते-बोलते शिव मंदिर की तरफ निकल गया था।

पोती शब्द दिल को लग गया था। अचानक आंखें भर आई थीं। यादों का एक बवंडर जैसे पास से छूकर निकल गया। कुछ देर भीगी आंखें बंद रहीं। खोली तो चौंक गया। साथ खुशी बैठी थी। पहले लगा भ्रम हुआ है लेकिन बिल्कुल सट कर वही थी और हाथ में गीता थी।

"तुम कब लौटी। चली गई थी न।"

बजाए मेरी बात का उत्तर देने के उल्टा मुझे ही पूछ बैठी,

"दादू! आप रोते भी हो। मैं हूं न आपकी पोती जैसी।" और फिर अपने आने का जैसे स्पष्टीकरण देने लगी थी।

"ये किताब झोले से निकल गई होगी। आपकी बगल में थी। इसे लेने चली आई थी बस।"

खुशी ने फिर चौंकाया था। मुझे बिल्कुल याद है कि मैंने गीता को उसके झोले से निकालकर ठीक तरह से उसी में रख दिया था तो फिर यह मेरे पास बैंच पर कैसे पड़ी रही...? पुजारी भी तो यहां आया था उसकी नजर भी इस पर नहीं पड़ी अन्यथा गीता देखकर वह जरूर कोई कमैंट करता।

"आपकी भी तो पोती है दादू...?"

मेरी जैसे गले में सांसें अटक गई थी। कुछ समझ नहीं आया क्या उत्तर दूं। बताया तो था ही उसे। याद आया।

मैंने उसे बाहों में भर लिया था।

"तुम्हारी जैसी प्यारी प्यारी।"

"अच्छा।"

"दादू! लाते तो नहीं कभी साथ...?"

लगता है जैसे वह पहले वाली बात भूल गई थी। मैं सोच ही रहा था कि वह बोल पड़ी थी।

"नहीं नहीं दादू...मैं नहीं भूलती...ऐसे ही फिर पूछ लिया।"

अचम्भित होने के सिवा मैं कर भी क्या सकता था..?

"यहां नहीं है न बच्ची वो, विदेश में है। बेटा बहू वहीं है न। सेवंथ में पढ़ती है वहां।"

"अच्छा। मैं दो क्लास आगे।"

"मेरी टीचर कहती है, मैं अब सीधे दसवीं की परीक्षा दे सकती हूं। बोलती है मैं बहुत इंटेलीजैंट हूं।"

"अरे खुशी ये तो अच्छी बात है। जरूर देना।"

यह बता कर वह चली गई थी। मैं उसे तब तक देखता रहा था जब तक वह गेट से बाहर नहीं निकल गई थी।

मैंने उसके बारे में कभी नहीं जाना कि वह कहां रहती है...उसके अब्बू क्या करते हैं...उसके परिवार में और कौन-कौन है...? बस इतना भर पता था कि उसकी कौन सी क्लास है और स्कूल कौन सा है। सोचा कल सब पूछ लूंगा उससे। लेकिन अन्नम शब्द बार-बार मस्तिष्क में घूम रहा था। मैंने अपना मोबाईल निकाला और

इस शब्द को गुगगल सर्च में डाल दिया। इसका अर्थ था 'भगवान का आशीर्वाद' और शब्द के धर्म के बारे में लिखा था 'मुसलमान' और साथ स्त्रीलिंग। एक लम्बा सपष्टीकरण अन्नम के बारे में पढ़ने को मिला था कि इस नाम वाली लड़कियां बहुत विनम्र परन्तु तेज, गुणी, विद्वान प्रवृत्ति, धर्मी और अल्लाह भक्त होती है। उनकी स्मरण शक्ति गज़ब की होती है।...और खुशी के ये सारे गुण मैं पिछले कई दिनों से देख ही रहा था।

●●●

आज शनिवार था। खुशी हर शनिवार दो बजे के करीब आ जाती थी। उससे रोज मिलने का लालच बढ़ रहा था। आज उसकी मार्शल आर्ट की कड़ी क्लास होती है। उसने बताया था कि वह पांच सालों से सीख रही है और आज उसे पहली ब्लैक बेल्ट से नवाजा जाएगा। मुझे उसका इंतजार था। आज मैं जल्दी मॉल पर आ गया था।

मेरे जैसे सेवानिवृत अधिकारी जिनके पास अब कोई काम न था, दोपहर के बाद शहर के मॉल पर घूमने आ जाया करते थे। उनका अधिकतर समय इंडियन कॉफी हाउस में गुजरता था और कुछ घूमते हुए। जिनके घर स्कूल जाने वाले छोटे बच्चे होते वे उन्हें स्कूल से घर छोड़ कर मॉल पर आ जाया करते थे।

सेवानिवृति में भी एक स्टेटस अपनाया जाता था। हाई रैंक वालों की अलग टोली होती जबकि लोअर वालों की अलग। उनमें दफ्तरों की तरह अक्कड़ बनी रहती। जो लोग अपने बेटे बहू के साथ शहर में रहते थे उनके चेहरों पर खूब सुकून देखने को मिलता और मेरे जैसे अकेले रहने वालों के चेहरे पर नकली तेज और हंसी हमेशा चिपकी रहती थी। अब मियां बीबी अकेले सारा दिन घर में एक दूसरे से कितना बतियाएंगे...?

मैं पुलिस महकमें से आईजी रेंक से सेवानिवृत हुआ था इसलिए थोड़ा ऊपर का रैंक होने के नाते कॉफी हाउस भी आमतौर पर अकेले ही बैठना पड़ता। कभी कभार ही कोई अफसर ऐसा मिलता जिसके साथ बैठ कर अच्छा लगता। हालांकि मॉल और कॉफी हाउस आने तक सेवानिवृत लोअर रैंक के अफसरों, कर्मचारियों और ऑन ड्यूटी पुलिस वालों का खूब रिगार्ड मिलता फिर भी एक अजीब सा खालीपन घर की तरह भीतर पसरा रहता। मेरी छवि एक दबंग और ईमानदार पुलिस

अधिकारी की रही थी इसलिए जयहिन्द, नमस्ते, और सलाम ज्यादा हिस्से आते थे। यह एक किस्म की ऐसी ख़ुराक भी थी जो इंसान को हमेशा खुश भी रखती और जिसका एक अलग ही नशा होता था। कुछ भ्रष्ट और कांईयां टाइप रिटायर अफसरों को तो एक नमस्ते के लिए भी तरसना पड़ता। कई बार उन्हें देखकर उनके साथी कर्मचारी तक या तो उनसे नजरें छुपा कर निकल लेते या इधर-उधर खिसक जाते। मैं सोचा करता कि इंसान को अपनी असली औकात या कमाई का पता सेवानिवृति के बाद कुर्सी से उतरते ही लगता है। ये कुछ मायने नहीं रखता कि आपके बैंक में कितना पैसा है या आपको कितनी पेंशन मिलती है। जिस शहर में हम उम्र भर नौकरी करते हैं वह एक शीशे की तरह आपके अच्छे बुरे का हिसाब-किताब पल में दे दिया करता है। इस दृष्टि से मैं अपने को भाग्यशाली समझता था और बाजार या मॉल पर गर्दन उठा कर चला करता। नहीं तो आपने सेवाओं में रहते क्या-क्या गुल खिलाए हैं उसका लेखा-जोखा आपके मन, दिमाग में भी जरूर रहा करता है और आप कभी नजरें उठा कर नहीं चल पाते। यही कारण था मंदिर में मुझे सब लोग अतिरिक्त सम्मान दिया करते थे और चाय के समय कोई न कोई आकर मंदिर ऑफिस भी ले जाया करता था।

खुशी को पता नहीं था कि मेरा कौन सा दफ्तर था। मैं नौकरी करता हूं या रिटायर हो चुका हूं। परंतु उसके क्रियाकलापों से कई बार भ्रम होता था कि वह सब जानती है। उसका दादू संबोधन मुझे भीतर तक पिघला देता था और अब तो यही लालच रोज-रोज मंदिर भी खींच कर ले आता था। सच बताऊं तो चलते, घर बैठे और सोते कई बार उसकी मीठी-मीठी आवाजें कानों में गूंजती रहती थीं। मैं रोज उसके बारे में जब पत्नी को बताता तो वे सुनते-सुनते पता नहीं क्यों कई बार दोनों हाथ जोड़ कर किसी को प्रणाम किया करती। कभी उसकी आंखें भर आतीं और उठ कर बेटे के कमरे में बैठ कर खूब रो लिया करती। उसकी सिसकियां सूने घर की दीवारों से बजकर मुझ से ऐसे टकराती जैसे भयंकर अंधड़ में कोई झाड़ी टूट कर ऊपर गिर गई हो। उसकी बड़ी इच्छा थी कि कभी खुशी को घर लेकर आऊं।

खुशी आज ढाई बजे के आसपास मंदिर पहुंची थी। अपने जूते उतारने, उन्हें जूताघर की शेल्फ में रखने और हाथ-मुंह धोकर आने के पूर्ववत रूटीन को पूरा करके आज वह कुछ अतिरिक्त उत्साह में दिखी थी। खिलखिलाती हुई मेरे से पहली बार खूब लिपटी थी। फिर बाहों के निबंध छोड़ कर झोले से अपना ब्लैक बेल्ट का

मेडल निकाला और मुझे दिखाने लगी। मुझे बहुत खुशी हुई थी और उस दिन उसे बहुत प्यार किया था। आज इच्छा थी कि खुशी को मंदिर से निकलने के बाद कोई कीमती उपहार दूंगा और उसे कुछ अच्छा खिलाउंगा भी। मन ही मन उसके इन अतिरिक्त गुणों को देख उसे खूब शाबाशी भी देता रहता था। मेरी आंखों के सामने अक्सर उसका झोला आ जाया करता जिसमें चोरी से मैंने गीता और उसके साथ रखी कुरान तथा गांधी जी की सत्य के प्रयोग किताबें देखीं थीं और इसका रहस्य अभी तक बना हुआ था कि जब ये किताबें किसी तरह के पाठ्यक्रमों का हिस्सा नहीं है तो खुशी इनका करती क्या है...? उसने मुझ से बाइबल भी मांगी थी पर मैं उसे अभी तक दे नहीं पाया था। दुर्गासप्तशती उसने एक दिन पुजारी के हाथ में देखी थी और बिना झिझक उसे मांग लिया था। पुजारी पहले तो कुछ हैरान सा हुआ कि यह स्कूली लड़की इसका क्या करेगी परंतु मंदिर में ये किताबें उपलब्ध रहती थीं इसलिए उसने एक खुशी को दे दी थी।

आज जब से मंदिर में आकर बेंच पर बैठा था मैने नोटिस किया था कि कुछ लड़के जिन्होंने गले में भगुआ पटके लपेटे हुए थे पहले से बैंचों पर इधर उधर बैठे मुझे कुछ अज़ीब नजरों से देख रहे थे। कुछ एक-एक, दो-दो करके मंदिर आते और फिर अचानक परिसर में कहीं गुम हो जाते थे। दो चार मंदिर के भीतर भी बैठे थे जिनके गलों के पटकों पर भगवान के स्लोगन अंकित थे। वे वहां बैठे पुजारियों से कुछ गुफ़्तगू भी करते नजर आए थे।

वैसे पिछले कुछ दिनों से शहर में इन भगुए रंगों के पटकों का गले में मफलर की तरह लपेटे रखने का फैशन अचानक बढ़ गया था। ये अब दो संदेश देते नजर आते थे। पहला यह कि इन्हें पहनने वाले समाज में सवर्ण बिरादरी के वाहक हैं और दूसरे इन जैसा कोई दूसरा राष्ट्रभक्त भी नहीं। यह सवर्णता उन्हें एक विशेष राजनीतिक दल से भी जोड़ती थी। कुछ अर्से से अब अनुसूचित जाति आयोग की तरह सवर्ण आयोग के गठन की मांग भी जोर पकड़ने लगी थी। मुझे स्मरण हुआ की दो महीनों पहले जब उन लोगों ने अपनी मांग के समर्थन में एक बड़ी रैली की थी तो सभी के गले में ऐसे ही पटके टंगे थे और उन्होंने कई जगह खूब तोड़फोड़ भी की थी। मुझे कभी भी इस तरह के वर्ग विभाजन अच्छे नहीं लगते थे क्योंकि ऐसे लोग समाज जोड़ने वाले कम और तोड़ने वाले ज्यादा होते। ऊपर से सरकारों की इन विशेष समाजों पर बनी कृपा वोट की राजनीति में आग में घी का काम करती थी।

वैसे भी इन दिनों दो समुदायों की भिड़ंत और बहसें जो ईश्वर और खुदा के नाम पर सड़क से संसद तक और रेडियो से टीवी तक जोर पकड़ रही थी उसने शहरों के मोहल्लों से लेकर गांव तक केवल नफरतें इज़ाद करने का ज्यादा काम किया था। इनके हिंसक रूप बेहद खतरनाक थे जिन्होंने शांति और प्रेम से आस-पड़ोस में रह रहे लोगों के रिश्तों में गहरी दरारें डाल दी थीं। पता नहीं आज क्यों इन बातों पर कुछ ज्यादा ही सोच और ध्यान जा रहा था।

खुशी को भीतर जाने की जल्दी थी। जैसे देवी मां और दस महाविद्याओं को अपनी ब्लैक बेल्ट की उपलब्धता को बताना चाहती हो। हां, खुशी पूरे प्रदेश में अपनी उम्र की छात्राओं में प्रथम भी आई थी।

●●●

मैं और खुशी जैसे ही भीतर जाने लगे बाहर और भीतर एक अज़ीब सी हलचल हुई। कुछ लड़के जो बाहर इधर उधर बैठे थे एकदम उठ कर हम दोनों के साथ हो लिए। जैसे ही हमने मंदिर का मुख्य द्वार लांघा एक लड़का भीड़ में से बदहवास सा आकर आगे खड़ा हो गया। गले में वही पटका। माथे पर लाल तिलक, दाएं बाजू में खूब लाल मौली बंधी हुई। उसने भद्दी सी जीन पहन रखी थी जो कई जगह से फटी हुई थी। अचानक उसी तरह के कई लड़के मंदिर के भीतर दूर-दूर खड़े हो गए थे। एक तरह से हम दोनों को उन्होंने घेर लिया था। अब कुछ दूसरे लोग भी जमा हो गए थे। मंदिर में जो पुजारी और सुरक्षाकर्मी थे वो जानते थे कि मैं पुलिस महकमें से रिटायर हूं इसलिए वे दूर-दूर खड़े थे जैसे मेरा सामना करने से बच रहे हो। मेरी समझ में कुछ नहीं आ रहा था लेकिन खुशी ने जिस जोर से मेरा बाजू पकड़ लिया था मुझे अब डर भी लगने लगा था। शायद मेरे से पहले इस अप्रत्याशित खतरे को भीतर जाते खुशी भांप गई थी। मैने महसूस किया जैसे वह भी अब भय से कांपने लगी है। तभी वह लड़का जोर से चिल्लाया था,

"वो अंकल इस मुसलिंडी को कहां लिए जा रहे...देखते नहीं ये हिन्दू मंदिर है। कई दिनों से तुम्हारी इन हरकतों को हम देख रहे हैं। तुम्हारे को कोई टोकता-वोकता नहीं तो मनमानी करोगे...मंदिर भ्रष्ट करोगे...धर्म भ्रष्ट करोगे। तुमको यदि इसके साथ रहने का ज्यादा शौक है तो किसी मस्जिद में क्यों नहीं जाते...धर्म बदलो अपना।"

आसपास खड़े लड़के अजीब हंसी हंसे थे जो डरावनी थी। उस हंसी में एक टुच्चेपन के साथ दबंगता भी थी।

यह सब सुनना मेरे लिए बेहद असहनीय था। मैं इन अपशब्दों से भीतर तक हिल गया था और आंखें आक्रोश से लाल हो गई थी।

उस बददिमाग लड़के का साथ देने अब उस जैसा ही एक मुस्टंडा गुस्से में आग उगलता सामने आकर खड़ा हो गया गया जिसके साथ मंदिर का मुख्य पुजारी भी था। वह उसकी आड़ में कुछ ज्यादा ही तमतमाया हुआ था...जैसे सारे धर्म बचाने का ठेका उसे ही दिया गया हो।

'ये बूढ़े क्या सिट्टी-पिट्टी चल रही इस मुसलमानणी के साथ...हैं...बता-बता। तेरे को नी दिखता ये हिंदुआ का मंदिर है। मादर...' और भद्दी गाली देते हुए उसने अब मेरा कॉलर पकड़ कर बाहर की तरफ जोर का धक्का दिया था।

मैने खुशी के साथ अपने को मुश्किल से संभाला था। अचानक भीतर एक चीख गूंजी जिसके साथ ही उसके पेट पर इतने जोर की लात पड़ी कि वह कई लोगों के ऊपर से उछलता हुआ मंदिर गर्भगृह के सामने बड़े से दानपात्र से टकराकर जमीन पर औंधे मुंह गिर गया। जितने में एक और लड़के ने खुशी को बाहर धकेलना चाहा उसका भी वही हश्र हुआ। अन्तर इतना था कि वह भीतर गिरने के बजाए परिक्रमा पथ की सीढ़ियों पर लुढ़क गया। दोनों ने उठने की भरसक कोशिश की परन्तु ये वार इतने मजबूत और तीखे थे कि वे दोनों औंधे गिरे रहे। भीड़ मेंसे कुछ और भी हम दोनों को घसीटकर बाहर करने की फिराक में थे लेकिन एक अजीब सा भय भीतर पसर गया। किसी ने सोचा तक न होगा कि एक लड़की ऐसे उग्र रूप में बदल जाएगी।

अब समझ आया कि दोनों पर लातें खुशी की पड़ी थी और वह गुस्से से बुरी तरह कांप रही थी। उसकी पीठ पर झोला यथावत था और बाल खुल गए थे। इसके बावजूद उसने मेरा हाथ अभी तक भी छोड़ा नहीं था।

"बस बहुत बोल लिया तुमने। एक शब्द भी दादू को और किसी ने बोला न तो मार दूंगी सबको...शर्म नहीं आती तुमको...दादू को अपशब्द बोलते हो...गाली देते हो। संस्कार नहीं दिए तुम्हारे को किसी ने। बुजुर्गों और बच्चों की इज्जत नी करनी सिखाई किसी ने। बड़े आए तुम धर्म को बचाने वाले। जानते हो क्या होता है धर्म... जानते हो तुम...धेले की तहजीब नहीं तुमको। डर न शर्म।"

यह कहते हुए वह बुरी तरह हांप रही थी। उसकी प्रकृति अब बिल्कुल वैसी ही दिख रही थी जैसे कई बार मंदिरों में किसी लड़की या औरत में कोई देवछाया आदि आने से दिखती है। शायद वहां बाहर-भीतर खड़े लोग अब यही समझ बैठे थे कि उस लड़की में कोई छाया प्रवेश हुई है।

उसने झटके से मेरा हाथ छोड़ा और दोनों लड़कों को खींचते हुए मेरे पास तक ले आई। पकड़ कर सीधा खड़ा किया...। वे अभी भी दर्द से कहरा रहे थे और लड़खड़ा रहे थे। फिर दहाड़ी थी वह। उसकी दहाड़ बहुत भयानक थी। कई पल जैसे वह दीवारों से टकराती रही फिर मंदिर की घंटियों पर बैठ गई। साथ जैसे भीतर खड़े लोगों और पुजारियों की आंखों में घुस गई। मैने खुशी का उस समय जो रुद्र रूप देखा वह अद्भुत और डरावना था। एक पल के लिए मैं खुद डर गया था। शायद यही हाल सभी के थे और डर कर बाहर हो लिए थे। मुख्य पुजारी के साथ दूसरे पंडित लोग मारे भय के गर्भगृह में घुस गए थे जहां वे कांपती आवाजों में जय काली, जय मां का उच्चारण करने लगे थे। खुशी भयंकर आक्रोश में लगातार बोले जा रही थी,

"हां हां मैं मुसलमान हूं। मुसलमान। हिन्दू नहीं हूं पर हिन्दुस्तान में रहती हूं इसलिए हिन्दू हूं। तुम्हारे शहर में मेरे अब्बू बरसों से तुम लोगों की सेवा करते आ रहे हैं। उन जैसे पता नहीं कितने लोग। तुम्हारे इस शहर को अब्बू जैसे लोगों ने अपनी पीठ पर ढोया है। ये जो मंदिर है यहां का राशन अब्बू की पीठ पर आता है इधर। पुजारी खाते हैं उसको। मंदिर में रह रहे दूसरे लोग भी। तब तो वह राशन, डबल रोटी, दूध और पानी मुसलमान नहीं होता न। आज अचानक उनकी बेटी मुसलमान हो गई। क्या किया मेरे दादू ने और क्या बुरा मैंने कर दिया...? यही न कि मंदिर में देवी मां के पास मथा टेकने आते थे। दो घड़ी बैठ लेते थे। कोई चोरी नहीं की। मंदिर नहीं तोड़ा। मूर्ति नहीं तोड़ी। बस मथा टेका, दो चार फूल चढ़ा दिए और तुम्हारा धर्म भ्रष्ट हो गया। सालो धर्म का अर्थ भी पता है तुम्हारे को..क्या होता है धर्म...? जिस देवी की पैरवी तुम कर रहे हो यहां आकर उसका एक मंत्र भी सीखा कभी।"

खुशी की आंखों में खून तैर रहा था और भीतर से आंसुओं की वर्षा हो रही थी।

बड़बड़ाती हुई वह गर्भगृह के पास गई। फिर मुड़ी। मुख्य द्वार के पास एक लड़की खड़ी थी। उसे पकड़ कर भीतर लाकर खड़ा कर दिया और गर्भगृह में दुबके मुख्य पुजारी की ओर घूम कर पूछा खुशी ने,

"पुजारी दादा कौन है ये लड़की, बताओ कौन है ये...? जुबान नहीं खुलेगी न। खुद नहीं बोल पाए तो कुछ तो इन लफंगो को ले आए हमें बाहर करने। प्यार से समझा देते। नहीं आती मैं तुम्हारे मंदिर। कभी नहीं। देखती भी नहीं कभी इस तरफ। देवी, भगवान मंदिर में नहीं बैठे होते पुजारी दादा, दिलों में होते हैं। बताओ तो दादा। सब को बताओ। ये सुमिता है मेरे स्कूल में आठवीं में पढ़ती है और तुम्हारी बेटी है न। पूछो पिछले साल क्या हुआ था बस स्टेशन पर। किसने घसीटा था इसे स्कूल से आते गाड़ी के भीतर। सिर फट गया था इसका। ऐसे ही बदमाश थे वो, जिनका कोई धर्म नहीं होता। सोचो पुजारीदादा अगर वहां मेरे अब्बू और कुछ खान चाचा नहीं होते, मर जाती आपकी लड़की। बेहोश थी ये। जैसे कैसे अस्पताल पहुंचाया उन्होंने। जाते ही ऑपरेशन हुआ इसका। तीन बोतलें खून चढ़ा था इसको। किसका खून था वो...अब्बू का। मेरे मुसलमान अब्बू का। नहीं दिया होता या तुम्हारा इंतजार करते तो आज यहां न होती तुम्हारी बेटी। अब बताओ सब को ये हिन्दू है या मुसलमान...? क्यों नहीं मार दिया इसको...? क्यों आती है यह मंदिर...? इसके भीतर खून तो मुसलमान का ही हुआ न...? पर तुम तो पंडित हो, ढोंगी पंडित। गंगा का पानी छिड़क दिया और कर लिया पवित्र।"

सुमिता ने खुशी को अपनी बाहों में भींच लिया था। बाहर अब तक जैसे पूरा शहर उमड़ पड़ा था। पुलिस को किसी ने बुला लिया था। कुछ नेता किस्म के लोग भी अचानक प्रकट हो गए और कुछ मीडिया के यू ट्यूबर और पत्रकार भी।

भीतर अब भी आसपास भीड़ थी। मंदिर परिसर लोगों से भर गया था। दोनों लड़के सहमे हुए दीवार के साथ चिपक गए थे। उन्हें खुशी काली का रूप दिख रही थी। उन्हें ही नहीं पुजारियों के साथ वहां उपस्थित भीड़ को भी। वह जिस आवेश और साफगोई से बोल रही थी उससे सभी अचम्भित थे।

खुशी ने पुजारी की बेटी की बाहों से अपने को अलग किया। देवी की प्रतिमा के सामने खड़ी होकर हाथ जोड़े और बारी-बारी दसों महाविद्या के संस्कृत बीज मंत्रो का उच्चारण करने लगी। जिस शुद्ध संस्कृत भाषा में खुशी उच्चारण कर रही थी कभी पुजारियों ने भी उन्हें बोला तो क्या सुना तक न होगा। मंत्र खत्म हुए तो दुर्गा सप्तशती का पाठ आरंभ कर दिया।

●●●

सभी अचंभित थे। मैं भी। पुजारियों की शक्लें देखने योग्य थी। खुशी प्रवाह से दुर्गा सप्तशती के श्लोकों को बोल रही थी। लग रहा था मंदिर में कोई महा विद्वान लड़की देवी भागवत पढ़ रही हो। जैसे ही उसे पढ़ कर समाप्त किया, खुशी फिर चीखी थी,

"मैं मुसलिंडी। मुसलमान लड़की। हिंदू मंदिर को भ्रष्ट कर दिया। दादू को भी नहीं छोड़ा पापियों। नष्ट हो जाओगे तुम सब।"

यह बोलते बोलते पीठ से झोला खींचा। उसकी चैन खोली और भीतर से गीता निकाल कर हाथ में ले ली।

फिर दहाड़ी वह।

"मैं मुसलमान लड़की। रोज गीता पढ़ती हूं।"

बहुत डरावनी थी उसकी दहाड़ें। बहुत जल्दी फिर शांत हुई थी वह। संबोधन पुजारी की ओर था।

"पुजारीजी ये गीता है देखी होगी न। ये जो दंगा-फसाद करने लाल-लाल पटके बांधे, बड़े बड़े तिलक लगाए मुस्टंडे आए थे न जरा पूछो तो, देखी है गीता कभी। बड़े आए साले मंदिर की पवित्रता बनाने। एक श्लोक भी आता है इनको।मुझे एक नहीं सारी गीता आती है। सात सौ श्लोक कंठस्त है मेरे।"

और खुशी ने पता नहीं कितने श्लोक संस्कृत में जबानी बोल दिए थे और अंत इस श्लोक से किया था,

यदा यदा हि धर्मस्य ग्लानिर्भवति भारत।
अभ्युत्थानमधर्मस्य तदात्मानं सृजाम्यहम।

●●●

"अर्थ तो आप सब जानते ही होंगे...? पर लगता है ये भी नहीं आता होगा।"

"जब-जब धर्म की हानि और अधर्म की वृद्धि होती है, तब-तब मैं अपने रूप में प्रकट होता हूँ।"

उसने गीता को माथे से वांचा, झोले में रखा। फिर देवी मां को प्रणाम किया और दीवार की ओट में उकडूं बैठे लड़के के पास गई। दोनों को गले में टंगे पटकों से पकड़ा, "तुम दोनों याद रखना इस श्लोक को। और जो तुम्हारे साथी कहीं बाहर भीतर दुबके हो उनको भी बताना। और दूसरी बार दादू को नी बोलना कुछ। समझे तुम लोग।"

कुछ देर खड़ी रही खुशी। अपने बाल ठीक किए। दोनों कन्धों पर टंगी पिट्ठू की डोरियां झटक कर संभाली और मेरे पास आ कर मेरा बाजू पकड़ लिया,

"चलो दादू अब नी आयेंगे कभी यहां। नहीं आयेंगे।"

और यह कहते कहते वह सिसकती हुई मुझ से लिपट गई थी। बहुत देर रोती रही वह। मंदिर में स्थापित मूर्तियां भी रो रही थीं और परिक्रमा पथ की दीवारों पर टंगी दसों महाविद्याओं की तस्वीरें भी। अचानक मेरी नजर काली महाविद्या की तस्वीर पर पड़ी।

बाहर निकले। पांच बजे का समय होगा। मंदिर परिसर खचाखच भरा था और सभी की आंखें नम थी। भीड़ में अभी भी भगुआ पटके गले में लटकाए बहुत से शातिर थे जो कनखियों से मुझे और खुशी को देख रहे थे। पर चेहरों के भाव उड़े हुए थे। जैसे किसी ने सौ जूतों से पिटाई की हो।

●●●

कई पुलिस वाले बाहर थे। जानकार थे सब। सभी ने जैसे खुशी को देखते हुए हैरान होकर जयहिंद सर कहा। मैने देखा बहुत लोगों के हाथ प्रार्थना में थे, प्रणाम में थे, नमस्कार में थे...उस दुर्लभ बच्ची के लिए जिसे वो साधारण लड़की नहीं कोई अवतार आई हो।

जूता घर से हम दोनों ने जूते लिए। पहने और बाहर गेट से निकलते ही खुशी के अब्बू से सामना हुआ। वह जानता था मुझे। मैं भी। कितनी बार गैस के सिलैंडर लेकर घर आया था वह। कितनी बार चाय पी थी घर उसने। पर नहीं बताया कभी उसकी एक बिटिया भी साथ रहती है। भीतर जो हुआ उसने सब देख-सुन लिया था और खुशी को ऐसे देख रहा था जैसे उसकी बेटी न होकर मैं मंदिर से कोई देवी की मूर्ति उठाकर लाया हूं। पहलीबार एक पिता के सामने अपने अपराध को मन ही मन स्वीकार किया था कि यह सब आज मेरी वजह से हुआ है। खुशी जैसे मंदिर आती, ठीक थी वह। क्यों उससे इतना लगाव हुआ...क्यों उसे इतना अपनापन दिया...न देता, नहीं होता यह सब। सच, एक पिता का सामना करना इस वक्त कितना कठिन लगा था यह मेरे सिवा कौन जान पाता। खुशी तो भला जानती ही सबकुछ थी।

●●●

मैं कई वर्षों बाद शहर लौटा हूं। उम्र 80 पार हो गई है परन्तु अपनी सेहत को बरकरार रखा है। पत्नी भी स्वस्थ है। बेटे का विदेश होने का अपना ही आनंद है। जब कोई पूछता है तो बताते हुए उम्र एक डेढ़ साल जरूर बढ़ जाती है और जब कभी अकेलेपन में बच्चों की कमी सताती है तो वह कई गुना रफ्तार से घटती भी रहती है।

तबियत खराब नहीं हुई थी तो कभी कनाडा जाना संभव ही न होता। मैं चाहता था इलाज अपने शहर में हो पर बेटा बहू नहीं माने। कहने लगे साथ रहने का यह बहाना भी तो है। फ्लाइट के टिकट ऑन लाइन भेज दिए थे। बाकी की सारी औपचारिकताएं भी पूरी कर ली थी। बीमारी कुछ ज्यादा गंभीर थी इसलिए काफी बड़ा ऑपरेशन हुआ था।

खुशी बहुत याद आती रही थी। उस घटना के बाद उसे बहुत ढूंढा। उसके अब्बू के बारे पूछता रहा। एक दिन उसके स्कूल गया तो मालूम हुआ वह पिछले सप्ताह स्कूल से रलीविंग सर्टीफिकेट लेकर चली गई। पता नहीं कहां...? खुशी का अब कोई पता नहीं था। सोचता रहा उसका अब्बू उसे कश्मीर ले गया होगा। वह उस घटना से इतना आहत और डरा हुआ होगा कि कभी इस शहर को याद तक नहीं किया होगा।

बस पास अब पोती थी जिसके साथ दिल लगा रहता। परंतु जो बात खुशी में थी वह कनाडा की पोती में कभी नहीं मिली न दिखी। उसकी अपनी दुनिया थी। दादू दादी उसके लिए हैरी पॉटर विडियो गेम जैसे जीते जागते किरदार थे। वह हिंदी के कुछ शब्द ही बोल पाती इसलिए मेरी पत्नी को उसके साथ दादी पोती का सामंजस्य बिठाना मुश्किल था। मैं उससे खूब बतिया लेता था लेकिन व्यवहार और स्नेह के बीच एक ऐसी अदृश्य महीन रेखा थी जिसने मन की दूरियां बनाए रखी थी। हालांकि इसका हमारे छोटे से परिवार में कभी एहसास नहीं हुआ।

बीमारी की वजह से चलने फिरने खाने में बहुत बंदिशें थीं। वहां कुछ ज्यादा करना नहीं पड़ता था। हरेक चीज ऑर्डर पर मिलती थी। कनाडियन बहु के हाथ की तो कभी चाय भी नसीब न हुई। जरूरत भी नहीं थी। किसी सरकारी सेमिनार की तरह नियमावी निर्धारित थी और चाय नाश्ते से लेकर रात के खाने तक सब फिक्स था। कभी कुछ अतिरिक्त आवश्यकता होती तो वह भी आसानी से उपलब्ध हो जाया करता था। हम दोनों जैसे कैसे दिन गुजार रहे थे।

आज उसी समय घर से निकाला हूं। मंदिर तक का पैदल रास्ता ढाई किलोमीटर से ज्यादा का होगा। चलते हुए पहले जैसा सुकून महसूस नहीं हो रहा है। जैसे अपने शहर में नहीं किसी दूसरी जगह आ गया हूं। सड़कों के दोनों ओर से हरियाली गायब है। देवदार और बुरांश गायब है। सड़कों को लोहे की भारी भरकम रेलिंग ने जकड़ लिया है। जैसे शहर लोहे पर बना दिया गया हो। पहाड़ियों पर कोई पेड़ नहीं है। कंक्रीट के जंगल उग आए हैं। पेड़ों की जगह छोटी बड़ी गाड़ियां पार्क है। पगडंडियां लोहे के पथों में तबदील हो गई हैं। पैदल कोई नहीं है। सभी कारों में हैं। प्रतिबंधित रास्ते खुल गए हैं। सड़क में जगह-जगह आवारा कुत्तों के झुंड सोए और बैठे हैं। गाड़ियों और रेलिंग की ओट में बंदर छीना झपटी के लिए मुस्तैद लगते हैं।

शहर में कई जगह रज्जू मार्ग बन गए हैं। वाकिंग पाथ दूर दूर तक लोहे की छतों और टीनों से ढक लिए हैं। सीढ़ियां नदारद हैं। उनकी जगह लंबी लिफ्टें और एक्सीलेटर बन गए हैं। शहर रस्सी और एक्सीलेटर पर भाग रहा है। जहां जहां देवदार कटे हैं उनके ठूंठों को पेंट करके कलाकृतियों में बदल दिया है। हरियाली के लिए जगह जगह सीमेंट के गमलें ठूंस लिए गए हैं जिन पर करोड़ों खर्च हुए हैं। लेकिन उनमें लगे फूल और पौधे बिना पानी के सूख गए हैं। बहुत से गमले टूट कर जगह-जगह बिखरे हैं। पहाड़ियों की खाली जगह ऐसी लग रही है जैसे इन्हें खुरच कर नंगा कर दिया गया हो। कई सालों से शहर में बर्फ नहीं गिरी है। सुना है सरकार शहर को हरा लाल बनाने की कवायद में हैं। किसी मंत्री के चेहते ठेकेदार को उन्हें रंगने का ठेका दिया गया है। अब बहस इस पर है कि शहर का कितना भाग हरा और कितना भगुआ रंग में करना है। टेंडर में विपक्ष और पक्ष की विचारधारा का सम्मान और ख्याल रखा गया है।

सड़कों पर कुत्ते और बंदर आदमियों की बनिस्पत ज्यादा दिखते हैं। अब सभी गाड़ियों में हैं जिनके भीतर से हरी और लाल रंग की टोपियां चमकती रहती हैं। सड़कों पर भी यही हाल है। टोपियों के रंगों से यह अंदाजा लगाना आसान है कि कितने आदमी सरकार के हैं और कितने विपक्ष के।

मैं देखता सोचता अपने ही शहर में एक अजनबी की तरह सड़क पर हूं। चार बजे से पहले मंदिर पहुंच जाता हूं। सबकुछ बदला हुआ है। मंदिर प्रांगण में उतरने के लिए सीढ़ियों की जगह एक्सीलेटर लगे हैं। मंदिर का पूरी तरह कायाकल्प हो गया है। परिसर में एक विशाल शिव मंदिर बन गया है। बेंच कहीं नहीं है। जूताघर

हाई टैक हो गया है। जूता जुराबें खोलो, भीतर डालो और स्वचालित सिस्टम से जूते गायब और आपके हाथ में 21 रुपए की एक पर्ची। जब जूते लेने होंगे तो पर्ची के साथ पैसे गूगल पे करो और जूते ले लो। वही सिस्टम फूल, नारियल और दूसरी चीजों के लिए हो गया है। अचानक एक बोर्ड पर नजर पड़ती है। उस पर दर्शन के रेट लिखे हैं...साधारण दर्शन...201 रूपए...वीआईपी दर्शन...1100 रूपए। ऐसे ही कुछ रेट मंदिर में विशेष पूजाओं के भी अंकित हैं।

पानी के नल ऑटोमैटिक है। परिसर में जगह-जगह बंदूकों के साथ सुरक्षा गार्ड तैनात है जिनकी नजरें हमेशा आप पर हैं। दर्शन के लिए भी कूपन है जिन पर समय निर्धारित है और उसी हिसाब से चार्जेस भी है। जो भी पैसे लिए जा रहे है वे मंदिर के लिए दान है। शुल्क या चार्जेस नहीं। लोग खुले मन से दे रहे हैं।

मैं भीतर जाता हूं। चारों तरह देख कर विस्मित हो जाता हूं। पूरी दीवारें, गर्भ गृह और मूर्तियां सोने की हो गई है। भीतर जिन प्रतिमाओं के सामने खुशी बैठती थी वे अब सोने और चांदी में बदल गई है, पत्थर, अष्ट धातु या संगमरमर की नहीं है। परिक्रमा पथ में दस महाविद्याओं की कलाकृतियां भी भव्य प्रतिमाओं में बदल चुकी है।

मैं कुछ देर भीतर बैठना चाहता था। भीड़ भी नहीं थी। परंतु मुझे बैठने से मनाही कर दी है। आज शहर की नई पुलिस अधीक्षक की विजिट है। उसने दो दिनों पहले ही शहर का चार्ज संभाला है। यह मंदिर अब सरकारी संरक्षण में हैं।

मैं गेट के पास जाकर रुक गया हूं। तभी एक सुरक्षा कर्मी ने धक्का दे कर हटाने का उपक्रम किया है। किसी ने पकड़ा न होता तो मेरा सिर सीधा दीवार से टकरा जाता और गेट से बाहर सीधा गिरता।

अचानक किसी ने सामने से पकड़ लिया है। ऐसा लग रहा है ये स्पर्श इंसान के नहीं दैवीय है। पूरे शरीर में झुरझुरी सी उठती है। देखता हूं सामने पुलिस ड्रेस में एक महिला अधिकारी है। कंधे और छाती पर मेडल और स्टार चमक रहे हैं। एक पल के लिए आंखें मिलती है। उसकी आंखें भरी हुई है। वह भीतर के पानी को रोकने का उपक्रम तो करती है पर कुछ आंसू मेरे हाथ पर गिर जाते हैं।

"आज फूल नहीं लाए दादू..?"

मैं चौंकता हूं। हड़बड़ा कर इधर उधर देखता हूं। खुशी की तरह आवाज आई है।

"मेरे पास है न दादू...?"

तभी सुरक्षा कर्मी फूलों की टोकरी आगे बढ़ाता है। इस दृश्य को देख कर सभी अचंभित है। मंदिर में एक निरीह चुप्पी।

"मैं आपकी खुशी दादू...आपकी खुशी...खुशी अन्नम।"

यह कहते हुए भीतर के बांध जैसे टूट गए हैं। वह मेरे गले से उसी बच्ची की तरह लिपट गई है।

वनमानी कथा पत्रिका (अंक-27, अप्रैल, 2024)

मृत्यु-गंध

गणपत पाधा अपने कमरे में बदहवास घूम रहा है। मन भारी अवसाद और किसी अज्ञात भय से भरा है। उसे लग रहा है जैसे मस्तिष्क की गतिविधियां सुप्त अवस्था में चली गई हैं। सभी तंत्रिका कोशिकाओं ने काम करना बंद कर दिया है। किसी भी अंग पर उसका न नियमन है न नियंत्रण। ज्ञान, बुद्धि, तर्कशक्ति, स्मरण, विचार और व्यवहारिक स्तरों पर उसकी क्रियाशीलता लगभग समाप्त सी हो गई है। चेतना और स्मृति चली गई है। एक खाली खोपड़ी उसके सिर पर है जिसे उसने टोपी की तरह पहन रखा है। उसकी चेतना, अंगानुभूति और सुध जैसे समाप्त हो गई है। वह बार-बार अपने सिर और पूरे शरीर को उसी तरह हिलाता है जैसे देव-खेल में हो। या कोई उसे उसी तरह झिंझोड़ रहा है जैसे उसकी बिल्ली जिंदा चूहे को...कि जैसे यह मौत का कोई खेल उसके साथ खेल रहा हो...कुछ अज़ीबो-ग़रीब अनुभूतियां जिनका न कोई सिर है न पैर। मूल है न कोई आधार। वह बार-बार आंखें झपकाता है पर देख नहीं पा रहा है...कान है पर कुछ सुनते नहीं बन पड़ रहा है। दोनों बाहें निष्प्राण सी खेत में खड़े किए गए किसी बिजूके की तरह नीचे झूल रही है।टांगे जैसे सुन्न हो गई हैं। पांव बहुत भारी लग रहे हैं मानो उनमें घराट के पूड़ जैसाकुछ बांध दिया हो ताकि वह कदम न बढ़ा पाए। वह अपनेआप से लड़ता जा रहा है परन्तु जैसे पराजय हर तरफ मौजूद है। वह मुश्किल से बाहों को ऊपर उठाता है और दांए हाथ से अपनी नाक ढूंढता है। नाक जैसे गायब है। वह उसे वैसे ही ढूंढने का यत्न करता है जैसे किसी दृष्टिविहीन व्यक्ति के हाथ से उसकी लाठी नीचे छूट गई हो और वह झल्लाहट में उसे ढूंढ रहा हो। कुछ पलों के बाद उसे लगता है कि नाक में एक अजीब गंध पसरी हुई है। वह कई बार छींकने जैसा स्वांग करता है...कभी लोम-विलोम, कभी भस्त्रिका तो कभी कपालभाति प्राणायाम से उसे बाहर फैंकने का यत्न करता है पर उसकी चिपक ज्यूं की त्यूं बरकरार है।

कमरे की पूर्व दिशा की ओर गणपत का पूजा घर है। जहां गणेश सहित कई मूर्तियां विराजमान है। धार्मिक किताबें हैं। संस्कार पद्धतियां हैं। वेद-पुराण हैं। रामायण महाभारत है। गीता है। उसकी नजर गरूढ़ पुराण पर पड़ती है। अवचेतन में वह जैसे उसके पृष्ठों में घुस गया है और मृत्यु-पाठ के अध्याय के बीच मनुष्य के लिए निर्दिष्ट मृत्यु संकेतों को महसूस करने लगा है। उसके दिमाग में एक हल्की सी कौंध उत्पन्न होती है जैसे बहुत दूर से किसी ने उसके आंगन में टॉरच की रोशनी फैंक दी हो या काले-अंधेरे बादलों के बीच हल्की सी बिजली चमकी हो। या जैसे भयंकर अंधेरे को चीरता हुआ एक जुगनू पौड़े की खिड़की से भीतर चला आया हो। उसे सहसा मृत्युपूर्व के संकेत स्मरण होने लगते हैं। झटपट अपने कानों को स्पर्श करता है तो दंग रह जाता है। लगता है कान लम्बे हो गए हैं और गालों पर झूल रहे हैं। वह बार-बार कानों को खींचता है तो जैसे ये उसके नहीं कूनहाउंड नस्ल के कुत्ते 'हार्बर' के कान हैं जो उसमें चिपक गए हैं। उसे अचानक अपने शहरी पड़ोसी सेवानिवृत्त सी.आई.डी अफसर का कुत्ता याद आ जाता है जो उसे सुबह घूमते हुए अक्सर मिल जाया करता था। वह कानों को बार-बार मलता है। खींचता है। मींजता है। नीचे की तरफ खींचता है और गणपत पाधा भौचक्क कि कान अपनी ही जगह है। अपने को थोड़ा स्थिर करने लगता है तो उसे एकाएक फिर कानों की आकृतियां बदलती महसूस होने लगती है। इस बार उसे अपने कान गद्‌दी और चांगथांगी नस्ल की बकरियों जैसे लगने लगते हैं। जब वह दफतर से कभी सर्दियों के दिनों में किन्नौर के ऊपरी इलाकें में जाता था तो सड़कों पर कई जगह उसकी गाड़ी बकरियों के झुंडों के बीच फंस जाया करती थी। वह गाड़ी से उतर जाया करता और उनकी कतारें और भीड़ उसे आनंदित करतीं। उनके मध्य कुछ लम्बे कान वाली बकरियां होतीं जिन्हें पकड़ कर वह उनके कान सहला लिया करता। फिर किन्नौरों से पूछता कि इनकी क्या नस्लें हैं। वह उसे बताते कि ये गद्‌दी और चांगथांगी बकरियां हैं जिन्हें वे पशमीने एंव मांस के उत्पाद के लिए पालते हैं। उसे स्मरण होता है कि गत वर्ष एक जनजातीय उत्सव में उसे चिलगोजे की माला के साथ किन्नौरी टोपी और पशमीना शॉल से नवाजा गया था। वह फिर पागलों की तरह अपने कानों को ढूंढने लगता है और चैन की सांस लेता है कि कान पहले जैसे हैं।

अब वह आंखे नीचे की तरफ घुमा कर नाक की नोक देखने लगता है पर उसे दिखती नहीं है। आभास होता है कि आंखें धीरे-धीरे ऊपर की ओर मुड़ने लगी हैं।

वह दोनों हाथों से ताली बजाकर खूब आवाज करता है पर कुछ सुनाई नहीं देता। वह पीछे की तरफ मुड़ता है तो देखता है कि वहां कोई बैठा हुआ है। वह उसे बार-बार देखता है। पहचानने की कोशिश करता है पर पहचान नहीं पाता। फिर अपनी परछाई तलाशता है जो उसे नहीं दिखती। वह कई बार उसे तलाशते हुए ऐसे घूमता है जैसे बिल्ली का कोई बच्चा अपनी पूंछ देख कर उसे पकड़ने गोल-गोल घूम रहा हो। वह कई कदम चलता है और अब उसे एहसास होता है कि उसके साथ कई लोग चल रहे हैं। उसकी नज़र भीत पर टंगे आईने पर पड़ती है। वह उसकी तरफ भागता है और सामने खड़ा हो जाता है। अपना चेहरा उसमें तलाशने लगता है पर वहां चेहरा नहीं है। वह कुरते के पल्लु से उसे कई बार साफ करता है और भौचक्क रह जाता है जब उसे सामने देवरू भाभी का चेहरा दिखता है। वह आंखे मलता है। फिर देखता है। अब गांव के बुद्धराम का चेहरा दिखता है। वह कई बार आंखें झपकाता है। आईने में फिर देखता है तो वहां कई चेहरे चिपके हुए है...ये कांसिए, कर्मिए, बजीरू, बेठू, शुक्रु, बुद्धू आदि न जाने कितने चेहरे उन ग़रीब ग्रामीणों के हैं जिनके खेत, घासणियां और बैलों तक उसके पास रेहन हैं। वे एक साथ आईने से जैसे बाहर भागकर मधुमक्खियों की तरह गणपत पाधा के पूरे शरीर में फंस जाते हैं। वह कमरे में भागते हुए उन्हें झाड़ने लगता है और अपनी चारपाई से टकराकर उसी पर गिर पड़ता है। जब थोड़ा शांत होता है तो चारों तरफ देखता है कहीं कुछ नहीं है। नज़र फिर सामने पड़े गरूढ़ पुराण पर जाती है और कांप जाता है...तो क्या ये सब मत्यु पूर्व के संकेत तो नहीं...क्या यह अजीब गंध कहीं मृत्यु गंध तो नहीं...? वह भयभीत सा कमरे के एक कोने में उकडूं बैठ जाता है। भीतर के सन्नाटे के बीच दीवार पर टंगी घड़ी की टकटकाहट तीव्र होने लगती है। देखता है रात का एक बज रहा है। वह आंखें मूंद लेता है। धीरे-धीरे आज की घटी घटनाओं के चलचित्र उसकी आंखों के सामने उभरने लगे हैं।

●●●

रात के ग्यारह बजे का समय है। सर्दी की रात हैं। गहन अंधेरी और ठंडी। देवरू अभी सोई नहीं है।चूल्हे में आग जल रही है। वैसे भी वह ग्यारह बजे से पहले नहीं सोती। जब कोई बड़ी घटना घट रही होती है, वह अकाम ही चूल्हे में आग जालाए बैठी रहती है। उस दिन कोई काम भी नहीं करतीं। टेलीवीजन भी नहीं देखती। ऊन

भी नहीं काततती। खजूर भी नहीं बुनती। दूध भी नहीं बिलोती। बस बीड़ियां पीती रहती है। एक के बाद एक।आज कुछ देर बाद उन्हें एक विशेष मिशन पर निकलना है।

उनकी उम्र अस्सी के आसपास होगी। सही उम्र का उन्हें भी पता नहीं है। लोग बस अंदाजा लगाते हैं। परन्तु अभी भी उनकी घर-बाहर के काम में सक्रियता पच्चास की उम्र जैसी है। गांव में बच्चे से लेकर वरिष्ठ जन तक उन्हें देवरू मां से ही संबोधित करते हैं। जो अति वरिष्ठ हैं वे देवरू भाभी से। गांव परगने में उनका खूब इज्जत-मान है। किसी के भी किसी भी काम और सलाह-मशविरेके लिए हमेशा हाजिर। ग़रीबों और ज़रूरतमंदों के लिए भगवान। शायद ही कोई ग़रीब घर ऐसा होगा जिनमें उनके पच्चास-सौ रूपए उधार न रहे होंगे। कई परिवारों में तो इससे भी ज्यादा। आटे-चावल का तो कुछ हिसाब भी नहीं। जिस ग़रीब को दिया कभी वापिस नहीं मांगा।उनकी एक सिफ़त तो जग-जाहिर है। गांव-परगने में कहीं भी, कभी भी कोई ग़लत काम करे तो उसकी भनक उन्हें पहले लग जाती है। परन्तु प्रतिक्रिया उनकी वही रहती है जहां कहीं अन्याय का बड़ा मामला होता है। या उनसे और उनकी बिरादरी से जुड़ा रहता है। वे ज्यादा भी नहीं बोलती। खामोशी उनका बड़ा गहना है। पर जब बोलती है तो सामने वालों की बोलतियां बंद हो जाती हैं। तर्क-वितर्क में उन जैसा माहिर शायद ही कोई हो। कईयों को उनकी ये आदतें अखरती भी बहुत हैं। कुछ तो यहां तक मानते हैं कि उनके पास कोई ऐसी विद्या या जादू जरूर है जो उनकी आकाशवाणी है। उनका पति बहुत साल पहले अनंत यात्रा में निकल गया था। दो लड़कियों की शादी हो गई हैं। एक बेटा हैं जो बच्चों के साथ शहर रहता है, वहीं नौकरी करता है। बहू भी किसी कम्पनी में नौकर है। घर पुराना है। दो मंजिला। बीह और पौड़े वाला। पौड़े यानि दूसरी मंजिल के हाल के बाहर पुरानी लकड़ी की पांच सुन्दर खिड़कियां लगी हैं। स्लेटों की छवाई बहुत सुन्दर लगती है। गांव में अब पक्के मकान है जिनमें टीन की हरी-लाल छतें। पर देवरू मां के घर की बात अलहदा है। बेमेल और अजोड़ हैं। साथ गौशाला हैं जिसमें दो गाएं और एक बकरी बंधी रहती है।

वह चूल्हे की पठाई में पड़ी अपनी बैटरी का ठक्कन खोलती है। उसमें तीन सैल हैं। दिन होते ही वह दौ सैलों के साथ एक को उल्टा कर उसे बंद कर देती है ताकि वे ज्यादा दिन चले। तीनों सैलों को सीधा कर उसके स्विच को दबा कर दीवार पर रोशनी डालती है। जब तक एक जगह गोल बिन्दु न बन जाए वह बैटरी का सिरा

घुमाती जाती है। बैटरी पीतल की है। बहुत पुरानी है। पहले वह उनके पति के पास रहा करती थी जो हमेशा इसे अपने साथ रखते। वे बताया करते कि ये शिकारी टॉरच थी जिसे उनके नाना ने पिता को दिया था। नाना उस जमाने में रियासत भर में माने हुए शिकारी हुआ करते थे। राजाओं का समय था, इसलिए रियासत का राजा जब भी शिकार पर निकलता उन्हें साथ लेजाता। उनका काम रात को जानवर पर रोशनी डालना होता था। जब नाना की बहुत उम्र हो गई तो राजा ने अपनी तीन सैलों वाली टॉरच नाना को उपहार में दे दी थी। यह आम टॉरचों जैसी भी नहीं थी। इसका रोशनी वाला सिरा काफी चौड़ा था। उसका बल्व भी पीतल का था जो तब से आजतक कभी फ्यूज नहीं हुआ था। रोशनी इतनी साफ और घनी कि बीसियों खेतों को पार कर दूसरे गांव के आंगन में आदमी को पहचान लो।

●●●

देवरू मां उठने से पहले चूल्हे में आग के अंगारों को राख के भीतर दबा देती है। अपनी हरे रंग की शॉल उठाकर लपेटती है। दरवाजे के पास रखा अपना दराट उठाकर बाहर निकलती है। बैटरी और दराट को एक साथ संभालना मुश्किल होता है पर उनको इसकी आदत है। बूट पहनती है और दरवाजे में ताला लगाकर चाभी अपनी जेब में डाल लेती है। आंगन में आकर थोड़ा रूकती है। अंधेरे से आंखें दो चार हो रही है। अंधेरा धीरे-धीरे आंखों से होता हुआ भीतर पसर रहा है। आसमान साफ है। तारों की टिमटिमाहट आंगन में उतरने लगती है और फिर अंधेरे की तरह वह उनकी आंखों से भीतर उतर जाती है। वह घर के पिछवाड़े के रास्ते खेतों के बीचो-बीच पगडंडी से गांव के मुख्य रास्ते में पहुंच जाती है। गहरा सन्नाटा है। कभी-कभार इधर-उधर एक-दो जुगनू चमकते हैं तो लगता है कोई अंधेरे को चीरता हुआ पास आ रहा है। खेत सोए हुए हैं। उनमें उग रही फसलें ऊंघ रही हैं। झाड़ियां-पेड़ निस्तब्ध से खड़े है जैसे सभी घोर निद्रा में हो। पंछी अपने-अपने घोंसलों और ठीहों में दुबके पड़े हैं। कभी-कभार हवा के झोंकों से जब पत्ते हिलते हैं तो लगता है किसी ने करवट बदल ली है। दूर-पार से कुत्तों के भौंकने की आवाजें आ रही हैं। गांव की पगडंडी देवरू के पैरों के साथ जाग कर जैसे उन्हीं के साथ चलने लगी है।

वह पानी की चाल चल रही है। जैसे किसी घड़े से पानी उलट कर कच्ची ज़मीन पर निस्तब्धता से बहता है। कोई आवाज़ उनके चलने की नहीं है। कोई

चरमराहट नहीं है। वह गांव के बीच पहुंच कर दांई तरफ का रास्ता लेती है जो गणपत राम पाधा के घर के नीचे तक जाता है। गणपत की दुधारू गाय का बछड़ा दो दिनों पहले मर गया था। परिवार के लोगों ने बहुत कोशिश की कि कोई पशु फैंकने वाली बिरादरी का मिल जाए, पर इस ज़माने में कौन मिलता है...? सभी ने बूट गांठने और पशु फैंकने के धन्धे बंद कर दिए हैं। गणपत मुश्किल में है। गौशाला में बछड़े को कितने दिनों तक रखा जा सकता है। इसलिए आज सभी ने तय किया है कि वे आधी रात के बाद इसे स्वयं घसीटकर खेतों से नीचे फैंक देंगे। उनके लिए यह बहुत कठिन समय है। उच्च कुल के पंडित होते हुए यह नीच काम...? सोचते ही सिहरन होने लगती है। सिर शर्म से झुकने लगता है। आज से पांच-छ: सालों पीछे तक ऐसा बुरा वक़्त कभी नहीं आया। एक संदेशा देने पर कोई न कोई किल्टा उठाकर पशु उठाने पहुंच जाया करता। पशु की गति होती। गिद्धों के झुंड आकर उसे खा जाते। पर आज न उठाने वाला है और न कहीं गिद्ध दिखते हैं जैसे दोनों इस पृथ्वी से नदारद हो गए हैं।

गणपत अब सहत्तर पार है। पर नौकरी और देव-गूर की दबंगता अभी बनी हुई है। साहुकारी बरकरार है। पुश्तैनी लकड़ी की दरोठी में गांव-परगने के कई वंचितों के खेत-खलिहान, जेवर और उधारी के अंगूठा लगे कागज़-परनोट बंद पड़े हैं। ये ऐसे सुरक्षा-कवच हैं जिन्हें गणपत कभी भी अपनी ठीस और दबदबे के साथ किसी पर भी इस्तेमाल कर लेता है। ज़मींदारा, हाट-घराट, ओबरे में पशुओं को घास-पत्ती यहां तक कि शादी-ब्याह और दूसरे कारज इन्हीं अंगूठों के बूते चलते हैं। ऊपर से देवता की कृपा...कभी कोई ऐसे न माने तो देव-थड़े पर बैठ देवता का दोष-खोट बताते-लगाते देर न लगे। फिर मरता क्या न करता। इसलिए जैसा देवता वैसा गणपत पाधा। जो मुंह से बोल दिया वह ईश्वर वाणी। 58 साल की उम्र तक गणपत सरकारी नौकरी में रहा। वहां भी देव कृपा बनी रही। सेवानिवृत्त हुआ तो तहसीलदार का तमगा कंधे पर घर ले आया। पैसे की न कल कमी थी न आज। देव खजाने की तरह अपना खजाना भी मालोमाल।

गणपत का बड़ा बेटा आज घर पर ही है। वह भी माना हुआ ज्योतिष आचार्य है। शहर में किसी कालेज में पढ़ाता है। छोटा लड़का गांव के स्कूल में ही मास्टर है। तीन बेटियां ब्याह दी हैं। गणपत की पंडिताईन साठ पार होते हुए भी अभी चालीस

की लगती है। जैसे अंगूठा सने दरोठी-ट्रंक में रखे परनोट यानि शर्तनामें में रैहन और उधारी की चढ़ती ब्याज का नूर उसके चेहरे पर बैठ गया हो।

●●●

दोनों बेटों ने तकरीबन रात के ग्यारह बजे गौशाला में पड़े मृत बछड़े को एक मोटे रस्से से कस कर बांध दिया है। रस्से के दो सिरे आगे रखे हैं ताकि घसीटने में आसानी रहे। दोनों ने कड़ाके की ठंड में भी केवल फटे हुए कच्छे पहन रखे हैं। जनेऊ उतार दिए हैं। गणपत अंधेरे को चीरता हुआ आगे चल रहा है। उसके कान चौकन्ने हैं। अंधेरे में कानों से ही ज्यादा काम लिया जा सकता है। वह ध्यान रखते हुए चल रहा है कि कोई उन्हें इस 'कुकर्म' जैसे काम को करते हुए देख न लें। दोनों बेटे बछड़े को घसीटते हुए मुख्य रास्ते में ले जाए हैं। वे जैसे ही खेत में उसे फैंकने के लिए रस्सा खींचते हैं, बैटरी की रोशनी सीधी गणपत के मुंह पर पड़ती है। उसे लगता है जैसे रोशनी नहीं किसी ने बम्ब से आक्रमण कर दिया हो। वह झटपट अपने दाहिने बाजू को दोनों आंखों पर ऐसे रखता है ताकि देख सके कि इस घनी रात में यह धृष्टता कौन कर रहा है। इस समय मन में गुस्सा नहीं है, एक खीज है। शर्म है। लोक-लाज है। सवर्णता की उच्चता है। उसके उतर जाने का भय है।

वह रोशनी कुछ पल गणपत के मुंह पर ठहरती है और धीरे-धीरे नीच उतरती पीछे मरे हुए बछड़े और नंगधड़ंग दोनों बेटों पर पड़ती है। देवरू की हंसी छूट जाती है। वह मुश्किल से अपनी हंसी को संयत करती है। दोनों हाथ बंधे हैं क्योंकि एक में दराट है और दूसरे में बैटरी। अन्यथा अपनी शॉल के पल्लु से इस हंसी को ढक लेती। तीनों बुरी तरह घबरा गए हैं। स्तब्ध खड़े हैं। भीतर की सांस भीतर और बाहर की बाहर हैं। मुंह सूख गया है। गणपत ने कई बार कोशिश की है कि वह जोर से आवाज दें कि इस अंधेरी रात को रोशनी कौन मार रहा है पर जैसे जुबान रही ही नहीं है।

'राम...राम...गणपत पाधा जी...।'

एक स्त्री की आवाज़...? और वह भी रात के वक़्त...? विश्वास नहीं हो रहा गणपत को। वह सोचता है कि ये कैसे संभव हो सकता है कि कोई स्त्री इतनी रात-धरात उसके आगे आ जाए। उनके इस गोपनीय काम को देखे। वह पल भर में याद करता है अपने इष्ट देवता को, जिसका वह पुजारी है, गूर है और साथ अब सरपंच भी।

पीढ़ी-दर-पीढ़ी देवता उनका है। उनके पास है। उसने तो देवता का अच्छी तरह आहवान किया था कि इस नीच काम में वह साथ दे। कहीं यह कोई चुड़ैल तो नहीं...वह सिहर उठता है।

'मैं कुछ मदाद करूं पाधा जी।'

जानी पहचानी सी आवाज लग रही है। पर कानों में ऐसे घुसी है जैसे किसी ने गर्म सलाखें ठूंस दी हो।

'म...म...म...मदा...द। नहीं...नहीं...कोई जरूरत नी है...हम हैं...तीन... तीन...है।'

देवरू जोर से ठहाका लगाती है।

टॉरच की रोशनी अब तीनों के साथ मरे हुए पशु को भी साफ देख सकती है। उनकी हालत देखने वाली है, अपराधी की तरह खड़े हैं, मानो उस पशु को किसी की गौशाला से चुरा कर लाए हो।

'मेरे को नहीं पहचाना पाधा जी...?'

'न...न...ना...नहीं...पहचाना...।'

'मैं तुम्हारे गांव की देवरू...तुम्हारी बिरादरी की थी पर अब बाहर जात हूं... पाधा जी ।'

हालांकि देवरू परिचय काफी था परन्तु उन्होंने जानबूझ कर ऐसा बोला था।

यह कहते हुए उन्होंने बैटरी घुमाकर अपने चेहरे पर लगा दी।

'देवरू भा...भी...।'

'भाभी कहां पाधा जी...बस देवरू...समझो ।'

गणपत उन्हें देवरू न कहकर हमेशा देवरू भाभी से ही संभोधित करता रहा है।

गणपत पाधा अपनी जात भूल कर दूर खड़ी देवरू के पास आकर पैरों में गिर गया है। सांस धौंकनी की तरह चल रही है। कुछ सूझ नहीं रहा क्या करें, बस दोनों हाथों से पांव पकड़े हैं।

उन्होंने दराट कस कर पकड़ लिया है। हो न हो इस बहाने गणपत कोई शरारत कर दे। धक्का दे दे। मारपीट कर दे। लेकिन ऐसा कुछ नहीं होता है, बस गिड़गिड़ा रहा है।

'देख भाभी! तू तो जानती है अब कोई पशु फैंकने नहीं आता। दो दिनों से ये बछड़ा भीतर मरा है। हम तो रोटी खाने से भी गए। पूजा भी नहीं हो रही। पाप है

यह जब तक इसकी गति न लगे। पर गति अब कौन करे भाभी...? देख, तू किसी को मत बताईयो कि हमने यह नीच काम किया। नहीं तो नाक नहीं बचेगी भाभी। देवता के पास कोई नहीं आएगा। देवगिरी जाती रहेगी। साहुकारी खत्म हो जाएगी। सरपंची भी न बचेगी। कौन इज्जत देगा हमारे को। कौन उठेगा-बैठेगा हमारे पास। देख भाभी, बड़ी मुश्किल से इतनी इज्जत परतीत मिली है। आज सब कुछ है हमारे पास। किसी को यह पता चल गया तो मिट्टी पलीत हो जाएगी।

'सबकुछ' शब्द जैसे देवरू के कलेजे को चीर जाता है। वह अपनेआप में ही बड़बड़ाती है...'सबकुछ' और फिर एक ठहाका लगा देती है। उसकी हंसी जैसे तमाम अंधेरे को समेटकर गणपत पाधा के भीतर घुस गई है।

देवरू का ध्यान उसके दोनों बेटों पर भी है कि कहीं वे वार न कर जाए। लेकिन वे दोनों जड़वत है। न हिलते न डुलते बन रहा है। शर्मसार मगर आक्रोश से लबालब।

●●●

'याद कर गणपत, म्हारी बिरादरी भी तो थी। हम तेरे परिवार के ही थे। एक खून। तेरे पुरखों ने क्या किया...? याद कर...।'

'सब याद है भाभी...सब याद है...। तू बता, मैं क्या करूं...! तू बोलती है तो तेरे को कल से अपने चूल्हे के पास बिठाकर रोटी खिलाऊं...पानी पिलाऊं...देवता की कोठी में पूजा करवा दूं...तू बोल...न। पर अभी इन बातों का टैम नहीं है...जाने दे हमारे को।'

'मुझे कोई शौक नहीं है रे पाधा बामण बनने का...न तेरे चूल्हे के पास जाने का न तेरे देवता के पास भीतर जाकर पूजा करने का। तेरा देवता जानता है मेरे को... जब उसे याद करती हूं वो सामने होता है मेरे। अब देख न तू, आज रात को क्या तुमने नमंत्रण दिया था मेरे को...सोच...तेरा देवता ही था रे गणपत, जिसने यहां बुलाया...।'

गणपत पाधा और उसके दोनों बेटे यह सुन कर हतप्रभ रह गए हैं। क्या सचमुच ऐसा हो सकता है...?

'भाभी, देख रात खुल जाएगी, कोई और आ जाएगा इधर। नाक नहीं रहेगी हमारी। तू बता, क्या चाहती है तू हमारे से?'

'तू अपणा काम निपटा रे गणपत। कल के बाद सोचेंगे कि क्या करना है। पर याद रखना इस बात को कि मुझे तुम्हारी करतूतों का पता है। तू तो जानता है न गांव परगने में मेरी बात पर सभी विश्वास करते हैं। सभी की मां भी हूं और दादी भी।'

'तू जैसा बोलेगी भाभी...वैसा ही होगा...पर आज तो जाने दे...निपटाने दे इस झंझट को।'

'हां, एक बात और...जो तेरे ये दो लाल हैं न, आसमान देखते हैं, किसी की इज्जत परतीत नहीं करते...इनको बताना न भूलना कि जो इस गांव में दूसरी बिरादरी है न, जिसको तुम जलील करते रहते हो, भला बुरा कहते हो...रास्ते चलते उन्हें दूर खड़ा होना पड़ता है, तुम्हारे देवता की कोठी को नी छू सकते, वे भी तुम्हारे ही परिवार के हैं...मत भूलणा गणपत...मत भूलणा।'

●●●

यह कहते हुए देवरू बैटरी बंद कर देती है। कुछ पल वहां सन्नाटा पसर जाता है। वही घना गहरा अंधेरा। वह आसमान की तरफ देखती है। तारों का संसार उनकी आंखों में उतरने लगता है। पीछे मुड़ती है और घर की ओर चल देती है। बैटरी जलाने की जरूरत नहीं पड़ती। तारों ने जैसे पगडंडी में उजास भर दिया है।

बेहद परेशानी और हड़बड़ाहट में गणपत और उसके बेटों ने उस बछड़े को अपने खेत की सीत में बहुत गहरे दबा दिया है ताकि गिद्धों को भनक न लगे। कुत्तों कौवों को परख न हो। देवरू मां नहीं आती तो वे उसे दूर नीचे खुला फैंक देते, पर अब बचाव में ही बचाव है। वे हर बुरे कलंक से बचना चाहते हैं। अपने जणेऊ, अपनी जाति, अपनी बिरादरी और अपनी सवर्णता को भ्रष्टता से बचाना चाहते हैं। अपने देवता की उच्चता को बरकरार रखना चाहते हैं।

वे थोड़ी राहत की सांस लेते हैं पर अब तीनों को अपने आप से ही घिन आने लगती है...जैसे आज वे अपना सर्वस्व, सवर्णता और पंडिताई को हार कर लौट रहे हो। आज उनको ऐसा काम करना पड़ा है जिसकी कल्पा कभी उनकी पुश्तों ने भी न की हो। सबकुछ जैसे गंवा कर लौट रहे हैं।...और पीछे-पीछे एक अजीब सी गंध चलती आ रही है। इस गंध का गणपत पाधा पर ज्यादा असर होता है। उसे लगने लगा है वह उसके सभी कपड़ों में चिपक गई है। हाथों की उंगलियों में बैठ गई है। वहां से सीधी नाक में पसर कर जैसे स्थायी घर कर गई है।

इधर देवरू मां का मन बहुत हल्का है। बरसों बाद यह हल्कापन महसूसा है उसने। पता नहीं कितने ज़ख़्म भीतर हैं जो रिसते रहते हैं। बार-बार। कितनी पीढ़ियों का अपमान है उनके साथ...। आज जैसे वह एक लम्बा युद्ध जीत कर लौट रही है। इस युद्ध के हालांकि कोई प्रत्यक्षदर्शी नहीं है। गवाह नहीं है। साक्षी नहीं है। चश्मदीद भी नहीं। है तो उसकी बैटरी, उसका दराट। पर उसके बावजूद भी उन्हें लग रहा है जैसे उनके आगे गांव का देवता चल रहा है। उसका पारम्परिक परिधानों में सजा रथ है जिसे आगे पीछे से चार लोग उठा कर चले हैं। उस पर मुख्य देवता का सोने का मोहरा है। साथी संगी देवताओं के चांदी की प्रतिमाएं, मुखौटें और छत्तर हैं। रंग बिरंगे मखमली कपड़े नीचे झूल रहे हैं। देवता का पुजारी हाथ में धुड़छ लिए लोगों को रक्षा के चावल दे रहा है। सभी रथ के पास आकर देव-प्रसाद ग्रहण कर रहे हैं। दूर खड़ी है तो केवल देवरू मां की बिरादरी जो न देवरथ के समीप जा सकती है न मंदिर के भीतर।आगे देवता के नेजे-निशान है। उनके पीछे नगारची है। दो ढोलिए हैं, तीन चाम्बी ढोल वाले हैं और दो करनालची। हरशिंगा बजाने वाला सबसे आगे हैं। जब वह ध्वनि करता है, उसे बजाता है तो लगता है घाटियां गूंज रही है। देवता के वादक जो इन संगीत वाद्यों को बजा रहे हैं वे भी हालांकि देवरू मां की बिरादरी के ही हैं। इसलिए देवरू मां को यह प्रश्न बार-बार कटोचता है कि इनसे क्यों देवता भ्रष्ट नहीं होता...पतित नहीं होता...? उनकेसामने अतीत तीव्रता से उधड़ रहा है। एक ब्राह्मण परिवार से कैसे दो बिरादरियां हो गईं। एक तो ब्राह्मण ही रही और दूसरी बाहर की बिरादरी हो गई। दो भाईयों में दरार। धोखे का खेल।

●●●

देवरू मां की बैटरी उनकी तीसरी आंख है। उसमें चार बड़े सैल लगते हैं। उन्हीं की उर्जा से वह जलती है। अंधेरे को चीर कर प्रकाश करती है। उसमें एक स्विच लगा है जिसे दबाने से वह आगे खिसक कर बल्व के मूल को स्पर्श करता है और सैलों की उर्जा को संचलनशील करते हुए उसमें प्रकाश पैदा कर देता है। पर देवरू मां के भीतर ऐसे कौन से सैल हैं जो उन्हें हमेशा रोशनी से आबाद किए रहते हैं...? क्या उनके भीतर कोई सौर उर्जा के यन्त्र लगे हैं जो सूर्य के प्रकाश को अन्दर ही अन्दर संजोए रहते हैं और रात के अंधेरे में उनका स्वचलन होने लगता है..? उस रोशनी की शक्ति से देवरू मांक्या कुछ नहीं देख लेती है। सुनती और परखती है।

क्या रात के अंधेरे, चांद और तारे, जुगनू और झिंगुर, मंद-मंद बहती हवाएं या फिर पत्तों की सरसराहटें उनके साथ बतियाते रहते हैं, उसी तरह जैसे वह दिन भर अपने आसपास की चीजों से बतियाती है...? उन्हें कौवों और चिड़ियों की कांव-कांव और चहचाहटों में तरह-तरह के संदेश सुनाई देते हैं। पशुओं का रम्भाना, आंगन में हवाओं के झोंको का सरसराना, दराट-दराटियों की टनटनाहटें, घड़े में दूध बिलोने की छा-छूअ तक की आवाजें, चूल्हें में जलती लकड़ियों की लपलपाहटों का संगीत, आंवदे पर भड्डू या मिट्टी की डिबड़ी में उबलती दाल से उछल-कूद करते ढक्कनों की डबडबाहटें क्या उनको हमेशा कुछ न कुछ संकेत देते रहते हैं...? वह उन सभी से ऐसे बातें करती है मानों कोई औरत या मर्द सामने बैठा बतिया रहा हो।

यदि ऐसा न होता तो देवरू मांकैसे जानपाती कि गणपत पाधा और उसके दो बेटे आज आधी रात को मरे हुए बछड़े को खींच कर फैंकने वाले है...? देवरू मां जानती है समाज में इसीलिए तो सवर्ण मानसिकता वाले दबंगों ने पीढ़ी-दर-पीढ़ी बिरादरियां निर्धारित कर रखी हैं कि सारे बढ़िया और ऊंचे काम उनके लिए और छोटे निम्न वर्ग के लिए। इस गांव में भी दो बिरादरियां हैं, दो मानसिकताएं हैं, जो ऊंच-नीच की दीवारों के आर-पार हैं। एक तरफ गणपत पाधा है और दूसरी तरफ देवरू मां है। गणपत पाधा जैसे लोगों ने सदी-दर-सदी गरीबों का शोषण किया है। उन जैसे लोगों के पास तलवारों-बंदूकों और आधुनिक विस्फोटकों से कहीं खतरनाक परम्परागत संस्कारित हथियार हैं। उनकी रस्सियों के फंदे हर उस गरीब किसान के गले में फंसे हुए हैं जिनके बगैर न देवताओं के काम चलते हैं और न बड़े-ऊंचे घरों के लोग ही आबाद होते हैं। अपनी जरूरतों और सुविधाओं के मुताबिक हर निम्न बिरादरी के लोग उनकी वर्चस्वता के आगे नतमस्तक हैं। पशु मरे या जूते टूटे तो अलग बिरादरी, खेतों में फसलों के लिए अलग। तन के कपड़े के लिए अलग और हाट-घराट के लिए अलग। यहां तक कि देवता के कामकाज के लिए भी अलग। इसके बावजूद उनके हिस्से बस नफरत, प्रताड़ना, गालियां और सामाजिक दूरियां।

देवरू मांके सीने में इस गांव में रहते हुए न जाने कितने जलालत और नफरत के पहाड़ मौजूद हैं जो उम्र के ढलने के साथ बारी-बारी ढहते चले जा रहे हैं। अकेली-अकेली वे एक सेना की टुकड़ी की तरह हो गई है जो हर मौके और फ्रण्ट पर लड़ती जा रही है। उनके भीतर का तेज उस बैटरी की रोशनी से भी कहीं तीखा

और धारदार है जो अंगूठे की हल्की सी छूअन से अंधेरे को पलक झपकते ही चीर लेता है।

गणपत की समझ से परे हैं देवरू का अंधेरे में मिलना और ब्राह्मण होते हुए मरे हुए पशु खींचने जैसा नीच काम करना। उसे याद आता है तो वह भीतर ही भीतर उपले की आग जैसा तिल-तिल जलता जाता है। उसके बेटों के तो कलेजे छननी है, जिनके भीतर गणपत पाधा ने बचपन से ही जाति और नफरत के संस्कार कूट-कूट कर भरे हुए हैं।

एक अप्रत्याशित भय के बीच घिर गया है गणपत पाधा। वह रात जैसे उसके भीतर तंबू की तरह स्थापित हो गई है जिसकी कनातें एक तरफ उसकी बिरादरी के घरों में बंधी है तो दूसरे अपने देवता की कोठी के प्रांगण में। या जैसे खूंटे की तरह हृदय पर गड़ी हुई है जिसमें पूरा परिवार, पूरी बिरादरी और यहां तक कि देवता भी बंध गया है। वह इस अनहोनी को किसी सुखद घटना में तबदील करने का सामर्थ्य नहीं रखता, वैसे ही जैसे देवता, या उसके भय, या उसकी पूछ, या उसके आदेशों से वह किसी भी समय को अपने मनमुताबिक करने की क्षमता रखता है। पर आज जो देवरू मांने किया है वह सब पर भारी है, या भारी पड़ गया है। अभी केवल वह जानता है। उसके बेटे जानते हैं। वह अंधेरी रात जानती है। जुगनू, झिंगुर या दूर-पार हूंआ हूंआ करते गीदड़। आसमान में टिमटिमाते तारे या फिर देवरू मां की वह बैटरी। गणपत पाधा इस बात को अंधेरे की तरह अंधेरे में रखना चाहता है।

●●●

घर पहुंच कर सभी फटाफट नहाते हैं। गणपत पाधा की घरवाली ने पहले ही पानी में गंगाजल और गोमूत्र मिला दिया है। पर आज तो ऐसी छू-छोत लगी है कि गंगा में नहाने से भी न जाए। गणपत जैसे-कैसे नहाकर अपने जणेऊ को पहनता है। उसकी घरवाली उसके इस व्यवहार को देखकर चकित है। वह बेटों से पूछना चाहती है कि आखिर बात क्या है, पर वे भी जल्दी-जल्दी गंगाजल और गोमूत्र का अपने ऊपर छिड़काव करके पवित्र हो कर अपने-अपने कमरे में घुस गए हैं। इस छिड़काव ने मानोउनकी सवर्णता को पुनःस्थापित कर दिया है। पर एक गंध है जो उनके शरीर और शरीर के भीतर पसरी हुई है। यह गंध अंधेरे की है या उस मरे हुए बछड़े की या सामने खड़ी निम्न बिरादरी की देवरू मां की, उन्हें नहीं समझ आ रहा है, पर

वह गंध है कि भीतर ही भीतर धंसती चली जा रही है। कभी उन तीनों को लगता है कि वह मरा हुआ बछड़ा जिंदा होकर उनके पीछे भाग रहा है। वह अचानक एक सांड में परिवर्तित हो गया है। उसने भैंसासुर की शक्त अख्तियार कर ली है। उसके लम्बे-लम्बें सींग है जिस पर वह बारी-बारी से उन्हें उठा कर नीचे पटक रहा है। कोई गंध जब सांड का रूप ले लेती है तो वह जैसे आदमी को निगलने लगती है।

बहुत देर बाद वह कुछ देर पूर्व घटे इस लांछित, कलमुंहें और दागी घटनाक्रम की स्मृतियों से वर्तमान में लौटता है। दीवार के सहारे खड़े होकर अपने सिर से लेकर पांव तक सभी अंगों को स्पर्श करता है और आश्वस्त होता है कि सभी अपनी-अपनी जगह मौजूद है। परन्तु वह गंध पूर्वरत उपस्थित है, हाज़िर है, मौजूद और बरकरार है। वह घबराजाता है कि कहीं ये अब मृत्यु-गंध में परिवर्तित न हो जाए। उसे देवरू का कहन स्मरण होने लगता है। कुछ देर खड़े रह कर अपने देवता को याद करता है। उससे गुहार लगाता है। मिन्नते करता है। जितनी भी अभियाचना और अर्जे कर सकता था कर रहा है कि किसी तरह भीतर की उर्जा लौटे और देवरू मां के घर पहुंच जाए।

थोड़ी हिम्मत लौटती है तो पास पड़ी टॉरच उठाता है। पट्टु की बुक्कल मारकर लाठी लेकर बिल्ली के पांव घर के भीतर की सीढ़ियां उतर कर बाहर आता है। आंगन में जब मिट्टी कंकर पांव में चुभते हैं तो एहसास होता है कि उसने जूते नहीं पहने हैं। उल्टे पांव भीतर आकर जूते पहनता है और चल पड़ता है। अब साथ मरा हुआ बछड़ा नहीं है, नाक में फंसी वह गंध है। गरूढ़ पुराण के मृत्यु संकेतों के आख्यान हैं। थोड़ा भय भी कि कोई देखेगा तो क्या कहेगा, गणपत पाधा इतनी रात कहां जा रहा होगा...?

●●●

देवरू के घर पहुंचता है। अभी दरवाजा खटखटाने ही लगता है कि कांसे की जैसी आवाज उसके कानों में पड़ती है,

'पाधा जी खुला है दरवाजा, भीतर आ जाओ।'

'क्या देवरू जानती थी कि मैं आऊंगा?'

आवाज सुन कर अचम्भित हो गया है। जैसे काठ मार गया हो। दरवाजे के साथ अपनी लाठी टिकाने लगता है तो फिर आवाज आती है,

'लाठी में गुन बहुत है पाधा जी, सदा राखिओ संग। ले आओ भीतर। जूते भी बीह पर ही खोलिओ। खूब ठंड है, कहीं बीमार न हो जाना।'

बीमार इससे ज्यादा गणपत पाधा क्या होगा? कौन सी बीमारी है इस कलंक से बड़ी? वह सोचते-सोचते भीतर चला आता है। उसके मन में बिजली की सी एक कौंध उठती है कि आखिर ये बीस किलो की मड़ियल बुढ़िया है क्या? एक लाठी की भी मार नहीं है। कौन देखेगा इस रात कि बुढ़िया को क्या हुआ है? मरने के दिन है, मर गई होगी।

'मैं अभी नहीं मरती पाधा जी, तकरीबन पांच-दस साल तो जिंदगी है ही मेरी।'

गणपत को काटो तो खून नहीं। वह जैसे ज़मीन में धंस गया हो। या ऊपर किसी ने सौ घड़े पानी उड़ेल दिया हो। सोचता है कि यह बुढ़िया नहीं कोई साक्षात डायन है। पता नहीं क्या तिलिस्म, काला जादू या करतब है इसके पास। यह सोच कर घबरा जाता है। अपने आपको सांत्वना देते हुए मन में ही कह उठता है, 'नहीं नहीं डायन नहीं कोई देवी है...अष्टभुजा देवी है, आदि शक्ति, चामुंडा, कल्याणी या शुभंकरी है। इंद्राणी, अपारा, वैष्णवी, सिंहवाहिनी, परमेश्वरी, महामाया या गायत्री है...सब कुछ। एक पल में गणपत पाधा के मुंह से दुर्गा के सारे नाम उच्चारित हो गए हैं जैसे वह देवरू मां के घर में नहीं अपने पूजा कक्ष में दुर्गा शप्तशती का पाठ कर रहा हो। वह मन ही मन उस देवी को प्रणाम करता है और माफी मांग लेता है अपने बुरे सोचे हुए के लिए। आखिर वह भी एक ब्राह्मण है। देवता का पुजारी है, गूर है, सेवानिवृत्त तहसीलदार है और देवता का सरपंच भी, फिर सोच भी कैसे सकता है इस तरह से किसी की हत्या करना...? वह चुपचाप अपनी इस भूल के लिए पहले दांए कान को छूता है और फिर अपने जणेऊ में हाथ लगा लेता है।

देवरू मां अपने कमरे में चारपाई पर बैठी है। नीचे अंगेठी में आग के अंगारे भभक रहे है। सामने कुर्सी है जिस पर साफ-सुथरी गद्दी रखी है।

'वहां बैठो पाधा जी।'

बैठते ही वह सिरहाने से एस बीड़ी का बंडल गणपत की तरफ बढ़ा देती है। गणपत चुपचाप उसमें से एक बीड़ी निकालकर अंगीठी में रखे अंगारे के ऊपर लगा देता है। जलती है तो झटपट दो-तीन कश लगा कर देवरू की तरफ बढ़ा देता हैं।

देवरू मां की आंख उसके चेहरे पर है। भीतर के अंधेरे का कालापन माथे की झुर्रियों के बीच साफ दिख रहा है। आंखों में एक अप्रत्याशित भय सा कुछ बैठा

हुआ लगता है। उस भय के बीच कहीं शर्म भी पसरी हुई है। उम्र भर के कमाए झूठे यश के अचानक ढह जाने की तीव्र वेदनाएं भी हैं। देवरू सामने है, पर वह एक ढलती उम्र का शरीर भर नहीं है, एक कड़वी सच्चाई है और सच्चाई से आंखें दो-चार होना उतना ही खतरनाक है जितना सांप की मांद में हाथ डालना। वह देख रही है कि गणपत पाधा आज कितना बेबस और असहाय सा सामने बैठा है। उसका सारा स्वांग नदारद है। वह जिस ठीस में रहता आया है वह अचानक उतर गई है। उसी तरह जैसे करियाले के किसी स्वांगी का स्वांग खत्म होते ही उसके सारे प्रसाधन उतार लिए जाते हैं और फिर वह अपने मूल में आ जाता है। उन्हें हैरत भी होती है कि यह स्वांग-परपंच कितना भयावह होता है कि वह किसी भी साधारण आदमी को दस सिर लगाकर रावण बना देता है।

देवरू मां की नजर गणपत के दांईं ओर रखे अपने टेलीविजन पर चली जाती है जिसमें मां रोज-रोज ऐसे कितने ही रावणों को देखती आ रही है जो जाति-धर्म के रथ पर सवार होकर अपने स्वांग की सर्वोच्चता के सहारे हर उस आदमी का चीरहरण कर रहे हैं जो दो जून रोटी के लिए अपना खून-पसीना बहा रहा है। न जाने कितने छोटे-बड़े हजारों दस-सिरे जानवर गांव से शहर तक घूम रहे हैं। देवरू सोच रही है कि आखिर इनके भीतर इतने बल पहुंचते कहां से हैं...? कौन इन्हें इतने बलशाली बना देता है...? उनका देवता...या फिर हम ग़रीब लोग...?

गणपत पाधा वह व्यक्ति है जिसके पास कई शक्तियां हैं। उसके पास हर पार्टी और सरकार के आदमी आकर रूकते हैं। उनकी आव-भगत से लेकर हजारों-लाखों रूपए तक का चंदा देना उसका काम है। वह नेता नहीं पर उसके भीतर कई-कई टोपी और धोतीधारी विराजमान है। वह कोई बड़ा व्यापारी भी नहीं है पर अपनी नौकरी और देवकाज के बल पर उसके भीतर न जाने कितने साहुकार घुसे हुए हैं। वह कोई बड़ा जंमीदार भी नहीं है पर कर्ज देकर न जाने कितनों की ज़मीने उसकी दरोठी में रैहन पड़ी है। वह कोई सोने का व्यापारी भी नहीं है, लेकिन उसके संदूक में न जाने कितनी बहु-बेटियों, मां-बहनों के मंगलसूत्र, चाक-कांटे, गोजरू-नथें, छापें और पायलें गिरवी हैं। वह कोई देवता भी नहीं है पर अपनी ज़मीन पर स्थापित पीढ़ी-दर-पीढ़ी से चला आ रहा देव-कारोबार ने उसे देवता से बड़ा बना दिया है। उसके पास ऊंची जाति यानि ब्राह्मण का एक सर्वोच्च ताज है, जिसके सिंहासन पर बैठ कर वह सबके लिए पूजनीय हो गया है।

देवरू मां विचार कर रही है कि हर जगह ऐसे गणपत पाधे हैं जो छोटे-बड़े समाजों पर अपना राज कर रहे हैं। वह जानती है कि आज गणपत धरती पर है। किसी उच्च बिरादरी के सिंहासन पर नहीं। वह ब्राह्मण, पुजारी या गूर नहीं है, एक ज़रूरतमंद ऐसा व्यक्ति है जैसे उधार मांगने की गरज से सामने बैठा है। सरपंच या तहसीलदार भी नहीं। एक निरीह और याचक ब्राह्मण। अच्छा लगा पल भर के लिए देवरू मां को। सोचती है कि आजतक भी ऐसे ही रहता तो गांव-परगने के ग़रीब इतने परेशान न होते।

●●●

बिजली की तरह एक कौंध देवरू मां को बहुत पीछे ले जाती है। पुरानी बात है। पहली पीढ़ी से शुरू होती है। एक पीढ़ी, एक गांव, एक बिरादरी, एक परिवार। वह ठीक से नहीं याद कर पाती कि उनकी कौन सी पीढ़ी होगी। रियासतों के शुरूआती दिन। छोटी-छोटी ठकुराईयों में बंटे गांव, परगने। एक दूसरे से वर्चस्व की लड़ाईयां लड़ते राजा और ठाकुर। एक दूसरे के गांव और ठकुराईयों को अपने-अपने अधीन करने के लिए आतुर। भयाक्रान्त लोग। अपने जीवन को सुरक्षित रखने की थाह ढूंढते, तलाशते। अपने परिवारों को बचाते। अपनी धीई-बेटियों की इज्जत-आबरू को ढकते-छुपाते। न मेहनत, न मजदूरी। न नौकरी-चाकरी। न सुख न कोई सुविधा। बस राजाओं, ठाकुरों की बेगारें। उनकी नौकरी, उनकी चाकरी और उन्हीं के लिए किसानी। जीना और मरना भी उन्हीं के लिए। उनके किले, महल और उन्हीं की खिदमत में हाजरी। उसके एवज में थोड़ा-बहुत अनाज। आमजन क्या करें, क्या न करें। घर में जवान बेटी का होना गुनाह। किसी राजा या ठाकुर की नजर पड़े तो मुसीबत। जैसे वे उन्हीं के भोग-विलास के लिए जन्मी है। जवान होती है और जबरन छीन-झपट करदो पल के लिए रानी-ठकुराइन बन कर अपने जीवन को समाप्त कर देती है।

इसी परेशानी को झेलता एक परिवार रातों रात एस ठकुराई से निकल पड़ा था। वह एक ब्राह्मण परिवार था। जिसमें दो भाई। एक व्याहता और दूसरा कंवारा। नाम आजूराम और साजूराम। बड़े की एक जवान बेटी थी और दो बेटे। बेटी सबसे बड़ी थी। साथ उसकी घरवाली थी। बूढ़े-मां बाप थे और कुछ और लोग, परन्तु एक जवान बेटी के कारण उस परिवार को रातों-रात निकलना पड़ा था।

कंदराओं में बसे एक गांव में शरण ली थी। उसी गांव के कुछ निम्न जाति के लोगों ने उनकी मदद की थी कि वे किसी ऐसे स्थान में जाकर रहें जहां तक किसी ठकुराई के ठाकुर की नजर न पड़े। उनसे पहले कई परिवारों ने अपनी बहनें-बेटियां खो दी थीं। कुछ महलों-कोठियों से लौटी ही नहीं। जो लौटी भी, वह जीवन का रंग खोकर लौटी।

देवरू मां को कितनी कथा-कहानियां स्मरण है। सोचती है बेटियां किसी भी ज़माने में सुरक्षित न रह सकीं। भले ही कोई भी युग क्यों न हो। उनके पति अक्सर रात को सोने से पहले महाभारत और रामायण की चौपाईयां पढ़ते और गाते रहते थे। मन अच्छा होता तो उनको साथ-साथ हिन्दी की चौपाईयों के अर्थ भी समझाया करते, इसलिए आज भी सारे प्रसंग याद थे जिनमें बेटियों या दूसरी औरतों पर अत्याचार हुआ करते थे। खासकर द्रोपदी और सीता की कथाएं तो वह कभी भूलती ही नहीं थीं। और बाद में जब रामायण और महाभारत की कथाएं सीरियल के रूप में टेलीविजन पर आने लगी तो उन्हें लगता था कि वे सारे काल, सारी घटनाएं उन्हीं के सामने घट रही हैं। उनके बेटे ने उनके लिए गांव में सबसे पहला टेलीवीजन लगा लिया था। क्योंकि पिता के चले जाने के बाद मां निपट अकेली हो गई थीं। इसलिए उनके मन बहलाव का वह अच्छा साधन हो गया था। वह अब रोज समाचारों और सिरियलों या किसी भी फिल्म में इस तरह के अत्याचार और शोषण देखा करती थीं। अपने को एक तरह से धन्य मानती कि उसकी कोई बेटी नहीं है। हालांकि बेटी न होने का हमेशा उन्हें मलाल रहा था। उनका मानना था कि बेटी चाहे पराए घर में क्यों न चली जाए पर उनके मन में मां-बाप हमेशा बसे रहते हैं। वे किसी लालच में स्नेह नहीं करती न ही उनके मन में कोई लालच होता है।

●●●

वह परिवार कई दिनों की पैदल यात्रा के बाद उस गांव में पहुंचा था। सुनसान धार जिसके ओर-छोर लम्बी ढलानें थीं जो बीहड़ों को चीरती गहरी खाईयों से नीचे उतरती हुई नालों में मिल जाती थीं। पर धार काफी समतल थी जहां घना घास उगा रहता था। चारों तरफ के नजारे बहुत सुन्दर थे। उस धार के थोड़ी दूरी पर छितराए हुए गांव थे, लगता था कि वो भी कभी ऐसे ही किसी न किसी परेशानी में यहां आए होंगे। यहां रहने का लाभ यह था कि आसानी से राजाओं और ठकुराईयों को इनका

पता-ठिकाना मालूम नहीं होता था क्योंकि बीहड़ों से उंची धार पर पहुंचना मुश्किल होता था। आजूराम के परिवार ने इधर-उधर की मदद से जैसे-कैसे अपना बसेरा डाल दिया था। मुश्किल पानी की थी। ढूंढते-तलाशते चार मील दूर एक बांवड़ी भी मिल गई। आजूराम ने संस्कृत पढ़ी थी और पंडिताई का काम किया करता था। इसलिए उसने दूर-दराज के गांव में अपने लिए यजमान तलाश लिए थे। धीरे-धीरे दोनों की मेहनत रंग लाई और उस धार के किनारे एक ढलान के साथ अपना घर बना लिया। साजूराम पढ़ा लिखा नहीं था। वह बस मेहनत करना जानता था। इसलिए उसनेकई खेत भी बना लिए जिससे वे कुछ फसलें उगा सकें। यजमानों के घर से दान में साजूराम ने कई गाएं भी लाकर अपने ओबरे में बांध ली थीं। एक जोड़ी बैल और कुछ भेड़ बकरियां भी रख ली थीं।

आजूराम की घरवाली बहुत कंजूस थी। इसलिए वह अक्सर सोचा करती कि उसके पति की यजमानी से घर चलता है। राशन पानी वही लाता है। साजूराम को दिनभर कोई ज्यादा काम भी नहीं करता इसलिए उसे वह हमेशा अपने परिवार और घरवाले पर बोझ लगना शुरू हो गया था। हालांकि घर और जमीन बनाने में उसका सबसे ज्यादा योगदान था।

एक दिन जब आजूराम अपने दोनों बेटों के साथ घर से बाहर गया हुआ था तो अचानक गौ शाला में एक बछड़ा मर गया। उसने जानबूझ कर जूता गाठने वाले किसी व्यक्ति को नहीं बुलाया जो इस काम को किया करते थे। साजू से वह ज्यादा बात भी नहीं करती थी क्योंकि उसे वह पहले से ही मंदबुद्धि समझती थी। शाम ढलते हुए उसे सूझा कि क्यों न साजू की मन-मनावत करके उससे बछड़े को फैंकवा दिया जाए। उसकी यह तरकीब रंग लाई और भाभी के झांसे में साजूराम आ गया। उसने भाभी की बात का मान रखा और रस्सी बांध कर बछड़ा खींचना शुरू कर दिया। वह अभी खींचता हुआ आधे रास्ते तक ही पहुंचा था कि उसकी भाभी आस-पड़ोस के गांव से दो चार लोगों को यह दिखाने ले आई कि साजू ने ब्राह्मण होकर नीच काम किया है। फिर क्या था सभी को लगा कि यह सचमुच बहुत गलत हुआ जो साजू को नहीं करना चाहिए था। देर रात जब आजूराम और उसके बेटे घर आए तो सारी घटना की जानकारी उन्हें दे दी गई जिससे आजू को बहुत दुःख हुआ कि साजू ऐसा नीच काम कैसे कर सकता है। इसलिए निर्णय लिया गया कि साजू अब ब्राह्मण परिवार में रहने लायक नहीं है। उसे बिरादरी से बाहर जाना होगा। वैसा ही

हुआ और कुछ दिनों बाद उसका विवाह एक हरिजन कन्या से करवा दिया गया। आजू की घरवाली अपनी चाल में कामयाब हो गई और उस गांव में अब दो जातियां पलने-बढ़ने लग गई।

देवरू मां साजूराम की पीढ़ी से ही थीं। यह घटना पीढ़ी-दर-पीढ़ी चलती रही थी लेकिन एक बात उस गांव में बनी रही कि दोनों बिरादरियां हमेशा एक दूसरे के सुख-दुःख में काम करती रही। मदद करती रही। लेकिन देवरू मां की पीढ़ी तक आते-आते न जाने क्यों नफरतें ज्यादा हो गई और निम्नवर्ग जो कभी उस ऊंची बिरादरी के परिवार से ही एक साजिश के तहत अलग हुआ था लगातार उसका शिकार होने लगा। आजूराम की पीढ़ी अपनी जाति के साथ निरन्तर उन्नति करती रही और साजू की हर तरह से गुलाम होती चली गई। आजूराम की पीढ़ी ने लगातार निम्न जाति के साथ अन्याय किया, उन पर साहुकारी झाड़ी और एक तरह से राज करते रहे। जिस ठकुराई से दो भाई कभी अपने परिवार के साथ यहां बसे थे वे उसी का शिकार हो गए।

●●●

जब यह परिवार आया तो उसके पास अपना देवता भी था। उसके दो मोहरे थे। पीतल के मोहरे। बहुत खूबसूरत। बड़ा भाई उन्हें एक बांस के टोकरे में अपने घर की छत पर रखत था। जब सक्रान्त होती तो उस टोकरे को दोनों भाई मिल कर निकालते और घर के साथ एक पेड़ के नीचे बैठ कर उन्हें एक ऊंचे पटड़े पर रख देते। उनकी पूजा की जाती। आस-पड़ोस से लोग आते और वे भी उनकी पूजा करते। लोग अब अपनी अपनी समस्या लेकर भी वहां आने लगे थे। वे पहले आते और चुपचाप देवता को नमस्कार करते हुए अपने मन की समस्या बता दिया करते। कई बार उनकी समस्यां हल हो जाती और जब वे दोबारा आते तो इस बात को खुलेआम स्वीकारते की देवता ने उनकी सुनी और समस्या को हल कर दिया। यह बात एक से दूसरे के पास जाती और फिर तीसरे के पास। आजू सक्रान्त के दिन दिन भर वहां बैठा रहता और साजू लोगों की आव-भगत करता। कई नियम बना लिए गए थे देवता के पास आने के लिए। बहुत दूर जूते उतारे जाते। वहां एक मिट्टी का बर्तन होता जिसमें कई-कई दिनों का गोमूत्र सांज-सांज कर साजू रखे रहता। जो भी आता पहले बूट खोलता और फिर एक पत्तेदार टहनी से उसके ऊपर छींटे दिए जाते। यहां एक

नियम यह बना दिया गया था कि देवता के स्थान पर केवल ऊंची जाति के लोग ही जा सकते थे। बाकि लोगों को वहां जाने की इजाजत नहीं थी। इसके साथ जिस घर में किसी की मृत्यु हो गई हो वह 16 दिनों तक वहां नहीं आ सकता था। जिस घर में बच्चा पैदा हो वह भी नौ दिनों के बाद यहां आ सकता था। कोई भी ऐसी औरत जो छूनेवाली यानि रजवस्वला, वह भी सात दिनों तक वहां नहीं जा सकती थीं।

धीरे-धीरे उस स्थान की मान्यता बढ़ने लगी और वहां पत्थर लकड़ी का एक छोटा सा मंदिर बन गया। उसके साथ देवता के लिए कुछ गहने भी बना लिए गए। एक ढोल, एक नगाड़ा, एक करनाल का भी प्रबन्ध हो गया। अब दोनों भाई हर सक्रान्त को एक-एक मोहरा एक सफेद चादर में बांधते और उस चादर को अपने-अपने गले में लपेट लेते ताकि देवता का मोहरा पेट पर रहे। एक आदमी ढोल बजाता,दूसरा नगाड़ा और तीसरा करनाल। इस तरह देवता को दोनों भाई नचाते जाते। यह एक तरह की देव जातरा ही हो जाती जिसे देखने दूर-दूर से लोग आते और अपने-अपने सामर्थ्य के मुताबिक वहां चड़त चढ़ाते जाते। कोई सोना चढ़ाता, कोई चांदी चढ़ा देता, पैसे और अनाज तो तकरीबन सभी लोग चढ़ा देते। शाम होती तो देवता के मोहरों को अब मंदिर के भीतर बने स्थान पर सजाकर रख दिया जाता। देवता के नाम जो भी आता उसे बड़ा भाई एकत्रित कर घर ले जाता। अब यह देवता का काम इतना बढ़ गया था कि उसे पंडिताई करने की जरूरत भी नहीं रही थी।

आजू राम पहाड़ों की देव परम्पराओं से भली प्रकार वाकिफ था इसलिए उसने धीरे-धीरे देवता के नाम पर अपना वर्चस्वस्थापित कर दिया। लोग अब अपनी मनौतियों को पूरा करने पर देवता को अपने घर जातरा के लिए भी बुलाने लगे थे। उसी टोकरे में उन मोहरों को सजा कर साजू राम अपने सिर पर उठाता और आजूराम एक थाली में गेहूं के दाने, आटा, चावल, फूल और धूप रखकर चलता रहता। जिस घर में जातरा होती दोनों भाई फिर उसी तरह गले में चादर बांध कर देवता को नचाते। अब जातरा और सक्रान्त में एक बढ़ोतरी यह हो गई थी कि आजू राम पर देव छाया आने लगी थी। अब जिस मोहरे को वह नचाता था उसे अब उसका बेटा नचाने लग गया था। आजूराम अब देवता का गूर और पुजारी दोनों पदों पर आसीन हो गया था। लोगों के लिए यह किसी चमत्कार से कम नहीं था कि आजूराम दीवां या गूर बन गया था और उसके हाथ के चावल या गेहूं के दाने देवता का आशीर्वाद या कोई अचूक दवाई है।

देवता का कामकाज बढ़ रहा था। अब देवकार्य भी जाति, श्रेष्ठता और उच्चता को देखकर ही किए जाने लगे थे। देवता की आमदनी बढ़ने लगी थी जिससे देवता के काम भी चलते और आजूराम का परिवार भी। पर जो हिस्सेदारी पहले साजूराम को मिलती थी वह उससे वंचित हो गया था क्योंकि अब वह ब्राह्मण नहीं बल्कि बाहर की जाति का हो गया था। इसलिए उस की बिरादरी को देवता के वाद्य यन्त्र जेसे ढोल, नगाड़ा, शहनाई, करनाल, चांबी ढोल बजाने और देवता के नेजे यानि निशान उठाने का काम निर्धारित कर दिया गया था जबकि आजू के पास तमाम देवता की श्रेष्ठता के मुताबिक पूजापाठ, देवगूर कार्य इत्यादि जैसे विशेष काम आ गए थे। कुछ दिनों में एक देव पंचायत भी बन गई थी जिसमें आजूराम ने अपने खास रिश्तेदारों और विश्वसनीय लोगों को ही लिया था। कोई भी बाहर की बिरादरी का आदमी उसमें नहीं था। हां देवता के साथ अब कुछ दूसरे द्वारपाल देवताओं की भी स्थापना की गई थी जिनके निशान मंदिर के बाहर कुछ दूरी पर स्थापित कर दिए गए थे। इनके लिए निम्नजाति के लोगों को गूर का काम दे दिया गया था। यहां अपने छोटे भाई का ख्याल रखते हुए आजूराम ने मुख्य द्वारपाल देवता के गूर का कार्य साजूराम को सौंप दिया था।

धीरे-धीरे आजु और साजू की पीढ़ी समाप्त हुई और दूसरी पीढ़ी शुरू हो गई। और देवता का काम दूसरी पीढ़ी से तीसरी पीढ़ी और फिर चौथी से पांचवीं पीढ़ी तक उन्हीं नियमावलियों में चलता गया। फर्क इतना हुआ कि जहां मंदिर था वह सारी जगह आज गणपत के नाम थीं। हालांकि वे भी चार भाई थे जिनके घर साथ साथ थे लेकिन गणपत ने बड़ी चालाकी से देवता के गूर, पुजारी आदि का काम कभी अपने से अलग नहीं होने दिया। इसके लिए देवता का भी उन्हें खूब साथ मिला था। क्योंकि जब भी देव पंचायतें होती तो देवता के गूर पहली पीढ़ी से चली आ रही परम्परा और कथा को दोहराते जाते जिसमें आजूराम और साजूराम का यहां आना, उनका अलग होना और देवता की सारी जायदाद आजू के नाम होने तक शामिल था। इसलिए एक देवभय हर जगह था जिसमें न केवल ऊपर की बिरादरी जी रही थी बल्कि निम्नवर्ग भी उसी के सहारे जीवन गुजार रहा था। समय समय पर कई परम्पराएं टूटी भी और जुड़ती भी गई थीं।

उस गांव में आज साठ के करीब घर यानि परिवार हो गए थे। इनमें गणपत की बिरादरी कम और देवरू मां की ज्यादा थी। लेकिन टोलियां अलग-अलग थीं।

गणपत के बुजुर्गों के बाद कई दूसरी टोलियों ने वहां जमीनें खरीदीं और गांव में रहने लग पड़े। इससे जहां गणपत पाधे की साहुकारी खूब चमकती रही वहां देवता का कामकाज भी बढ़ता चला गया था। गांव में अमीरी और गरीबी की एक बडी खाई पहले से ही बन गई थी जिसमें निम्न बिरादरी हमेशा पिसती रही थी। आजादी के काफी समय बाद तक भी किसी परिवार से एक भी ऐसा युवक नहीं था जिसने दसवीं तक पिढ़ाई की हो। गांव में सहत्तर के दशक में एक प्राइमरी स्कूल जरूर खुला था जिसमें भी ज्यादातर गणपत पाधे की बिरादरी के बच्चे ही पढ़ा करते थे। बहुत देर बाद मिडल स्कूल खुला जिसमें दोनों बिरादरियां अपने बच्चों को पढाने लगी थी और हिम्मत करके आगे की पढाई के लिए शहर में भेज देती थी। इसमें भी वही बच्चे आगे पढ़ पाते थे जिनके लिए मां-बाप खर्चा दे पाते। उसके लिए भी अधिकतर उन लोगों को गणपत पाधे के दरवाजे ही जाना पड़ता था। गणपत पाधा जहां एक तरफ ऊंची बिरादरी के शिखर का प्रतीक बन गया था वहां अपनी सम्पन्नता और देवकार्य से न केवल दूर-दूर तक उसकी पैठ भी बन गई थी।

●●●

आज की इस घटना ने गणपत पाधा के उम्र की कमाई और वर्चस्व को जैसे समाप्त कर दिया है। उसके लिए देवरू मां सचमुच एक ऐसा अंधेरा लेकर आई है कि उसका कमाया सारा पुण्य और इज्जत-परतीत पलक झपकते ही छूं मंत्र हो सकती है। वह अपने आप को मां के इस तूफान से कैसे भी बचाना चाहता है। उसके पास केवल रात के कुछ घण्टे शेष बचे हैं। सुबह होते ही कुछ भी हो सकता है।

देवरू मां गणपत पाधा के भीतर मची उथल-पुथल को भली भान्ति जान रही है। समझती रही है। पर उनके चेहरे पर एक ऐसा ठहराव है जैसे मुसलाधार बारिश के बाद मौसम का ठहराव होता है। साथ ही अपने भीतर बैटरी की तरह का उजास। इसी भीतर की रोशनी से गांव के कुछ अंधेरे को मिटाना चाहती है देवरू मां। यह घना अंधेरा बरसों से गणपत पाधे की बदौलत कई घरों में पसरा हुआ है। बैठा हुआ है। गढ़ा हुआ है जहां कभी न सूरज की रोशनी गई और न चांद की किरणें पहुंच पाई। देवरू मां सोच सोच कर भीतर ही भीतर एक अजीब से दर्द में डूबी रहती आई है जब वह गांव के गरीब लोगों के हालातों को देखा करती है। किसी के खेत गिरवी, किसी की घासणी तो किसी के बैल और किसी ब्याहता के मंगलसूत्र।

और अब तो कईयों के घर तक भी। जितना कमाते हैं सारा ब्याज में गणपत पाधा की दरोठी के हवाले। प्रतिदान में थोड़ी सी सांत्वना और थोड़ा बहुत अनाज देने के सिवा कुछ नहीं।

'बैसाखू को तो जानता है न पाधा।'

देवरू मां ने बीड़ी का कश भीतर खींचते हुए चुप्पी तोड़ी थी।

'क्यों नहीं भाभी, इसी गांव का है वो।'

एक गहरी सांस लेते हुए गणपत ने जवाब तो दिया पर उसके भीतर की उलटपुलट को देवरू मां उसकी टुटी हुई जुबान से भांप गई थी। वह हमेशा उन्हें भाभी से पुकारता था, जबकि गांव में आपस में सीधे नाम से बहुत कम लोग बात करते थे। बिरादरी कोई भी थी, पर वे आपस में उम्र के हिसाब से रिश्ते जोड़े रखते थे।

'बैसाखू की पांच बीघे जमीन तेरे पास रैहन है। उसने बरसों पहले तुम्हारे से अपनी बेटी के ब्याह के लिए डेढ़ हजार रूपए लिए थे। पाधा, तू तो हर साल ब्याज लेता है उसकी और ऊपर से उन खेतों को उसी से बोहाता भी है। मेहनत वह बेचारा करे और साल-फसल तेरी भलोटी में। अब अपने मन से पूछ तू गणपत पाधा कि तेरा मूल तो कभी का वसूल हो गया न। तेरे को दया नी आती पाधा। कितना टूट गया है। उसके दो बेटे हैं, मेहनत मजूरी में कितना मिलता है। वही ज़मीन थी उसकी पर मालिक तो तू है अब। बैसाखू ही नहींकांसिया, मनसू, कर्मिया बजीरू, बेठू, शुक्रु, त्वारसिया, शिलमू और, बुद्धिया...याद होंगे न। कर्मिया और शुक्रू तो इस दुनिया से तेरे सामने-सामने चले भी गए। उनके बाल-बच्चे भूखे मर रहे हैं। उन सभी की कितनी जमीनें और गहने हैं तेरे पास हैं। बेचाराबैसाखू तो तरी बिरादरी का गरीब ब्राह्मण है पर तुमने तो अपने भी न छोड़े पाधा।'

देवरू मां की ये बातें गर्म तेल की तरह पड़ी थी उसके कानों में। जैसे रिसती हुई कहीं भीतर कलेजे को जला गई हो।

'तेरा भाई है मनसू। कई सालों से तुम्हारा उधार ही नहीं चुकाया गया उससे। और तुमने उसका घर भी रैहन रख लिया। तू जानता है, जो ढाई-तीन बीघे जमीन-घासणी थी उसके पास, उसे भी तुमने ही बिकवा दिया था अपने जंवाई राजा को। उसका पैसा जो मिला उससे न तेरा उधार चुकता हुआ न मनसू के हाथ कुछ लगा। याद कर पाधा और देख अपने मन की आंखों से अपने भीतर। कितने परनोट तेरी

तिजोरी में पड़े हैं जो सिसकते रहते हैं, छटपटाते रहते हैं बाहर आने को, पर तू हर साल के बाद उन्हें इन गरीबों के अंगूठों से जीवन दे देता है रे। कब तक पाधा। कब तक। कितनी उम्र है तेरी अब...? याद कर आजूराम को, याद कर साजूराम को, कैसे आए थे यहां। और आज ये जो जगह-जमीन, देवता-कारदार सब यहीं रह गए। तेरे पास बथेरा है भगवान का दिया। देदे सब जिनका है। तेरा मूल तो कब का चुक गया।"

भीतर एक गहरा सन्नाटा पसर गया है। गणपत पाधा जिस बीड़ी को पी रहा था उसके बचे हुए टुकड़े को कब निगल गया, पता नहीं चला। मुंह में एक कसैलापन उतर आया। उसका मन उल्टी करने को होता जा रहा है। पता नहीं यह कड़वाहट और वमनई बीड़ी के तंबाकू की थी या कि देवरू मां की तीखी सच्ची बातों की।

उसने बैठे-बैठे कई दफा अपने नाक को उंगलियों से भींचा...पकड़ा। अजीब तरीके से झिंझोड़ा। फिर बड़ी उंगली अंदर डाल कर कुछ चिपके हुए को निकालने का प्रयास करता रहा। भस्त्रिका प्राणायाम जैसा कुछ कई बार किया। वह गंध पहले से ज्यादा कहीं भीतर महसूस होने लगी। गरूढ़ पुरान स्मरण हो गया...मृत्यु के संकेत...तो क्या यह साक्षात मृत्यु-गंध बढ़ने लगी है...? सोच कर वह सिहर जाता है।

"कांसिया, कर्मिया, बजीरू, बेठू, शुक्रु, त्वारसिया, शिलमू और बुद्धिया... बेचारे तुम्हारा उधार चुकाते-चुकाते मर जाएंगे...तेरे को पाप लगेंगे रे पाधा सभी को...बड़ा बनता है देवता का पुजारी...तू भी वैसा ही और तेरा देवता भी...और आगे तेरे बच्चे भी। क्यों अपना आगा-पीछा सब खराब करता है। कौन ले गया साथ इस जद्दी को...जमीन को...पाधा नहीं खाई जाती किसी से...यहीं रहती है यहीं।"

यह कहते हुए देवरू मां ने अंगीठी की आग में हाथ डाल कर धीमे पड़े अंगारों को राख से बाहर कर दिया था। उनकी धधक से कमरा जगमगा गया। गणपत पाधा को लगा कि सारे अंगारे उसके ऊपर फैंक दिए हैं। वह अजीब तरह से उछला। पट्टु को झाड़ा पर कहीं कुछ नहीं था।

देवरू मां ने हाथ की बुझी बीड़ी अंगीठी में फैंक दी और बंडल में से फिर दो बीड़ियां निकाल कर एक खुद सुलगाई और दूसरी पाधा को सुलगाकर पकड़ा दी। ओंठो पर हल्की मुस्कान थी उनके। फिर कई कश बीड़ी के लिए और धुंआ भीतर ही जज्ब कर दिया। चेहरे पर अंगीठी की आग की धधक जैसे बिखर गई थी।

'और देख पाधा, तुमने ऐसा न किया तो मैं कल सारा गांव, परगना बुलाऊंगी और दिखाऊंगी तुम्हारी करतूत कि तुमने ब्राह्मण होते हुए कितना नीच काम किया है। तुम न अब ब्राह्मण रहे न देवता के कामकाज करने लायक। हम भी कहां रह गए थे पाधा, यानि मेरे बुजुर्ग, या वो बेचारा साजूराम जिसे तुम्हारी जैसी एक शैतान औरत ने झांसे में फंसाकर उसे बिरादरी से बाहर कर दिया। जिनकी तू आज खा-बाह रहा है। सोच, वे भी तो तेरे अपने ही है पाधा, दूसरी दुनिया से तो नहीं आए हैं। तेरी सभी पीढ़ियों ने जी भर-भर उनका शोषण किया, खून चूसा उनका। जमीने नहीं छोड़ी, बेटियां नहीं छोड़ी, जो हाथ लगा, हजम करते रहे। आज मेरा टाइम है पाधा, कल तक तेरा था। तू तो जानता है न, मैं क्या कर सकती हूं...? सोच ले तू।'

यह कहते हुए देवरू मां ने फिर अंगीठी के अंगारों को अपने हाथ से इधर-उधर हिला दिया।

"हाथ जल जाएंगे भाभी...क्या करती है?"

और पाधा ने उनका हाथ अपने हाथ में पकड़ लिया।

बहुत धीरे हाथ छुड़ा कर देवरू मां ने फिर तंज कस दिया,

"नहीं जलते पाधा नहीं जलते। ये तो आग से खेलने के आदी हो गए हैं।"

●●●

जैसे देवरू मां ने अपना फैसला सुना दिया था। वह चार पाई से उठने लगी तो गणपत ने फिर उनके पांव ही पकड़ लिए। उसकी आंखें भर आईं। उन्होने एक दबंग और साहुकार, ऊपर से किसी देवता के सर्वे-सर्वा को इतनी निरीहता में कभी नहीं देखा था। उस से भी बड़ी बात कि मां जैसी निम्न बिरादरी की औरत के पांव पड़ते हुए।

'भाभी! मत किसी को कहियो। मत भाभी। सब कुछ चला जाएगा। यही तो है हमारे पास। इसी से तो इज्जत है, परतीत है। देवता है, पंची-पंचायत है। गांव-बेड़-परगने और सरकार तक में ठीस है। तुमने जो कहा, हो गया समझो। आग पर हाथ रखकर कसम खाता हूं। जो जिसका मेरे पास बरसों से हैं सब लौटा दूंगा बिना कुछ मांगे। यकीन रखियो। देवता के पुजारी और गूर की जबान है।'

यह कहते हुए गणपत पाधा देवरू मां के कमरे से बाहर चला आया था। उन्हें लगा जैसे गणपत पाधा न जिंदा है न मरा हुआ...बस जैसे-कैसे अपने शरीर को घसीटता हुआ ले जा रहा हो। देखती रही एकटक उसे। बाहर खोले जूते पहनने की

भी होश नहीं, न अपना सोठा ही लिया। उन्होंने पीछे से आवाज लगाई तो आंगन की मिट्टी की खुरदराहट पांव में महसूस हुई और हाथ खाली-खाली लगे। वैसे भी हाथ तो देवरू मां ने खाली कर ही दिए थे। पीछे मुड़ कर जूते लिए, पहने और अपनी सोठी उठा कर चल दिया।

घर लौटते हुएदेखती रही गणपत को। चुपचाप दरवाजे पर खड़ी हुई। एक लाचार, अधमरा सा ब्राह्मण, जो पिछली रात तक गांव का शिरोमणि था। चलते हुए किसी की तरफ नजर भी नहीं देता था। बाहर की बिरादरी के लोगों और औरतों को रास्ते से हटना पड़ता था कि कहीं आते-जाते वे या उनकी परछाई स्पर्श न कर जाए। कितने अहंकार थे उसके भीतर जो देवरू मां के आंगन में आज टूटते-बिखरते नजर आ रहे थे। वो भी महज अपनी जाति को बचाने के लिए कि कोई कलंक न लगे। यह उच्चता बनी रहे। श्रेष्ठता को कोई आंच न आए। देवत्व बरकरार रहे। यही सब तो हथियार हैं गणपत पाधा और उस जैसे न जाने कितनों के, जिनसे वे सदियों से गरीबों-वंचितों पर राज करते आए हैं। आज जमाना बदल गया है। हर घर से पढ़े लिखे हैं। पग-पग पर पंचायतें, थाने हैं। अफसर, नेता हैं। कानून और कचहरियां हैं पर इन हथियारों के किए घाव किसी की पकड़ में नहीं आते। इनके खूंखार जबड़े हैं। तरशूलों की तरह पैने दांत हैं, पर मजाल कि कोई घाव दिखे या पकड़ में आए।

आज गणपत पाधे को एहसास हो रहा था कि जब घाव अपने भीतर होते हैं तो वे कितना भयंकर दर्द करते हैं।

●●●

देवरू मां आंगन से पूर्व दिशा में देखती है। धूरें हल्के सुनहरे उजास से चहकने लगी है। पश्चिम की तरफ गांव का मंदिर है। गणपत पाधा का सर्वस्व। मुड़ कर देवता को दोनों हाथ जोड़ कर माथा टेकती है। वैसे भी उनका सूर्य और देवता को नमन करना रोज का कार्य है। अचानक नजर मंदिर के गुम्बद पर पड़ती है जो तांबे से मढ़ा हुआ है। सूरज की पहली चिलकोर से वहां कई सूर्य उग आए हैं। उनकी किरणों ने गांव को जैसे स्वर्णिम बना दिया है।

●●●

इसके बाद गांव में कुछ घटनाएं घटी थीं।

पहली...गणपत पाधा ने ग्रामीणों को अपने घर बुलाकर उनके रैहन खेत, घासणी और घरों के अनुबंध यानि परनोट उन्हें लौटाए ही नहीं, उन्हीं की उपस्थिति में आग के हवाले भी कर दिए और बरसों-बरसों की दासता से सभी को बरी कर दिया। गहने लौटा दिए गए।

दूसरी...उसने पहले देवरू मां की बिरादरी के कई बच्चों को मंदिर के भीतर ले जा कर उन्हें देवता दिखाया और पूजा करवा दी और उसके बाद सभी देवकार्यों से मुक्ति ले ली। उसके इस कृत्य से देवता की अपवित्रता को धोने-मांजने के लिए उनकी बिरादरी और कारदारों ने कई दिनों का अनुष्ठान करवाया और सबकुछ यथावत कर दिया। एक विशाल देव पंचायत बुला ली गई जिसमें देव-गूरों और कारदारों ने कोई भयंकर देवदोष बता कर गणपत पाधा को पागल घोषित कर दिया। विशेष बात यह रही कि इस देव अनुष्ठान और देव-नृत्य में न तो कोई बाहर की बिरादरी का आया और न ही बजंतरियों ने कोई देव-वाद्य ही बजाया जिस पर देवगूर चुप्पी साध गए।

तीसरी...जिस गरूढ़ पुराण ने गणपत पाधा को मृत्यु-संकेत देकर महज उसके जीवन को बीस-पच्चास दिनों का निर्धारित कर दिया था उसने उस पुराण को एक काले कपड़े में बांध कर उसी लकड़ी की दरोठी में बंद कर दिया जिसमें वंचितों की रैहन जमीन-जायदाद इत्यादि के अनुबंध रखे हुए थे। उसके बाद उसे कभी कहीं से भी मृत्यु-गंध नहीं आई और एक सकारात्मक सोच के साथ लम्बा जीवन जीया।

अक्सर (अंक-54,जनवरी-मार्च, 2022)

एक नदी तड़पती है

वह नदी दादी सुनमा की आंखों में बहती थी। जब कभी ज़मीन पर बहती तो एक लड़की काग़ज की नाव पर बैठ कर नदी पार किया करती। उतर कर वह नाव को हाथ में उठाकर उस खेत के किनारे चली आती जहां दादी सुनमा अपनी गाय चराया करती थी।

उस लड़की की कमसीनी, कुमारीत्व और शिशुवता तितलियों जैसा आकर्षक था। बहुत से रंग थे उसमें। अनगिनत उड़ाने समाहित थीं। उसकी उदात्तता, अचपलता, गांभीर्य, संजीदगी, नटखटपन और चांचल्य दादी सुनमा को बहुत भाता था। बहुत रूप एक साथ परिलक्षित होते थे उसके। कभी अलौकिक, कभी मायावी तो कभी तिलिस्मी। गज़ब का सम्मोहन था उसकी आंखों में। कभी जब दादी उसकी गहरी आंखों में आंखें डाल कर देखती तो उनमें भी एक विशालकाय नदी बहती दिखती। दादी इस अभिमंत्रण में जैसे पूरी तरह कैद हो जाया करती। वह लड़की जब आनंदविभोर, आहल्लादित, पुलकित, और हर्षोन्मत्त होती...तो सारा वातावरण रगोलियों से आच्छादित हो जाता। और जब कभी उदास या क्रेधित होती तो उसकी आंखों में बहती नदी में भयंकर बाड़ आ जाती। ज्वारभाटा उठने लगता। मानो पल भर में कोई प्रलय होने वाला है। वातावरण भयंकर और डरावनी चीखों, चित्कारों और कराहटों से भर जाता।...फिर पलभर में सब कुछ सामान्य, जैसे कुछ हुआ ही नहीं था। कितनी अलमस्त थी वह। औघड़, उन्मुक्त, बिंदास, अल्हड़, और स्वछन्द...न जाने और क्या-क्या? वह जब चली भी जाती तो अपना अद्‌भुत आलोक, प्रदीप्ति, ज्योतिता और आभा जैसे उस उजाड़ खेत को दे जाती। दादी के अवसाद भरे मन में उड़ेल जाती। गाय की पीठ पर बांध जाती।

नदी का पौराणिक नाम शतद्रु था। प्रचलित नाम सतलुज लेकिन लोग उसे दरिया के नाम से ही जानते थे।

नदी जब बहती थी दादी सुनमा उन दिनों सुनमा देई के नाम से जानी जाती थी। वह नदी की तरह जवान थी। नदी की तरह बहुत सुन्दर और ऊर्जित।

कितनी प्यारी लगती थी वह बहती हुई। उसकी उन्मुक्तता और स्वच्छन्दता देखते ही बनती थी। उसका अप्रतिबंधित और अलमस्त वेग जैसे पहाड़ों और घाटियों को साथ लिए रहता था। उसका कुलांचना, ठनठनाना, सरसराना कितना आनंदित करता था। वह जहां से भी गुजरती धरती में यौवन भरती जाती। खेतों में धान, गेहूं और मकई की फसलें बोती-उगाती जाती। सेब, आड़ू, बेमी, चूली और पलम के बागीचों के साथ केसर के बाग सजाती व महकाती जाती। लोगों की ज़रूरतों के लिए निर्जीव घराटों में जीवन का संचार करती। आटा पीसती। घराट के पूड़ों पर बेजान फड़फड़ाती घूघती को पंख दे जाती। देवदारूओं को बादलों तक पहुंचने की ऊंचाई प्रदान करती। मछलियों के घरबार और परिवार बसाती जाती। नदियों में उसकी कुलीनता और उच्चवर्णीयता सबसे श्रेष्ठ थी क्योंकि वह वेदों से निकली अप्सरा थी, शतद्रु थी। शतु थी। सतलुज थी। नदी के जलतट खूब विस्तारित थे जिनके तटातीत गांव बहुत सुन्दर लगते थे। उसके अनगिनत रूप थे। कभी वह अपराजिता, आदिशक्ति व ईश्वरा लगती। कभी उग्रा, उमा, इरावती और कामाक्षी। कभी गांधर्वी, गायत्री, चामुंडा तो कभी पंचाननी, वेदमाता, भ्रामरी और भुवनेश्वरी। शारदा, सिंहवाहिनी, सर्वमंगला, महिषासुर मर्दिनी और शिवदूती जैसी वह विजया और विकराला थी। शांत थी। वेगमय थी। देवी थी और मां भी।

बावज़ूद इसके इन सर्वमंगला रूपों पर दुर्जनों की नजरें हमेशा लगी रहतीं। अधम, असंत, कुटिल और ख़बीस जैसी प्रवृत्तियों के लोग, जो कम्पनी के बड़े बाबुओं और नेताओं की शक्लों में मौजूद थे, अनेकों आधुनिक यंत्रों के साथ उस पर आक्रमण करने को तत्पर थे और ये कशाघात अब बहुत बेरहमी से शुरू भी कर दिए गए थे। नदी धीरे-धीरे कई मीलों तक घाटियों में जैसे स्थिर व जड़ हो गई थी। उसका स्वरूप किसी भयंकर कोबरे जैसा दिखाई देता था मानो किसी ने उसकी हत्या करके मीलों लम्बी घाटी में फैंक दिया हो। अब न पहले जैसा बहते पानी का नदी-शोर था न ही कोई हलचल। सच में एक नदी का यूं मर जाना कितना भयंकर आभास होता है। लगता नदी के साथ जैसे नदी ही नहीं, पानी ही नहीं अनगिनत लोग, उनके घरबार, उनकी उपजाऊ जमीनें, खलिहान, बांवड़ियां, घराट और पशु-पक्षी भी जड़ हो गए हों। उसकी गतिहीनता, अटकापन, अवरूद्धता, बाधिता और प्रगतिहीनता स्तब्ध कर देती थी।

सुनमा का निपट गंवई रूप बेहद आकर्षक था। उसकी नीली आंखे जैसे नदी के निर्मल पानी से बनी थी जो नदी की ही तरह गहरी थी। उनमें अनगिनत रंगबिरंगी मछलियां तैरती रहतीं। सूरज, चांद और सितारों की परछाईयां जैसे उन आंखों के पोरों में निरन्तर उलझी-उलझी डोलती दिखतीं। उसके बाल अमावस्य की रात जैसे काले और लम्बे थे जिनमें लाल और हरे रंग का एक रेशमी पुरांदू सजा होता। गर्दन के बिल्कुल ऊपर चांदी का छोटा सा चाक बंधा रहता मानो नदी पर तटबंध लगा हो। कानों में चांदी के लम्बे-लम्बे झूलते कांटे उसके हल्के सुनहरी गालों से बातें करते रहने को आतुर। सिर पर सुनमा नदी के रंग का दुपट्टा ओढ़े रहती जो बालों को कमर के नीचे तक ढके रहता। कलाईयां हमेशा कांच की भांति-भांति की चूड़ियों से भरी रहतीं। इन्हें वह हर वर्ष नदी के किनारे लगने वाले मेले से खरीदती थी। उठते-बैठते, सोते-जागते और घर-बाहर का काम करते हुए उनका छनछनाता संगीत नदी की लहरों की मांनिद घर-आंगन में भरा रहता। बैसाखी के गीत गाता रहता और इस तरह मेले के रंग और मिठास वर्ष भर के लिए घर में घुले-मिले रहते। कुल मिलाकर सुनमा उस नदी जैसी ही थी जो निरन्तर बहती रहती जिस पर गृहस्थी की नाव हमेशा चलती रहती।

●●●

नदी के दांईं छोर पर सुनमा का पुश्तैनी घर था और उसके नीचे घराट। घराट और घर के बीच सात सीढ़ीनुमा क्यार थे जिनमें खूब धान होते थे। इसके अतिरिक्त भी काफी हल लगी, बंजर ज़मीन और घासणियां थीं। घराट के लिए नदी से लाई गई कूहल के पानी से ही इन खेतों/क्यारों को सींचा-रूमा जाता था।

सुनमा का पति बालक राम उर्फ बालकू कुशल तैराक था जो अपने घराट के पास से लोगों को नदी से आर-पार करवाया करता था। उसके पास कोई नाव नहीं थी। एक पीतल की बड़ी टोकणी और भेड़ की खाल से बना एक दरींया था। वह नदी की चाल देखकर दोनों का प्रयोग किया करता था। पीतल की टोकणी से नदी पार करना थोड़ा कठिन होता था जबकि दरींए पर सुरक्षित। दरींए में खूब मशक्कत के बाद हवा भर कर उसे फुलाया जाता था जबकि खाली टोकणी के सिरे पर नाभी सटा कर वह मगरमच्छ की चाल नदी पार कर लेता था। इसी के साथ घराट और छोटी-मोटी किसानी भी उसी के ज़िम्मे थी। पांच फुट सात इंच के कद वाला वह

गबरू आठवीं तक पढ़ा था और गांव-परगने में अपनी ज़मींदारी के लिए अब्बल माना जाता था। उसके इन्हीं हुनरों की वजह से इलाके में दूर-दूर तक उसकी खूब साख थी।

बालकू के घराट की दूर-दूर तक पूछ थी। उन दिनों मशीनों का ज़माना नहीं था। आटा-चक्की शहर तक सीमित थी। लोग मक्की और गेहूं की पिसाई इसी घराट में करवाते थे। दिन भर रौनक लगी रहती और आटा पिसाई के साथ-साथ वह लोगों और स्कूल के बच्चों को नदी आर-पार भी करवाया करता। वह चाहता तो इससे भी अच्छी-खासी कमाई कर सकता था परन्तु उसे उसने धर्म के खाते में रख छोड़ा था। घराट के बाहर दूब से भरा छोटा सा आंगन था जिसके किनारे-किनारे नदी के पत्थर चिने गए थे। इन पत्थरों की आकृतियां तरह-तरह की थीं जिन्हें नदी का पानी अपने भीतर ही भीतर तराशा करता था और फिर बहुत सी रेत के साथ उन्हें अपने छोरों पर छोड़ देता। सुनमा जब दोपहर का भोजन लेकर घराट आती तो इन पत्थरों को देख कर भावविभोर हो जाती। वह सोचती रहती कि इस नदी के भीतर न जाने कितने मजदूर कलाकार रहते होंगे जो इन पत्थरों को सुन्दर घड़ाई करने के बाद बाहर छोड़ दिया करते हैं। कभी वह सोचती कि क्या नदी की मछलियां तो कहीं इन पत्थरों को तो नहीं तराशती होंगी? वह घराट के आंगन से नीचे उतर कर नदी के छोर पर बैठ जाती और फिर अपनी झोली में कई आकृतियों के पत्थरों को सांज कर भर लेती और घर ले आती। वहां भी उसने जो फूलों की क्यारियां बनाई थीं उनके दोनों ओर सजावट के लिए वही पत्थर लगा रखे थे जिससे आंगन भी कई बार नदी जैसा लगने-दिखने लगता था। वह उन पत्थरों में कई बार अपना दाहिना कान लगा कर नदी की आवाज़ सुन लिया करती थी। उस आवाज़ को वह अपने घर के भीतर के कोनों में भी महसूस किया करती। यहां तक कि जब बालक राम और वे दोनों एक-दूसरे के गले लगकर खूब प्यार करते तो सुनमा उस नदी का बहना उसकी सांसों में भी महसूस करती थी। इस तरह घर कई बार उसे नदी का घर जैसा लगता था जहां उसके सपनों की न जाने कितनी मछलियां पानी की लहरों में तैरती रहतीं।

●●●

एक दिन बालक राम नदी पार करते डूब गया। दरीआं फट गया था। पलक झपकते नदी उसे पता नहीं कहां ले गई। सुनमा पर जैसे पहाड़ गिर गया था। भीतर की उस

नदी ने अचानक अथाह वेदना का रूप धारण कर लिया। उसका संसार ही जैसे आंखों से ओझल हो गया। सुन्दर सपनों की जगह घने अंधेरे आंखों में बस गए। घराट और सुनमा देई अकेली रह गईं। सुनमा के लिए पति का बिलगाव असहनीय था। उन दोनों के कोई औलाद भी नहीं थी। घर में बैल की जोड़ी थी। दो गाए और दो-चार बकरियां। किन्नौरी नस्ल का एक कुत्ता और एक प्यारी सी बिल्ली। सुनमा का अब यही परिवार था। जैसे-कैसे उसने अपने को संभाला था। हालांकि अकेले रहना बहुत मुश्किल था पर पता नहीं क्यों उसे लगने लगा था जैसे वह नदी अब उसके बहुत पास और भीतर रहने-बसने लगी है।

अब घराट ही सुनमा की रोजी-रोटी थी। दो-चार पैसे आटा पिसाई की पेहाई से ही मिल पाते थे। एक दिन उसके साथ अज़ीब अनहोनी हो गई। वह दोपहर को घराट में आटा पिसाई कर रही थी। आज उसका कुत्ता भी साथ नहीं था। गांव की पांचायत का एक मैंबर मक्की लेकर पिसाई के लिए आ गया। सुनमा ने मक्की घराट में पिसाई के लिए लगादी और जैसे ही बाहर आने लगी मैंबर ने उसे बांह से पकड़ लिया और जबरदस्ती करने लगा। सुनमा पर यह अप्रत्याशित हमला था जिसकी अपने ही गांव में न वह कभी उम्मीद कर सकती थी और न ही ऐसे हादसे के निपटाव के लिए वह तैयार ही थी। इस घटना ने उसे बहुत डरा दिया था। वह देर तर छटपटाती रही पर उस आदमी की बाहों के कसाव मजबूत होने लगे थे। उसकी आंखों में वासना का भूत सवार था। वह जानती थी कि नदी के शोर में उसका चीखना-चिल्लाना व्यर्थ होगा। इसलिए उसे अपना बचाव जैसे-कैसे खुद ही करना है। उस वासना के भूखे भेड़िए से लड़ते हुए उसे अचानक लगा जैसे नदी में बाड़ आने लगी है। धीरे-धीरे अपने भीतर के हौसले को बांधते हुए उसका नदी जैसा विराट रूप होने लगा। एकाएक वह उसकी गिरफ़त से आज़ाद हो गई और डर कर बाहर भागने के बजाए उस पर उल्टी झपट पड़ी। एक ही लात से वह घराट के घूमते हुए पूड़ के पास पीसे हुए आटे के बीच गिर गया। सुमना ने पहले उसके मुंह और आंखों के ऊपर आटा फैंक दिया जिससे उसकी आंखे बंद हो गई। वह नीचे से बाहर आने का प्रयत्न करने लगा पर आंखों में आटा घुसने की वजह से जैसे अंधा हो गया था। सुनमा की सारी घबराहट अब उस आदमी के भीतर पसर गई थी। उसने दरवाजे के पास रखे दराट को उठाया। एक मन किया कि उसकी गर्दन काट डाले लेकिन किसी घोर अपराध की गंध ने उसे रोक दिया। दराट की नोक उसके

कालर में फंसाकर उसे बाहर खींच लिया और फिर लात-घूंसों से उसकी अच्छी खासी मरम्मत कर दी। उसकी आंखे अभी भी खुल नहीं रही थी और भीखारियों की तरह गिड़गिड़ाने लगा था। सुमना का गुस्सा सातवें आसमान पर था। उसे घसीटती हुई नदी के किनारे तक ले गई और उसका मुंह पानी में ठूंस दिया। अधमरा सा वह छटपटाता रहा। सुनमा का एक मन हुआ कि उसे नदी में फैंक दें पर ऐसा विचार आते ही उसे किसी ने पीछे से पकड़ लिया था। देखा तो उसके गांव की औरत थी जिसे वह बड़ी भाभी कहती थी। अब कुछ और लोग भी वहां आ गए थे। इस पूरे दृश्य और माजरे को देख-समझ कर सभी हतप्रद थे। उन्होंने सुनमा को शांत किया। वह आदमी नदी के किनारे रेत पर पड़ा हांफ रहा था। सुनमा ने रोते-रोते सारी घटना गांव वालों को सुनाई। सुनते ही उसकी बड़ी भाभी का गुस्सा सातवें आसमान पर पहुंच गया। उसने दरवाजे के पास पड़ा दराट उठा लिया। पर गांव के लोगों ने उसे बहुत मशक्कत से पकड़ लिया अन्यथा वह अनर्थ कर देती।

इस घटना ने पूरे गांव-बेड़-परगने तक हिला दिया था। मामला पंचायत तक पहुंचा और पंचायत में उसकी बड़ी फजीयत हुई। उसे सर्वसम्मति से पंचायत की सदस्यता से निष्काशित कर दिया गया। कुछ दिनों बाद उसने शर्म के मारे नदी में कूद कर अपनी जान ही दे दी।

सुनमा की दबंगता का लोहा हर तरफ मनने लगा। उसकी हिम्मत की खूब दाद दी जाने लगी। लेकिन उसके भीतर इस घटना ने जैसे बहुत कुछ छिन्न-भिन्न कर दिया था। वह घराट में अब अकेले रहने से डरने लगी थी। इसलिए या तो अपने कुत्ते को साथ रखती या फिर ही आती जब गांव की औरतें उसके साथ होतीं। समय गुजरता चला गया। न जाने उसकी उम्र के कितने पल नदी के पानी के साथ बहते चले गए और वह धीरे-धीरे जीवन के आखरी पड़ाव तक आ पहुंची। बावज़ूद इसके भीतर ही भीतर वह नदी और भी गहरी होती रही, बहती रही। जीती रही। उठती बैठती रही। सोती जागती रही जिसके साथ-साथ सुनमा बहुत सी विषाक्त परिस्थितियों का सामना करती चली गई।

●●●

एक दिन पंचायत में गांव की बहुत बड़ी बैठक हुई थी जिसमें सूचना दी गई कि जल्दी ही नदी पर बांध बनने वाला है जिसकी अधिसूचना सरकार ने जारी कर दी है।

कम्पनी के साथ तहसील के पटवारी और दूसरें लोगों को बांध की डूब में आने वाली ज़मीन के अधीग्रहण के कागज़ात तैयार करने के आदेश दे दिए गए हैं। उपस्थित लोग यह सुनकर हक्के-बक्के रह गए। सुनमा का तो हाल देखने वाला था। उसने पंचायत में ही डट कर इस बात का विरोध किया कि सरकार बिना उनकी सहमती के कैसे उनके घर और ज़मीने ले सकती है? पर प्रधान और पंचायत के सदस्यों ने समझाया कि अब कुछ नहीं हो सकता। बांध देशहित में बन रहा है और सबकी जगह, ज़मीन और घर के अच्छे पैसे दिए जाएगे। जिसके पास जगह नहीं होगी उसे घर-जगह भी दी जाएगी। न जाने कितने सपने और आश्वासन वहां लोगों को दिखाए-दिए गए थे।

बांध निर्माण की खबर ने नदी के आर-पार बसे गांव के लोगों की नींद हराम कर दी। कुछ विरोध के स्वर भी उठे पर उसका अब कुछ लाभ होने वाला नहीं था। इन विरोधों में सुनमा ने बहुत बढ़चढ़ कर हिस्सा लिया था। बहुत से ग्रामीणों ने उसका साथ भी दिया पर बांध के निर्माण का फैसला तो किसी भी हालत में टलना नहीं था। इतना ज़रूर हुआ कि दादी के गांव के ग्रामीणों को ज़मीन की अच्छी कीमत मिल गई भी। कम्पनी की तरफ से कुछ और सुविधाओं के एलान भी हुए पर कभी पूरे नहीं किए गए। धीरे-धीरे सभी आश्वासन झूठे साबित होते रहे और कम्पनी के लोग सरकार के आदमियों और विशेषकर स्थानी नेताओं के साथ मिलकर अपनी-अपनी रोटियां सेंकते गए। कुछ ही महीनों में सभी के पुशतैनी घर और ज़मीनें सरकारी देखरेख में कम्पनी वालों ने ख़रीद ली। सुनमा देई का घराट, घर और छः क्यार/खेत और घासणी भी चले गए। पैसा मिला पर चैन चला गया। आंखों की नींद गायब हो गई। गांव के बहुत से ऐसे लोग थे जिन्हें अपने घरबार और ज़मीने छोड़ कर कहीं दूसरी जगह बसना पड़ा। सुनमा के पास दोघरी में थोड़ी ज़मीन थी जो बांध की डूब में नहीं आई थी और धान के क्यारों में से एक क्यार/खेत जो नदी के बिल्कुल ऊपर था। कुछ घासणियां बची रह गईं। अब उसे दोघरी में अपना रहना-ठिकाना करना था। दोबारा अपनी ही ज़मीन में बसना था जो बहुत कठिन था। पर दूसरा विकल्प कोई नहीं था। सुनमा ने हालांकि उन पैसों से एक छोटा सा घर और एक गौशाला तो बना ली परन्तु मन अपने पुशतैनी घर और क्यार में ही बसा रहा। नदी की तरह वे कभी उसकी मन आंखों से नहीं जा पाए थे।

सुनमा देई अब धीरे धीरे दादी सुनमा हो गई थी। नदी बांध बन गई। बांध में न जाने नदी किनारे बसे कितने गांव और खेत समा गए। कम्पनी और सरकार के साथ मिलकर जिन लोगों ने बिचौलियों का काम किया उन्हें अच्छा खासा पैसा भी मिला। बहुत सी और सुविधाएं भी। लेकिन बहुत से गरीब परिवारों के साथ खूब बेइंसाफी हुई। उनकी जितनी ज़मीन गई उतना पैसा भी नहीं मिला। न ही किसी ने उनकी आवाजें सुनी। सुनमा की तरह उन गांव में कोई विरोध करने वाला भी नहीं था।

●●●

दादी सुनमा का कहीं मन नहीं लगता था। अपना साथ खोने के अलावा अपना पुश्तैनी मकान, घराट, गौशाला और क्यार के न रहने का ग़म उसे भीतर ही भीतर सालता रहता था। वह सुबह ही नदी के किनारे अपने एक मात्र बचे उजाड़ क्यार(खेत) में गाय लेकर आ जाया करती। उसमें कई तरह की कांटेदार झाड़ियां उग आई थीं। खेत की हालत देखकर कोई भी अंदाजा लगा सकता था कि बहुत अर्से से किसी ने उसे जोता-बाहया नहीं होगा। हल नहीं चलाया होगा। पानी की कूहल नहीं फेरी होगी। धान की रोपाई नहीं की होगी। बावज़ूद इसके बैलों के खुरों की खुरखुराहट और हल के फाले की सनसनाहट बाक़ायदा उस खेत की बीड़ और सीत में मौजूद रहती थी। धान रोपती गांव की औरतों के पांव की छपछपाहट और चूड़ियों की खनखनाहट खेत के ओर-छोर बसी रहती जिसे या तो दादी सुनमा सुन सकती थी या वह लड़की जो कागज़ की नाव पर वहां चली आती थी। वहां औरतों के धान रोपते हुए गाए लोगगीतों की मधुर ध्वनियां भी मौजूद थी जो हवा की सरसराहटों के साथ कानों में हर वक्त बसी रहती थी। कुछ चिड़ियां आसपास की झाड़ियों के झुरमुटों में अपने-अपने घोसलें बनाया करतीं और जब वे चहचातीं तो ऐसा लगता मानो वे धान रोपती औरतों से सीखे लोकगीतों को गा रही हो। ये धुने दादी सुनमा के भीतर ताजा जख़्मों की तरह जीवित थीं। बहुत से घोसलें और चिड़ियां के डेरे भी जिनका संगीत और रहाव केवल दादी ही महसूस कर सकती थी। दादी ने इस उजाड़ खेत में कई बसन्त जी लिए थे। पंछियों के घोसलें उन्हें बहुत हिम्मत देते थे। दादी देखती थी कि बसंत आने पर ये पंछी अपने घोसलें पेड़ों और झुरमुटों में बनाते हैं और फिर उन्हें छोड़ अपने-अपने बच्चों के साथ कहीं निकल जाते हैं। दूसरे बरस किसी नई जगह घोसले बना कर कुछ दिनों के लिए पुनः परिवार बसा लेते हैं। शायद इन पंछियों की

तरह ही दादी सुनमा या जो विस्थापित ग्रामीण थे उनका जीवन भी हो गया था। फर्क इतना था पंछी खुशी-खुशी अपने ठोर-ठिकाने बदल लिया करते जबकि आदमी के लिए यह कतई संभव न होता, पर आज घर से बेधर होने के अथाह दर्द ने उन्हें बहुत तोड़ दिया था। वह टूटना महज इंसानो का नहीं था। साथ-साथ पीढ़ियों और अपनी परम्परा और संस्कृतियों का भी था जिन्हें नई या दूसरी जगह बसाना संभव न था।

वह लड़की कभी जब नदी के बीच नाव में होती तो दादी सुनमा खेत की बीड़-बीड़ और सीत-सीत से वैसे ही चलती जैसे उसका पति बालकू पानी सने क्यार में हल जोतते हुए बैलों के साथ-साथ फाटों की सीध में चला करता। फिर वह अपने फेरीदार पजामें को थोड़ा घुटनों तक छूंगती और कुरते को भी। कई पल किसी लोकगीत की धुन गुनगुनाती धान रोपाई जैसा कुछ करती रहती। जब भी गाय के साथ उस खेत में आती तो ऐसा करना कभी नहीं भूलती। यही कारण था कि दादी सुनमा कभी अकेली वहां नहीं होती...उसके साथ कहीं न कहीं उसका पति और दो बैल भी होते...एक हल होता...जुंगड़ा, जोच और दो छिकड़ियां भी मौजूद रहतीं...पानी से भरा खेत होता और धान रोपती गांव की औरतें होतीं। खेत की मुंडेर पर पहली फाट से थोड़ी दूरी पर मिट्टी के नीचे एक उपला दबा रहता जिसमें दिन भर की आग मौजूद होती...उसका धीमा-धीमा धुंआ कभी बालकू तो कभी दादी के पीछे-पीछे चलता रहता...। आज जबकि ऐसा कुछ भी वहां नहीं था पर दादी सुनमा के साथ-साथ वे सभी चीजें जीवंत थीं जैसे उनकी तमाम स्मृतियां दादी ने अपने चादरू में बांध कर सिर पर उठा रखी हो। दादी को यह भी लगता जैसे वह आग का उपला कहीं भीतर उनकी छाती में दबा है जिसकी तपन कभी-कभार बहुत तीखी होने लगती है।

नदी जब बांध नहीं हुई थी तभी से दादी सुनमा ने अपने बचे हुए उस एक मात्र क्यार में निरन्तर बैठना शुरू कर दिया था। अब न तो घराट था न घर का ही कोई बड़ा कामकाज था। एक गाय थी। कुत्ता भी नहीं था न वह बिल्ली ही रही थी। उस गाय को लेकर वह रोज इस क्यार/खेत में आ जाया करती और नदी को निहारती रहती। अभी बांध बनना शुरू हुआ था। नदी को जल्दी ही रोका जाना था। हालांकि उन्होंने अपना घर, गौ शाला और घराट छोड़ दिया था पर दादी खेत में गाय के साथ आने से पूर्व वहां जाना नहीं भूलती। वह कुछ पल अपने घर के आंगन में फूल की क्यारियों और नदी के पत्थरों के साथ बैठ लिया करती थी। अब दादी को नदी की

वे मीठी आवाजें सुनाई नहीं देती थी। बस भयंकर और डरावना शोर सुनाई देता था जैसे हजारों लोग उस नदी के पीछे भाग रहे हो। आंगन में एक घूटन सी महसूस होती थी। दादी को कई बार लगता जैसे उस बिके हुए घर के भीतर वह नदी घुट-घुट कर मर रही है। तड़फ रही है। चीख रही है। दादी को पुकार रही है कि दरवाजे को खोल कर उसे बाहर ले जाए।

एकाएक वही घटना सामने आ जाती जो घराट में बहुत पहले दादी के साथ घटी थी। जैसे वैसा ही कुछ भीतर नदी के साथ भी हो रहा है। वह उदास-निराश फिर घराट के पास चली जाती जहां का सन्नाटा भीतर तक साल देता। नदी से आती कूहल सूख-टूट गई थी। घराट के ऊपर छत पर जो पत्थर थे वे भी भीतर की ओर गिर गए थे। दादी को लगता जैसे घराट का पूड़ बहुत जोर से घूम रहा है और उस पर रखी लकड़ी की बेज़ान घूघती घर्ड़-घर्ड़ करती किसी अज़नबी का आटा पीस रही है। बिना पानी के ही घराट के पूड़ को घुमाने वाला बजीवरा अज़ीब सी चींचिचाहटों की आवाज़ें करता हुआ कराह रहा है। ये चीखें, चिल्लाहटें और कराहटें दादी के भीतर अनायास ही प्रवेश कर जाती और उनकी छाती और मन बहुत भारी होने लगते। मानो घराट का वह पूड़ किसी ने उनकी छाती पर रख दिया हो। उसके ऊपर फंसी घूघती उड़ने को छटपटा रही हो। वह बाहर भागना चाह रही हो। आंखों की नदी फूट-फूट कर रोती हुई बहने लगी हो। न जाने कितनी वेदनाएं और अतीत की स्मृतियां दादी वहां से लेकर भारी मन से लौट आया करती थी।

●●●

एक दिन जब सुबह दादी गाय के साथ उस उजाड़ खेत में आई तो नीचे का दृश्य देखकर हैरान रह गई। वहां नदी नहीं थी बस दूर-दूर तक पानी ही पानी फैल गया था। दादी का पुश्तैनी घर, गौशाला और घराट का कहीं अता पता नहीं था। न ही क्यारों और ज़मीन का। अब वहां पानी ही पानी था। एक बहुत बड़ी झील थी वहां। आर-पार जो गांव बसे थे वे सभी उस झील के भीतर समा गए थे। नदी पार ही एक प्राचीन तीर्थ था वह भी कई मंदिरों और विशाल पीपल के पेड़ों के साथ नदारद था। महज़ पानी के भीतर से उस पीपल की कुछ अधमरी शाखांए पानी के बाहर निकलती दिखाई देती थी मानो वह मदद के लिए चीख रहा हो।

दादी सुनमा हर साल या साल में कई बार उस तीर्थ में स्नान के लिए जाया करती थी। वर्ष भर वहां कई मेले लगे रहते। नदी के साथ-साथ स्वत: ही गर्म पानी निकला होता जिसके लिए लोग जगह-जगह नदी के छोर पर छोटे छोटे चश्में बना लिया करते जिनमें गर्म पानी जमा होता रहता और उसी में स्नान करते। इसे बहुत पवित्र माना जाता। ठीक उन गर्म पानी के चश्मों के ऊपर स्थानीय पंडे तुलादान के पंडाल लगाया करते और उन्हीं के बीच असंख्य मनयारी, मिठाईयों और दूसरी चीजों की दुकानें सजाए रखते। दूर-दूर से लुहार, कुम्हार, जुलाहे और बांस बुनने वाले लोग खुली जगह पर अपने-अपने उत्पाद सजाए रखते। लुहार कुल्हाड़ियां, दराट, दराटियां, गैंतियां, हथोड़े और न जाने लोहे का कितना सामान वहां ला कर प्रदर्शित करते। कुम्हार तरह-तरह के मिट्टी के बर्तन, जुलाहे कारघ और खड्डी के बने पट्टू, मफलर और शालें तथा बांस-बुनकर किल्टे, डालें और टोकरियां वहां सजाए रखते। लकड़ी के कई पारम्परिक हिंडोले बच्चों और महिलाओं के आकर्षण थे। महिलाएं जोड़ियों में झूलने के साथ पहाड़ी लोकगीत गंगी गाया करतीं जिससे मेले की रौनक में चार चांद लगे रहते। लोग खूब खरीददारी करते। दादी ने भी न जाने कितनी ऐसी चीजों से अपना घर भरा हुआ था। वे साल में एक बार जीवन पंडे के पंडाल पर जाकर तुला दान जरूर करवाती और किसानी की चीजें खरीद कर ले आतीं। अब सब कुछ समाप्त हो गया था। बस उनकी यादें ही यादें बांध के गधले पानी के ऊपर तैरती रहतीं जैसे वे सभी कहीं भीतर मर गए हैं। और उनकी सांसे पानी के ऊपर तड़फती हिलोरे ले रही हैं। नदी की तड़फ और झटपटाहटें बस सुनमा दादी ही महसूस कर पाती थीं।

●●●

नदी का सौदा हो गया था। उसका पानी बूंद-बूंद बिक गया था। उसके बहाव, उसकी निरन्तरता और उसके निर्मल जल से सनी लहरों पर कम्पनी का कब्ज़ा हो गया था। न जाने कितनी पीढ़ियों से अपनी-अपनी ज़मीन पर रचे-बसे लोग, उनके घर-आंगन, बाहर-भीतर स्थापित देवताओं की छोटी-छोटी देहरियां, गौशालाएं, उनकी कच्ची भीतों में पसरी पशुओं की रम्भाहटें देखते ही देखते वहां दफन हो गईं थीं। खेत की मुंडेर पर बैठी उदास-निराश दादी सोचती रहती जैसे आज कुछ भी अपना नहीं रह गया है। न नदी, न तीर्थ, न पीढ़ियों से बसे हाट-दुकानें, न मंदिर

न उनमें बसे देवता। दादी की आंखों से पानी की वर्षा होने लगती। उस नदी का एकालाप उनको बहुत आहत और परेशान करता था।

उजाड़ खेत(क्यार) भी दादी सुनमा की उम्र जैसा लगता था। बिल्कुल अनुर्वर। उसकी ऊसरता, वीरानगी और सहराई उनकें भीतर जैसे बस गईथी। उस खेत की उजड़न दादी के चेहरे पर साफ दिखाई दे जाती थी। अब यही ऊसरपन, बंजरता और रूखाई जैसे उनके शरीर के मुख्य प्रसाधन, संवरण, और श्रृंगारक हो गए थे। परन्तु दादी भले ही थकाऊ लगती थी पर भीतर का अदम्य आत्मविश्वास और स्वाभिमान कतई ऊसर नहीं हुआ था। पता नहीं ऐसे कौन से उत्प्रेरक रहे होंगे जिन्होंने उनके भीतर की जिंदादिली, तमक और उत्साह कभी कम नहीं होने दिया था। आखिर अब अकेले ही गांव, परगने के बीच जीना था इसलिए उन्होंने अपने भीतर का उत्साह कभी कम नहीं होने दिया। दिखने में हमेशा चुस्त, जोशीली, पुरजोश और दमदार। भले ही अंदर न जाने कितनी टूटन भरी पड़ी थी जिसका एहसास कभी उन्होंने अपने आस-पड़ोस को नहीं होने दिया था। कभी जिस सुनमा की जवानी पके हुए धान के खेत जैसी उर्वर थी, नदी जैसी सुन्दर, भरी और निर्मल थी मानो वह किसी भयंकर बाड़ ने क्षत-विक्षत कर दी हो।

दादी सुनमा ने बेहद दबंगता से जीवन जीया था। उनके अनगिनत हुनर थे। गांव बेड़ के अतिरिक्त दूर दूर के परगनों में उनकी चर्चा होती रहती थी। दादी बहुत जिरहबाज़ी और तर्कवितर्क में माहिर भी थी। उनकी विद्वता और हाज़िरजवाबी कई बार लोगों को चकित कर देती थी। उनकी दलीलबाजी के आगे पढ़ेलिखे निरक्षर लगने लगते। उनकी किसी भी मसले पर दलीलें अकाट्य रहतीं। महकमें के जिन अफसरों से आमजन भय खाते उनके आगे दादी छाती तान और ठोक कर जिरह किया करती थी। उनके वाद प्रतिवाद और निरूपण विस्मित कर देते थे। बावजूद इसके वे अति विनम्र और आज़िज थी।

अपने गांव इलाके में शोषण और अन्याय के प्रति उनके विरोध तर्कसंगत होते थे। यही कारण था कि कई गांवों को डूबा कर वहां बांध के निर्माण को लेकर उनकी असहमतियां, अस्वीकृति और खिलाफ़त जगजाहिर थी। इसको लेकर सरकार, कम्पनी और उनके अपने गांव के कुछ बिचौलियों से उनका बार-बार टकराव भी होता रहा था। पीढ़ीदरपीढ़ी बसे गांव और तीर्थ के उजाड़ का प्रतिरोध जब अवरूद्ध होने लगता तो दादी सुनमा का विरक्त होना स्वभाविक था। सब कुछ समाप्त होने की

विरक्ति जैसे उनके भीतर स्थाई घर कर गई थी। अपनी माटी से यह वियोग, अलगाव और बिछुड़न असहनीय थी। विछोह के दर्द बहुत बड़े और गहरे थे। विरहाकुल वह बांध के विराम और ठहराव को निर्जल और निरीह आंखों से देखती रहती थी। अपने विस्थापन से अधिक वेदना उनकी नदी के मर जाने की थी। नदी के अस्तित्वहीन होने की थी। वे कुछ करने में पूर्णतया असमर्थ थी। निसहाय और अक्षम। नदी का मानव के हाथों समापन उसकी सुनियोजित हत्या जैसा ही उन्हें लगता था।

●●●

बांध में समाई नदी दादी को अब अनाथ और बहुत अकेली लगती थी। बिल्कुल अपंग, अशक्त और गतिहीन। अशरण, निरीह और निस्साहाय। नदी का आर्तनाद और अभिक्रंदन, उसका आर्तस्वर, उसका उद्राव, उसकी दहाड़ें, चीत्कारें और हाहाकार केवल दादी ही सुन सकती थी। जो लड़की दादी के पास बैठी रहती वे आवाजें कभी कभी दादी को उसी के भीतर से आती आभासित हुआ करती थी। पहले वह नदी कितनी अंतहीन थी। कितनी अछोर और अनंत।

उस लड़की की कहानी भी अनंत थी। नदी की तरह ही। जिसे परिभाषित करना असंभव था। दादी सुनमा की आंखों से वह दृश्य आज भी नहीं जाता जब एक दिन अचानक बहुत तेज हवा के साथ जैसे उस बांध का पानी आसमान छूने लगा था। वह झील जैसे उन्मुक्तता से अपने तटबंध तोड़ने को आतुर हो रही थी। दादी ने उसके भीतर जगह-जगह भयंकर वर्तुल देखे थे जिनमें पानी घराट के पूड़ की तरह घूमते हुए कहीं भीतर समा जाता और पल भर में ही किसी दूसरी जगह से ऊपर उठ जाता। अचानक हवा का एक बवंडर पानी से भीगा हुआ सा दादी तक पहुंचा और पूरा नहला गया। उनकी एक पल के लिए सांस रूक गई मानो वे भी उसके साथ पानी में समा जाएगी। दूसरे पल ही वह शांत हो गया। उन्होंने अपने हाथों से मुंह पोंछा और फिर हाथ सिर पर चले गए। बाल भीगे थे लेकिन दुपट्टा गायब हो गया था। नंगा सिर था दादी का। उन्हें याद नहीं कभी उनके सिर का चादरू सिर से हटा होगा। वे झटपट उठीं और खेत में चारों तरफ नज़र दौड़ाई पर वह कहीं नहीं था। तभी दादी को झील के ऊपर से एक कागज की नाव आती दिखाई दी। जैसे-जैसे वह समीप आई दादी हतप्रद सी रह गई। उसमें एक बहुत सुन्दर लड़की बैठी थी।

लड़की जब किनारे पहुंची तो उसने नाव एक हाथ में पकड़ ली। उसके दूसरे हाथ में दादी का दुपट्टा था।

दादी सुनमा को पता ही नहीं चला कि वह लड़की कब आकर उनकी बगल में बैठ गई थी। कुछ देर पूर्व जो कुछ भी उन्होंने देखा था वह अब आंखों और मन से अदृश्य था। झील का जल पूर्ववत शांत था। उनके अपने मन ही की तरह। अचानक लड़की की बहुत मीठी आवाज उनके कानों में पसरी,

"दादी! दादी! आपका दुपट्टा। उधर उड़ गया था।"

दादी ने उसे झटपट पकड़ कर अपने सिर पर ओढ़ लिया। बिना किसी प्रतिक्रिया और अचरज के, जैसे उन्होंने ही कुछ देर पूर्व उस लड़की को उसे ढूंढने भेजा हो।

लड़की ने हाथ से उस कागज की नाव को अपने और दादी के बीच बचे थोड़े से खाली स्थान में रख दिया था। हवा से न उड़े इसलिए उस पर एक छोटा सा पत्थर भी रख छोड़ा था। वह नदी का पत्थर था।

दादी सोचने लगी कि उसकी यह नाव इतनी छोटी कैसे हो गई...? उन्होंने सहजता से पूछा लिया,

"यह तुम्हारी नाव है...?"

"हां दादी यह मेरी नाव है। मैं इसी में आती-जाती हूं। जब नदी बांध नहीं बनी थी तो नाव बहते पानी और लहरों पर तैरती थी। जोर नहीं लगता था। अब बहुत मशक्कत करनी पड़ती है। नदी नहीं है न, बस गधला खारा पानी ही पानी है। खड़ा पानी। मरा हुआ पानी। वह अब नहीं हिलता। अभिश्रापित जैसा। मानो किसी तपस्वी ने उस नदी को श्रापित कर दिया हो।"

दादी सुनमा अपलक उस बच्ची की तरफ देखती रही कि वह इस तरह की गूढ़ बातें भी कर सकती है। इससे पहले कि कुछ और सोचे, लड़की कहने लगी थी,

"दादी वह दादू का दरीयां नहीं है अब, जिससे वे स्कूल के बच्चों को नदी पार करवाया करते थे।"

दादी को जैसे कोई कंटीली छाड़ी स्पर्श कर गई हो। मन में प्रश्न उठा कि इतनी छोटी बच्ची यह कैसे जानती है कि मेरे पति के पास दरीयां भी होता था। इसी सोच में थी दादी कि लड़की फिर बोल उठी,

"पता है दादी इस नदी का क्या नाम था?"

"बच्चू! हम तो इसको दरिया ही बोलते थे। पर अब तो यह कोलडैम बन गया है। नदी कहां रही अब।"

"नहीं नहीं दादी नदी अभी भी है। हर जगह। मेरे और तुम्हारे भीतर। ऊपर आसमान में। धरती के नीचे। ये जो आर-पार हरी भरी डालियां हैं न, इन सभी में। मछलियों के भीतर। चिडिया की चोंचों में। और ये जो बांध है न इसके पानी के भीतर भी तो नदी ही है। हमें लगता है न दादी वह मर गई है। नदी कभी नहीं मरती, दुश्मनों से छिप जाती है। उनके गंदे इरादों और कृत्यों से दूर भागती है वह।"

दादी फिर अभिभूत सी उसे देखती रही थी। कितनी बड़ी-बड़ी आंखें थीं उसकी, जैसे वह नदी की आंखें हों। उन्हीं में कहीं छिपी हो। चौड़ा माथा। लम्बे-लम्बे बाल, दो गुतों में गूंथे हुए से जिन्हें उसने आकाशबेल की हरी जड़ों की डोरियों से बांधा था और दोनों तरफ कूजो के सफेद फूल गूंथे हुए थे। गालों में सूर्य उगने जैसी लालिमा और ओंठ तीज के चांद जैसे बारीक व दोनों तरफ फैले हुए से। वह जब बोलती और हंसती तो उसके नन्हें दांत ऐसे लगते मानों सरग के तारे चमक रहे हो।

दादी ने अचानक पूछा था,

"बच्चू तुम्हारा नाम क्या है...?"

यह सुन कर वह जोर से हंसी। उसकी हंसी साधारण नहीं लगी दादी को। पहली प्रतिक्रिया गाय ने दी। वह दूर चर रही थी लेकिन उस हंसी को सुनते ही वह दौड़ती उन्हीं के पास आ गई। दूसरी प्रतिक्रिया बांध के पानी की दादी ने देखी। जैसे वह हंसी उस पानी में घुलमिल कर हिलोरे लेने लगी हो। फिर वह धीरे-धीरे आर-पार फैली घाटियों से टकराई और वापिस जैसे दादी के भीतर चली गई।

"मैं शतद्रू...छोटा नाम शतु है दादी।"

उन्होंने यह नाम पहली बार सुना था। उन्हें कुछ कुछ सतलुज जैसा स्मरण हो आया था। उस दरिया को बहुत से लोग सतलुज नदी भी कहते थे। दादी बहुत कुछ और भी पूछना चाहती थी पर जैसे कुछ भी याद न रहा हो।

"मैं चली दादी! तुम भी जाओ घर। रात हो रही है न। मैं अब रोज आया करूंगी। खूब बातें करूंगी तुम्हारे साथ। और हां दादी, कल न मैं नदी की कथा सुनाऊंगी तुम्हें।"

यह कहते हुए वह उठी और पास रखी कागज़ की नाव के ऊपर से पत्थर उठा कर नीचे झील में फैंक दिया। पानी में पत्थर गिरने की भयंकर आवाज हुई। मानो

दादी के कान फट गए। पूरी झील में एक पल के लिए जलजला सा आ गया। पहले डरावना शोर और पलभर में घोर सन्नाटा। लड़की धीरे-धीरे संकरी पगडंडी से नीचे झील में उतर रही थी। चलते हुए दादी ने देखा लड़की ने नदी के रंग की फ्रॉक पहनी थी जिसके बीच-बीच में असंख्य मछलियों की आकृतियां बनी थी। वह नंगे पांव थीं। कितने प्यारे लगे थे दादी को उसके नन्हें-नन्हें पैर जैसे दूध से निकले ताजा मक्खन की डलियां हो। पलक झपकते ही वह लड़की उस नाव में कहीं दूर चली गई है।

आज रात दादी सोई नहीं थी। उसी लड़की के बारे में सोचती रही। कौन होगी वह। किस गांव की होगी। वह कागज की नाव पर कैसे आ-जा सकती है? इतनी बड़ी बातें उसने कहां से सीखी होगी। किस स्कूल में पढ़ती होगी वह। उसे कैसे पता कि मेरे पति के पास एक दरीयां भी था जिससे वह स्कूल के बच्चों को नदी पार करवाया करता था। मेरे साथ उसका रिश्ता क्या है? उसे अब से पहले कहीं भी नहीं देखा था। दादी को अचानक उसकी हंसी याद आ गई थी। कैसे खिलखिलाकर हंसी थी वह। मानो पानी में ज्वारभाटा आ गया हो। फिर उसके नाम पर मन केन्द्रित हो गया।...शतू। पूरा शतद्रू दादी ने सुना तो था पर वह बोला नहीं गया। जैसे सतलुज। जाना पहचाना सा नाम था वह। न जाने ऐसे कितने प्रश्न दादी के मन में उमड़ रहे थे। निश्चित किया था कि कल जरूर बहुत सी बातें उस लड़की से पूछेगी और नदी की कथा भी सुनेगी। फिर कथा शब्द पर मन अटक गया था। वह नन्हीं सी लड़की कैसे जानती होगी नदी की कथा?

दादी बहुत देर उस कागज़ की नाव के बारे में सोचती रही थी। उन्हें अपना बचपन याद आ गया जब पशु चुगाते हुए गांव के कई बच्चे नदी के किनारे आकर बैठ जाया करते थे। दादी घर से एक पुरानी कॉपी चुरा कर ले आया करती थी जिसके पन्ने वह सब बच्चों में बांट देती जिससे कागज की नाव बनाई जाती। जो बच्चा नाव बनाना नहीं जानता था उसे दादी सिखा देती थी। फिर उन नावों को नदी में डाल दिया जाता। शर्त यह होती कि जिस बच्चे की नाव सबसे आगे पानी में निकल जाएगी वह दिनभर किसी पेड़ की छांव में आराम करेगा और उसके पशु की रखवाली वह बच्चा करेगा जिसकी नाव सबसे पीछे तैरती जाएगी। पानी और हवा के बहाव के साथ सभी बच्चों की नावें एक दूसरे से आगे निकलने की होड़ लगाए रखती और फिर नदी उन्हें कहीं दूर अपने साथ ले जाती। लेकिन वह तो एक खेल था, पर वह लड़की कागज की नाव में कैसे आती होगी? अब तो नदी का पानी

कहीं आता-जाता भी नहीं है। कभी जब बांध के कीवाड़ खोले जाते हैं तो पानी नदी की तरह नहीं बहता। ऐसा लगता जैसे किसी पिंजरे में बंद बाघों का झुण्ड बदहवास सा भागा जा रहा हो। दादी सोचती कि नदी का पानी अब बहना भी भूल चुका होगा।

उस लड़की को लेकर उनकी उत्सुकता बढ़ती ही जा रही थी। उनके मन में अनेक प्रश्न जमा हो रहे थे जिन्हें वे कल सुबह उस लड़की से कथा सुनने से पहले जरूर पूछना चाहेगी। नदी और लड़की को याद करते-करते दादी की कब आंख लग गई थी पता ही नहीं चला।

●●●

आज दादी सुनमा पहले से जल्दी ही अपनी गाय के साथ खेत में चली आई थी। दादी के यहां नियमित आने का विशेष कारण था। खेत की मुंडेर से पहले दूर घाटी में नदी का विस्तार दिखाई पड़ता था और अब जैसे पूरा बांध झील के रूप में उनके सामने बस गया हो। जिस खेत में दादी बैठती थी वह नदी के मुहाने पर था जिसके नीचे के खेत डूब में चले गए थे। सामने से दांई ओर उनका पुश्तैनी मकान और घराट था जो पानी के भीतर कहीं डूब गया था। जब बांध का पानी कम होता तो उनके अवशेष दिखाई पड़ते थे। दादी अब इसी आस में यहां आया करती थी कि कभी कभार उनकी एक झलक दिख जाए। अब यहां आने का दूसरा कारण वह लड़की थी। दादी आज जल्दी वहां जा कर लड़की को पानी की तहों पर से कागज की नाव में आते देखना चाहती थी पर उनके आश्चर्य की सीमा न रही जब देखा कि वह पहले से ही खेत की मुंडेर पर बैठी गिट्टियां उछाल रही है और पास ही वह कागज की नाव रखी हुई है। उसे देखते ही दादी सब कुछ भूल गई कि आज लड़की से क्या-क्या जानना है। पूछना है। उसके पास जो गिट्टियां थीं वे नदी के किनारे के छोटे-छोटे गोल पत्थर थे। लड़की ध्यानमग्न थी। दादी पास जा कर उसे चौंकाना चाहती थी लेकिन उनसे पहले ही उनकी गाय उसके पास चली गई थी और लड़की बहुत प्यार से उसके गले में झूलने लगी थी। दादी की समझ में नहीं आया कि गाय कैसे और कब उसके पास पहुंची थी और जिस प्यार से वे दोनों एक दूसरे में रमी थी लगता था उनका कोई जन्मजनमान्तर का रिश्ता है।

दादी कुछ बोलती, लड़की ने ही पूछा था,

"जल्दी आ गई दादी...?"

ज़वाब कुछ सूझा नहीं, बस लड़की की आंखों में अपनी बूढ़ी आंखें डालकर उसे एकटक देखती रही। सचमुच नदी जैसी गहरी बहती, उछलती आखें। जैसे वह नदी, उसके आर पार बसे अनगिनत गांव, मंदिर, पेड़ और वह तीर्थ उन्हीं में कहीं भीतर जीवंत हो। कितना सम्मोहन था उसकी आंखों में। सोचती रही दादी कल उसने क्या नाम बताया था। याद आया, शतु। नाम याद करके दादी उसकी बगल में चुपचाप बैठ गई। गाय अब खेत की सीत में चरने लगी थी।

लड़की ने गिट्टियां इकट्ठी कीं और दादी को दे दी।

"इन्हें तुम ले जाओ दादी। पहले वाले नदी के पत्थर तो सब डूब गए न। इनको अपने आंगन की क्यारी में सजावट के लिए लगाना। कितने भले लगेंगे।"

दादी को झटका सा लगा।

"तो क्या लड़की यह भी जानती है कि मेरे आंगन में बहुत से नदी के पत्थर थे...?"

"बैठो दादी, मेरी कथा सुनो। मेरी मतलब नदी की। कल बोला था ना आपको कि नदी की कथा सुनाऊंगी। तुम देखना दादी यह अंतिम कथा होगी जो मैं तुमको सुनाऊंगी। उसके बाद नदी की तरह उसे भी भूल जाएंगे लोग। यह भी कि कभी एक विशाल नदी इन घाटियों में बहा करती थी। सरस्वती की तरह नहीं रहेगी वह भी। छिप जाएगी। नदी और औरत एक जैसी होती है न दादी। बिल्कुल मां ही की तरह। तुम्हारी जैसी भी। तुम भी नदी ही तो हो न दादी।"

निरूत्तर थी दादी। क्या कहती। क्या बोलती। कुछ सूझ नहीं रहा था। बस यही सोच सोच कर परेशान थी कि इस तरह की बातें करने वाली यह लड़की आखिर कौन होगी...?

लड़की ने एक गहरी सांस ली और छोड़ दी। कागज की किश्ती बहुत जोर से हिली। साथ ही उस झील का पानी भी कंपकंपा गया और फिर एकदम शांत।

"बहुत पहले की बात है दादी। महाभारत से भी पहले की। किन्नर देश में एक महानगर था कामरू। और दूसरा था शोणितपुर। दोनों का आपसी बैर था। शोणितपुर का राजा बाणासुर था। कामरू का शासन तीन भाई चलाते थे। बाणासुर को बर्वाद करने की दृष्टि से उन्होंने एक दिन वहां से बहने वाली एक नदी में टनों के हिसाब से ज़हर डाल दिया जिससे बाणासुर का समस्त राज्य नष्ट हो गया। अपनी प्रजा को बेमौत मरते देख बाणासुर बहुत आहत हुआ। वह शिव भक्त था। उसे कुछ

सूझ नहीं रहा था कि क्या करे, कहां जाए। मन के विचलन को शांत करने की दृष्टि से वह हिमालय की ओर निकल पड़ा। लम्बी यात्रा के बाद वह हिमालय पर स्थित एक विशाल झील के किनारे पहुंच गया। वह मानसरोवर थी। समुद्र की तरह विशाल। वहां के दृश्य देखकर बाणासुर भावविभोर और अचम्भित हो गया। वे परिदृश्य असाधारण थे। कौतुकपूर्ण और मायावी। मोहक और विराट। विलक्षण और हैरतअंगेज। यह साकार उसके लिए अचम्भित करने वाला था।"

दादी अचम्भित सी उस लड़की को देखती जा रही थी। उनको टीवी पर रामायण और महाभारत के बहुत से दृश्य याद आने लगे। उन्हें एक बारगी लगा कि जैसे विशाल रथ पर बैठे भगवान श्रीकृष्ण अर्जुन को गीता उपदेश दे रहे हैं।

दादी ने इतनी बढ़िया और मन को छूने वाली वाणी और भाषा केवल उन्हीं सीरियलों में सुनी थी। उन्हें समझने में भी कोई दिक्कत नहीं हो रही थी। आखिर वह एक विद्वान पंडित के घर की बेटी थी। उनके पिता इलाके में माने हुए ज्योतिषविद थे। इसलिए हिन्दी और संस्कृत उन्होंने अपने पिता से ही सीखी थी। उन दिनों एक तो पाठशालाएं बहुत कम होती थीं। दूसरे लड़कियों को स्कूल भेजने का भी ज्यादा रिवाज़ नहीं था। बावजूद इसके उन्हें पढ़ने लिखने का बहुत शौक था और इसीलिए दादी अपने पिता की बैठकों में घण्टों बैठी रहती थी। यह दादी का भाग्य ही था कि उन्हें शादी के लिए कोई बड़ा घराना नहीं मिला। अपनी ही बिरादरी तो मिली लेकिन अपने मायके की तरह का माहौल नहीं। फिर भी उन्होंने अपनी ससुराल को अपने मायके से भी बढ़ कर स्नेह दिया। खूब काम किया। खेती-बाड़ी और तमाम कामों में बढ़चढ़ कर हाथ बंटाया। आज भले ही उनका घर, घराट और बहुत सी ज़मीन कोलडैम में चली गई पर उनके पास अब भी काफी जगह थी। दोघरी थी। जहां उन्होंने नया मकान बना लिया था। एक पुराना मकान पहले से भी वहां मौजूद था पर उसकी स्थिति ज्यादा अच्छी नहीं थी। दादी को डूब में आई जगह और घर-घराट के भी अच्छे खासे पैसे मिले थे। पर उनका इस उम्र में दादी क्या करती? अकेली जान और वह भी बूढ़ापे में कितना कुछ खर्च कर लेती।"

"एक बात पूछूं दादी।"

"पूछ न बच्चुआ।"

"तुम्हारी जेब में जो बैंक की पासबुक है न। कितने पैसे होंगे इसमें?"

दादी को काटो तो खून नहीं। उनका हाथ झटपट जेब में घुस गया। पास बुक सुरक्षित थी। विस्मित होकर लड़की को देखती वह सोचती रही कि यह लड़की कोई जादू तो नहीं जानती। दादी कुछ कहती, लड़की बोलने लगी थी,

"संभाल कर रखना दादी इन पैसों को। लाखों में हैं न। बहुत भली जगह लगेंगे तुम्हारे ये पैसे। बहुत पुण्य कमाओगी तुम। बस जैसी हो न खुले दिन की वैसे ही रहना। कभी कंजूसी न करना। कुछ नहीं जाता साथ। पाप-पुण्य ही जाता है और अच्छाई पीछे रह जाती है। हो सकता है तुम्हारे ये पैसे किसी की मुसीबतों के बारिस बन जाए।"

दादी को कुछ सूझ नहीं रहा था कि इन बातों का क्या उत्तर दें? लड़की की बातों पर बार-बार हैरान होने के सिवा कुछ और करना या कहना संभव भी कहां था।

लड़की ने नदी की कथा कहनी जारी रखी थी।

"कुछ देर के बाद उस झील में भयंकर उथल-पुथल होने लगी। बाणासुर ने देखा कि भगवान शिव तांडव कर रहे हैं। एक हाथ में त्रिशूल है और दूसरे में डमरू। बाल खुले हुए हैं। जैसे वह विशाल झील उनकी काली जटाओं ने पूरी तरह से ढक ली हो। देखकर अवाक् रह गया था बाणासुर। वह शिव भक्त था इसलिए दंडवत हो गया। अनेक नामों से उनकी अराधना करने लगा...अर्धनारीश्वर, आशुतोष, कामेश्वर, काशीनाथ, कैलाशनाथ, गंगाधर, जटामाली, डमरूवादक, त्रिनेत्र, त्रिपुरारि, पशुपति, भूतनाथ, विश्वेश्वर, भैरव, भोलानाथ, विषपायी, सोमनाथ, नीलकंठ, गौरीनाथ अब जैसे वे बाणासुर की संगीतमय स्तुतियों के साथ महानृत्य करने लगे थे।"

अचानक झील के रंग बदलने लगे। देखते ही देखते उस झील के किनारे से कई जल-धाराएं प्रस्फूटित हुईं और चारों दिशाओं में बहने लगीं। उन्होंने नदियों के आकार धारण कर लिए। एक नीलवर्णी धार बाणासुर की ओर बहने लगी और उसने नदी की शक्ल अख़्तियार कर ली। भगवान शिव ने आशीर्वाद रूप में आदेश दिया कि वह उसे अपने देश ले जाए। वह नतमस्तक हो गया। अश्रुविगलित हो गया। मन का अवसाद शांत और स्थिर हो गया। उसने देखा कि वह नदी जैसे अनगिनत आभूषणों से आभूषित अप्सरा जैसी है। देवदूतीय, नैसर्गिक और सुरम्य स्वरूप सूर्य के तेज से कहीं प्रखर और चांद की शीतलता से कहीं सहज है। उसकी अलौकिकता, इंदुवदन, अभिरूप, और अनेक अलंकार असमान्य है। इस वक्त उसके मन में एक पिता का स्नेह भर गया। मानो वह नदी को नहीं अपनी बहुत सालों से बिछुड़ी बेटी को अपने घर ले जा रहा हो।"

"मानसरोवर झील तो बहुत दूर होगी न बच्चु।"

दादी की आंखे भरी हुई थी। अपने चादरू से आंखे पोंछते उन्होंने लड़की से पूछा था।

वह लड़की दादी की भीगी आंखों की तरफ एक नजर देते हुए हल्की सी मुस्करा दी। दादी को लगा उसके ओंठों के बीच से कूजो के अनगिनत फूल झड़ रहे हैं।

"हां दादी बहुत दूर है। वहां भगवान शिव का घर है। वे मां पारवती और गणेश जी के साथ वहां पर्वत पर रहते हैं। नंदी जी भी वहीं होते हैं।"

दादी ने दोनों हाथ ऊपर की ओर जोड़ दिए थे।

"और दादी बाणासुर और नदी पता नहीं कितने ग्लेशियरों, बीहड़ों, खुंखार झंखाड़ों, घने जंगलों और घाटियों के बीच से रास्ता बनाती आगे बढ़ते चले गए। बाणासुर जब शोणितपुर पहुंचा तो उसने नदी को अकेले ही आगे बढ़ने का आदेश दिया। वह एक पल के लिए ठहर सी गई। उसे शायद पिता समान बाणासुर से विलगाव अच्छा नहीं लगा था। पर उसे तो बढ़ना था। बहना था। अविरल। निरन्तर। वह वियोगिनी चुपचाप आगे बढ़ती गई। आहिस्ता आहिस्ता। पहले गतीहीन सी चींटी की तरह, टहलते-टहलते, मंदता के साथ। मंद मंद और मजे-मजे में। तदोपरान्त किसी अज़गर सी खूंखार, बर्फानी बाघ की तरह तीव्र चाल में और शेर की तरह दहाड़ती हुई। बाणासुर इस मंदता और तीव्रता को बहुत दूर तक देखता रहा...भीगी आंखों से। आहत मन से। लेकिन अब अकेले बहना नदी की नियति थी और अकेले अपना पुन: साम्राज्य स्थापित करना बाणासुर की।"

उस लड़की के चेहरे पर कई रंग उभरे। उसकी आंखें कभी लाल, कभी पीली, कभी सुनहरी तो कभी भयंकर काली होने लगीं। दादी के मन में किसी अनजान भय ने सिहरन पैदा कर दी। पल भर में लड़की की आंखों का रंग गहरा नीला हो गया...। लड़की ने अपनी गोदी में रखी कई गिट्टियां उठाकर बांध की झील में फैंक दी। वे पानी में किसी विशाल भूखंड की तरह गिरीं। पानी में एक भूचाल सा आ गया। उफनती लहरों ने फिर लड़की, गाय, खेत समेत दादी को भिगो दिया। दादी को पहले लगा वह नदी किनारे स्थित उस तीर्थ में स्नान कर रही है। झींटे पहले गर्म महसूस हुए फिर एकदम ठंडे। दादी झटके से उठी थी।

"क्या हुआ दादी?"

दादी सुनमा जैसे नींद से जाग गई। अपने हाथ से सिर, दुपट्टा और पूरा शरीर छुआ-देखा, कुछ नहीं था। तो फिर वह भीगना क्या सपना था? दादी ने अपने आप से ही सवाल पूछा था।

"वह नदी फिर अकेली-अकेली बहुत दूर समंदर में चली गई।"

लड़की ने एक गहरी सांस ली थी।

दादी ने भी ऐसा ही किया और आगे की कथा सुनने के लिए उत्सुक हो गई।

"उस नदी ने किन्नर देश और बाणासुर की राजधानी शोणितपुर को पुनः नया जीवन दिया। हरियाली लौट आई। लोगों ने फिर अपने-अपने गांव बसा लिए। नदी की तरह बाणासुर का प्रताप भी बढ़ता गया। उसने बहुत से महानगर और देश अपने अधीन कर लिए।"

दादी ने फिर अपने हाथ नीचे की ओर नदी को प्रणाम करने के लिए जोड़ दिए थे।

"श्रीकृष्ण जी भी तो आए थे शोणितपुर। कितने दिन उन्होंने अपनी सेना के साथ इस नदी कि कई घाटों पर पड़ाव डाले थे। उसका निर्मल जल ग्रहण किया था। उससे भोजन बनाया था।"

"श्रीकृष्ण...भगवान...दादी की आंखे अपार श्रद्धा से भर गईं।"

"हां दादी। बाणासुर असुर था न पर था महा शक्तिशाली। भगवान शिव ने उसे उसकी घोर तपस्या के लिए बहुत से वरदान दिए थे। बताते हैं उसकी सहस्त्र भुजाएं थीं जिनसे वह युद्ध करता था। उसने किन्नर देश की एक असुर देवी हिरमा से ब्याह किया था और उनके अठारह पुत्र-पुत्रियां हुए। उनमें एक बहुत सुन्दर कन्या उषा थी। उसे श्रीकृष्ण के पुत्र अनिरूद्ध से स्नेह हो गया और अपनी बहन चित्रलेखा के सहयोग से उन्होंने उसे उसी के महल से बंदी बनाकर शोणितपुर अपने महल में कैद कर लिया। इसलिए श्रीकृष्ण को उसे छुड़वाने वहां आना पड़ा था। बाणासुर और उनका घोर युद्ध हुआ। बाणासुर की पराजय हुई लेकिन शिवभक्त होने के नाते भगवान श्रीकृष्ण ने उसकी सारी भुजाएं काट कर केवल दो ही शेष रहने दी और जीवित छोड़ दिया।"

"और जानती हो दादी सूर्यपुत्र कर्ण ने जब कुरूओं के लिए दिग्विजय की थी तो उन्होंने इस नदी के किनारे बसे कई राज्य जीत कर अपने अधीन कर लिए थे। पांडव भी अपने वनवास के दौरान इसी नदी के किनारे होते हुए हिमालय की ओर गए थे।"

दादी सुनमा को सुनने के सिवा कुछ पूछना सूझ नहीं रहा था। वह चुपचाप वैसे ही बैठी रही जैसे घर में सत्यनारायण की कथा करवाते बैठी रहती थीं। लड़की अनवरत बोलती जा रही थी।

"भगवान परशुराम का अत्याचारी संसरबाहु से यहीं युद्ध हुआ था। उसी तीर्थ के किनारे जो डूब गया। जहां तुम्हारा घराट था न उसी के ठीक सामने था ऋषि जमदग्नी और रेणुका मां का आश्रम। उनके पास कामधेनु गाय भी थी।"

दादी को पता ही नहीं चला कि उनकी गाय कब उस लड़की के पीछे खड़ी होकर उसके बालों को चाटने लगी थी।

"संसरबाहु उस गाय को अपनी राजधानी ले जाना चाहता था पर उन्होंने नहीं दी। जब उसने जबरदस्ती की तो वह आसमान में उड़ गई। क्रोध में उसने वहां उत्पात मचाना शुरू कर दिया और तभी माता रेणुका ने अपने पुत्र परशुराम को पुकारा था जिन्होंने आकर उसे मार दिया।"

"नदी के आर-पार परशुराम जी ने कई गांव और मंदिर बसाए थे जो आज भी मौजूद हैं। कितनी महान थी यह नदी दादी जिसे लोगों ने अपने स्वार्थ के लिए तवाह कर दिया। उसे मार दिया। जगह-जगह उस पर बांध बनाते रहे। उसके रास्ते रोकते और बदलते रहे। सुरंगों से उसे निकाल कर उसकी दिशाएं बदल दीं। उसे न जाने कितनी मशीनों में पीसा गया। काटा गया। लड़फा-तड़फा कर मार दिया गया। उसके हाल एक बेसहारा लड़की की तरह कर दिए गए। उससे बार-बार सामुहिक बालात्कार हुए। उसके अंग छिन्न-भिन्न कर दिए गए और नोच-नोच कर फैंक दिए गए। वह जहां से आती थी, बहती थी वे रास्ते अब निर्जन हो गए हैं। एकाकी हो गए हैं। उनमें सूखी रेत और विशाल चट्टानों के अंबार दिखते हैं। लोगों ने उन रास्तों को हथिया लिया है। यहां तक कि नदी किनारे पशुओं, भेड़-बकरियों के जो चरांद थे उनमें अपने कब्जे जमा लिए।"

कुछ देर वह लड़की खामोश रही। यह खामोशी दादी को बहुत डरावनी लगी। इस अप्रत्याशित भय से दादी का पूरा शरीर कांपने लगा था। गाय उस उजाड़ खेत में बदहवास सी रम्भाने लगी थी। मानो पल भर में कोई प्रलय हो जाएगा। एक सरसरी नज़र लड़की के चेहरे पर दादी ने जब डाली तो थरथरा गई। लड़की का चेहरा खून से सना हुआ था। न जाने कितनी खंरोचे थीं उस सुन्दर चेहने पर मानो किसी भेड़िए

ने अपने खूंखर नाखूनों से उसे नोच-खसोट दिया हो। बाल बेरतीबी से बिखर गए थे। भय से आच्छादित सहमे हुए दादी ने आंखे बंद कर ली।

उन्होंने धीरे-धीरे अपने मन को शांत किया। भीतर के भय को बहुत उत्साह के साथ निकालने का प्रयास किया। आंखे धीरे से खोली तो बगल में झांका। लड़की वहां नहीं थी। उसके बैठने की जगह पर ढेर सारे कई आकृतियों वाले सफेद रंग के नदी के पत्थर थे। कागज की नाव भी वहां नहीं थी। दादी की गाय लड़की की जगह ऐसे सहमी खड़ी थी जेसे उसने अभी अभी किसी बाघ को देखा हो। दादी ने सिर उठा कर बांध की ओर देखा। एक सफेद नाव में बैठी वह बच्ची कहीं दूर उल्टी दिशा में चली जा रही थी। दादी को उसका बिछोह भला नहीं लगा। मानो वह उनका कलेजा काट कर ले जा रही हो। एक आवाज़ उनके कानों में बहुत जोर से आई,

"मैं फिर आउंगी दादी। चिन्ता मत करना। वैसे मैं हमेशा तुम्हारे पास ही तो हूं। तुम्हारे मन में। तुम्हारे घर-आंगन में। घर के भीतर। कोने-कोने में। आसमान में उमड़ते-घुमड़ते बादलों में। वर्षा की बूंदों में और बर्फ के सफेद फाहों में भी। कहां नहीं हूं मैं।"

दादी को लगा जैसे उस नाव में खड़ी होकर वह अपने नन्हें-नन्हें हाथों को हिलाती जा रही है। टाटा बाई-बाई करती हुई।

●●●

दादी निस्तब्ध सी बैठी रही थी बहुत देर। किसी बुत की तरह। पुनः वही अनगिनत प्रश्न उनके मन में उत्पन्न होने लगे। कौन थी वह लड़की? या कौन है वह शतु? कहां से आती होगी? कहां चली जाती होगी? उसके अम्मा-बापू कौन होंगे? वह अकेली ही है, डरती नहीं होगी? ज़माना कितना खराब है। जिन आतताईयों ने नदी को नहीं छोड़ा उस कमसिन को क्या वे छोड़ देंगे? इन प्रश्नों से डर जाती है दादी। लेकिन दूसरे ही पल कोई उनके बालों को जैसे सहलाने लगता है। पीछे मुड़ कर देखती है। उनकी गाय है जो बालों को चाट रही है। बहुत दिनों बाद दादी अपनी ही गाय के गले बच्चों की तरह लिपट जाती है।

●●●

दादी ने नदी के न जाने कितने रूप-रंग अपने जीवन में देखे थे। उसी लड़की की तरह। वह जानती थी कि नदी वर्ष भर में दो एक बार ही भयंकर रूप लेती थी। एक उस समय जब हिमालय में बर्फ पिघलती और दूसरा तब जब बरसातें होती और असंख्य सहायक छोटी-छोटी नदियां और नाले पहाड़ों और घाटियों के शिखरों से उसमें आकर मिल जाते। उसकी निर्मलता गायब हो जाती। दादी के घराट के आंगन तक वह कूदती उपद्रव करती आती। जब वह अप्रसन्न, अक्रोशित, उच्चंड और क्षुब्ध होती तो उसकी क्रोधान्विति भयंकर उत्पात मचाती। उसका आमर्श सांतवे आसमान पर होता। उसके इस क्रोधोन्माद के लिए कोई और नहीं आजका मानव दोषी था जो उसे तरह-तरह से अपने स्वार्थ के लिए यातनाएं दिया करता। उसके तटबन्धों को तोड़ता जाता।

दादी सुनमा सोचती रहती कि लोगों को क्या हो गया है कि वे प्रकृति को ही लीलने के लिए हमेशा आतुर है। जल, जंगल और ज़मीन को नष्ट करने के लिए आमादा है। लोगों की धर्मशीलता, खुदायी, इनसानियत और साधुशीलता कहां गायब हो गई। उनकी आंखें शायद अपने-अपने स्वार्थों और जातिगत असमानताओं ने अदीप्त, निस्तेज, अस्वच्छ और धुमैली कर दी है जिस वजह से वे लोग अपने भीतर तिल-तिल मरते आदमी का अग्निवाह भी नहीं देख पाते। मनुष्य क्यों अपनी अनुतेजना, आत्मनियंत्रण, पक्कापन और अविकार खोता चला जा रहा है। उसकी दिनोदिन बढ़ती अकुलाहट, अशांति और खलबली न जाने किस विनाश की ओर ले जा रही है। न जाने क्यों वह अपने नंगेपन को नहीं देख पा रहा है। अनाभूषित, अश्लील, निर्लज्ज और कंगाल सा वह जिंदा रह भी कहां गया है, एक मृत ठूंठ जैसा पल-पल झरझरा रहा है। फिर भी उसे ये सब कहां दिखता है?

दादी सुनमा मनन करती है कि वह नदी अकेली नहीं है जिसका वर्चस्व, स्वतन्त्रता और अल्लहड़पन छीना गया है। अनगिनत हैं उसकी बहने जो इस पुरूषत्ववादिता की शिकार हुई है। कोई सुरक्षित नहीं है...न यमुना, कावेरी, कृष्णा न गंगा, गोदावरी, गोमती और राप्ती। न करतोया, कोसी, चन्द्रभागा, स्पिति और न चंबल, चिनाव, झेलम और ब्रहम्हपुत्री। महानदी, शिप्रा, नर्मदा और दामोदरा भी कहां जीवित रही है। वध कर दिए गए हैं सभी के। सरयु, सिंधु और सोन सभी घुट घुट कर मर रही है। लड़फ रही है। गायब कर दी गई है। प्रदूषित हुए वे सांसे कहां ले

पा रही है। अब शायद कोई बाणासुर जैसा योद्धा बलशाली नहीं आएगा जो सतलुज जैसी किसी नदी को ईश्वर से मांग कर ले आएगा।

यह सोचते हुए दादी सुनमा अपने आप से ही बड़बड़ाने लगती है। सुनती है तो दीवारें। या वह निर्जीव सा धान का खेत। भीतर का अकेलापन। सन्नाटा जैसे यह दुनिया अंतकों की है। विध्वंसकों की है। नाशकर्ताओं की है। संहारकों की है। अंतकरों की है जिनके खतरनाक, घातक, तबाहकुन और राक्षसी मनसूबे न किसी शतद्रु, यमुना और गंगा को बख्शेंगे और न किसी निर्भया और गुड़िया जेसी बेटियों को। वे न किसी ईश्वर से डरते हैं और न किसी कानून से। उनके पास स्वार्थ, असंवेदनहीनता और अमानवता के इतने नृशंस और क्रूर औजार हैं, जो प्रकृति और सृष्टि के मान-सम्मान व उसके अस्तित्व को निरन्तर तवाह करने में अग्रसर हैं। वे नदियों के प्रवाह रोक सकते हैं। उनकी गति को अवरूद्ध कर सकते हैं। जंगलों को उजाड़ सकते है। विरोध में उठती जबानों को काट सकते हैं। यह अपध्वंस और नेस्तनाबूदी खतरनाक है।

बांध के भीतर जैसे नदी मृतप्राय: सी थी। वेगहीन। दादी को वह अत्यंत भयभीत लगती थी। डरी सहमी हुई सी। आतंकित और आकुल लगती। उसकी उद्विग्नता और कंपकपाहट दादी को भीतर तक अशांत कर देती। नदी खुद भी अशांत ही तो थी। हवा के वेग जब पानी की सतहों पर दौड़ते तो नदी की थरथराहट और कंपकपाहट कलेजा चीर देता था। जड़ीभूत वह स्वतन्त्र होना चाहती थी। बन्धनमुक्त होना चाहती थी। दादी सुनमा से उसका संत्रास देखा नहीं जाता था।

दादी सुनमा जानती है नदी की तरह उसकी मौत अभिनिश्चित है। अटल है। अनुबंधित और सुनिर्धारित है। वैसे भी वह और नदी या तमाम दुनिया अकरूण, अमोही, कसाई, जल्लाद, निष्ठुर, निर्मम, पत्थरदिल और पाशविक लोगों से घिरी है। कितने निर्धन है, कमजोर है, जरूरतमंद है, असंपन्न है जिनकी पुकार कहीं नहीं पहुंचती। बांध के दरवाजे खुलने के बाद का जो भयंकर शोर उठता है, मशीनों के बीच नदीजल के पीसने की जो अथाह वेदानापूर्ण चित्कारें उठती हैं, उनकी फरियादें, अनुनय, भूखी पुकारें उसी में समाहित होकर मर जाती है।

पहाड़ों और नदियों के साथ जो नृशंसता, लूटपात, छीनाछपटी, जोराजोरी, नोचखसोट और अराजकता हो रही है, दादी और अन्य आमजन का विस्थापन इसी का फल है। हर तरफ कम्पनियों के लोग यमदूतों की तरह जल, जंगल और

ज़मीन के मालिकों के डेथ वारंट लिए घूमते नजर आते हैं। उनके लिए आदमी, आदमी नहीं है। जीवन, जीवन नहीं है। सांसे, सांसे नहीं है। जीना, जीना नहीं है। रहना-बसना कुछ भी नहीं है। अपने मुनाफे के लिए वे कोई भी, कैसा भी नरसंहार कर सकते हैं। सरकार ने ज़मीन, जंगल और नदियां उन्हें उपहार में क्या दे दी दी है जैसे लोगों की सांसे भी उन्हें ही बेच दी हैं। गिनो जब तक गिन सको। बचो जब तक बचा जा सकता है। जीओ जब तक जी सकते हो। विस्थापन तो निश्चित है। मृत्यु की तरह ही।

दादी सुनमा को हमेशा लगता कि नदी उनसे अनुनय कर रही है कि उसे दानवीय और आततायी अमानुषों की कैद से आजाद करवा दें। पर नदी की अभियाचना उन बूढ़ी आंखों में आंसूओं की बूंदे बन कर रह जाती। भीतर की अकुलाहट और बेचैनी उन्हें यह सोचने पर विवश कर देती कि क्यों न बांध में कूद कर अपनी जान दे दे। तभी दादी को लगता कि वह लड़की उनकी गोदी में अपना दो गुतों वाला सिर रख कर सोई हुई है। वह उसके रेशमी काले बालों को अपनी उंगलियों के पोरों से सहलाने लगती और अचानक दादी के भीतर का अवसाद और तड़फ कम हो जाती। अपनी पूर्व सोच पर पश्चाताप होने लगता कि क्या उनके इतने बुरे दिन आ गए हैं कि वह उसी बांध में डूब कर अन्यायपूर्ण मौत मरे जिसने उस नदी को छीन लिया है...? उनका साहस लौटने लगता। गोदी में सोई लड़की उनकी कमर में अपने हाथों के अनुबंधों को जोर से कस लेती...दादी सुनमा सरकार और कम्पनी के लिए उस वक़्त जितने भी अपशब्द, दुर्वचन, कटुभाषा का प्रयोग कर सकती थी करती रहती। इस दुरालाप को बच्ची धीरे-धीरे अपने नन्हें हृदय में जैसे आत्मसात कर लेती और उन्हें सामान्यता की ओर ले जाती। फिर वह नदी दादी के भीतर आहिस्ता-आहिस्ता और बेहद अतिशयता के साथ पुन: बहने लगती।

●●●

दादी सुनमा ने अपने सोने के कमरे में बहुत पहले रंगीन टीवी लगा लिया था और साथ ही केबल का कनैक्शन भी लिया था। वही उनका साथ था। अकेले का सहारा था। वह देर रात तक उस पर चैनल बदल-बदल कर समाचार देखती रहती थी। सीरियल दादी ज्यादा नहीं देखती। केवल रामायण और महाभारत उनके बहु पसंदीदा थे जो उनके हृदय में उस नदी की तरह बस गए थे। इन दिनों ये दोनों सिरियल

दोबारा शुरू हो गए थे। इनका शुरू होना मात्र संयोग नहीं था। यह सरकार की बहुत सोची-समझी योजना का हिस्सा था। दादी को समाचारों से ही पता लगा था कि देश में किसी खतरनाक महामारी ने दस्तक दे दी है जिसकी वजह से पूरे देश को बंद कर दिया गया है। खबरें थीं कि विदेशों में इस बीमारी ने हजारों-लाखों लोग बीमार कर दिए हैं और बहुत सी मौते हो रही हैं। दादी बहुत ध्यान से इन समाचारों को सुनती और देखती रही थी। उन्हें स्मरण नहीं है कि अपने अस्सी पार जीवन में कभी ऐसा बुरा समय देखा होगा। फिर भी शहरों की अपेक्षा गांव का माहौल और वातावरण खुशगवार तो था लेकिन एक भय हर तरफ पसर गया था।

एक दिन जब गांव का प्रधान कुछ पंचायत के सदस्यों के साथ उनके गांव आया तो दादी सुनमा को जरूर यह अहसास हुआ था कि इस खतरनाक महामारी ने गांव भी प्रभावित कर लिए हैं। उनके साथ स्वास्थ्य विभाग के कुछ कर्मचारी भी थे जो बहुत सी बातों की छान-बीन कर रहे थे। इनमें इस बात पर ज्यादा जोर था कि गांव में कोई बाहर से तो नहीं आया है या किसी को बुखार, खांसी या सर्दी-जुखाम तो नहीं है। उनको यह भी समझाया गया कि अब वे कहीं इधर-उधर न जाए। उनका इस बात पर अधिक जोर था कि साठ व सहत्तर पार बुजुर्गों के लिए घर से निकलना खतरे से खाली नहीं है। प्रधान ने दादी को कपड़े के दो मास्क अर्थात मुंहबंद भी दिए थे जिनको पहन कर दादी घर से बाहर छोटे-मोटे कामकाज के लिए निकल सकती थी। दादी ने जब उन्हें ध्यान से देखा तो टीवी पर देखे समाचार व लोग याद आ गए जो अब ऐसे ही मुंहबंद पहने हुए रहते थे। दादी सुनमा के लिए मौत से अब भय नहीं लगता था। क्योंकि वह जानती थी कि अब उनका जीवन आखरी पड़ाव पर है जहां खोने और पाने को कुछ भी नहीं है। मात्र एक बूढ़ी गाय है जिसें दादी जैसे-कैसे भी पाल लेगी।

बांध निर्माण के बाद दादी ने जिस दोघरी में रहना शुरू किया था उसे और उस उजाड़ खेत के बीच से सड़क गुजरती थी जहां दिन भर बसों और छोटे वाहनों की आवाजाही लगी रहती थी। परन्तु जब पहला देशबंद हुआ तो सड़क खाली हो गई। गाड़ी तो क्या कोई आदमी भी अब चलता नज़र नहीं आ रहा था। बंद से पहले शहरों में नौकरी-पेशा गांव के लोग अपने बच्चों के साथ गांव आ गए थे जिससे वहां की चहल-पहल बढ़ गई थी। दादी देख रही थी कि लोग अब अपने खेतों और घासणियों में काम करने लगे हैं। जिन खेतों की तरफ कोई मुड़ कर भी नहीं देखा

करता अब दिन भर उनकी झाड़ियों की कटाई और सफाई होने लगी है। सुनसान आंगन परिवारों से भरे रहते हैं।

दादी ने कुदरत में भी कई बदलाव महसूस किए थे। क्योंकि उनको रोज अपने खेत में उस गायको चराने लाना होता था इसलिए पहला बड़ा बदलाव जो उन्होंने देखा वह बांध की झील में था। वह नदी के निर्मल पानी जैसी नीली साफ हो गई थी जिनमें तैरती मछलियां गिनी जा सकती थी। आर-पार धारों पर जो घनी धुन्ध व कोहरा हर वक्त जमा रहता था वह छंट गया था जिससे दूरपार की बर्फीली चोटियां बहुत सुन्दर दिखने लगी थी। सड़क के चारों ओर जो डीजल और पैट्रौल का धुआं भरा रहता था अब नदारद था। कई बरसों बाद दादी ने झील के किनारे प्रवासी पंछियों के घने समूह देखे थे जो पहले नदी के पाटों पर बसेरा डालने आया करते। परन्तु बांध बनने के बाद उन्होंने वहां आना छोड़ दिया था। यही नहीं बहुत से छोटे-बड़े पंछी भी डालियों और खेतों में चहचाते बहुत भले लगते थे। दादी सुनमा के लिए ये सारे बदलाव अप्रत्याशित तो थे लेकिन उनका सोचना अब पूरी तरह सही होने लगा था कि इस प्रकृति को हम मनुष्यों ने बर्वाद कर दिया है। उस नदी ही की तरह जिसका आज नामोनिंशा कहीं नजर नहीं आता। मनुष्य के बिना सचमुच यह दुनिया कितनी सुन्दर लगती है...?

●●●

दादी सुनमा इन दिनों समाचारों में मन को विचलित कर देने वाली खबरें देखने-सुनने लगी थीं। दुनिया को किसी बेहद खतरनाक महामारी ने ग्रसित कर लिया था। उसके सिवा कोई दूसरे समाचार अब नहीं आते थे। जगह-जगह से वही सुनने को मिल रहा था कि आज कितनी मौते हुईं और कितने लोग इसके शिकार हो गए। दादी देख रही थी कि इस छूत की महामारी ने आदमी को आदमी से कितना दूर कर दिया है। अपने ही घरों में कैद कर लिया है। चारों तरफ अवसाद और भय का माहौल बनता जा रहा है। आदमी अपने हाथों और घर से ही डरने लगा है। शुरूआत में 21 दिनों का जो बंद लगाया गया था उसने बहुत उम्मीदें जगाई थीं। इसी बीच जब एक दिन ताली थाली बजाने का फरमान दादी ने समाचारों में सुना तो उस रात उन्होंने भी अपने घर के आंगन में खड़े होकर कांसे की थाली बजाई थी। घर-घर से ऐसी ही आवाजें आ रही थीं।

परन्तु जब दूसरी बार का बंद घोषित हुआ तो अचानक दादी ने टी0वी0 पर देश के कोने-कोने में असंख्य लोगों की भीड़ उमड़ती देखी जो अपने सामान, बच्चों, औरतों और बूढ़े परिजनों के साथ सड़कों पर अपने-अपने घर जाने को बेचैन और बेताब थे। ख़बरों में बताया जा रहा था कि बहुत से मजदूर तो मीलों लम्बा सफर पैदल ही तय कर रहे हैं। उन्हें जगह-जगह पुलिस के डंडे खाने पड़ रहे हैं। उनके पास अब खाने और कमाने को कुछ भी नहीं बचा है। वे महामारी के बजाए अब भूख से मरने को विवश हैं। सरकारें बहुत दावे कर रही हैं कि उनके लिए राशन-पानी सब मौजूद है, दिया जा रहा है पर मजदूरों की कथा-कहानियां विचलित कर दे रही हैं। उनके पास घर जाने के लिए भी पैसे नहीं। उन्हें जैसे मरने के लिए सड़कों पर छोड़ दिया हो। दादी उस रात इन समाचारों को सुन-देख कर बिल्कुल भी सो नहीं पाई थी। उन्हें उस लड़की की बहुत याद आ रही थी जो कई दिनों से कहीं दिखाई नहीं दी थी। उनका मन अनगिनत आशंकाओं से भर गया था कि कहीं नदी की तरह ही तो उसके साथ कुछ बुरा नहीं घट गया होगा। परन्तु उन्हें यह विश्वास जरूर हो गया था कि वह कोई साधारण लड़की नहीं है।

आज दादी सुनमा जब गाय लेकर सड़क में पहुंची तो उन्होंने एक लम्बी कतार लोगों की अपनी ओर आते देखी। उनके मुंह में मुंहबंद लगे थे। सामान के साथ किसी के कन्धे पर बच्चा था तो किसी ने अपने बूढ़े परिजन को पीठ पर उठा रखा था। दादी एक जगह खड़ी हो गई। जैसे-जैसे वह लोग नजदीक आने लगे दादी को समझते देर नहीं लगी कि वे भी मजदूर ही होंगे। सड़कों पर चलती इसी तरह की लम्बी कतारें उन्होंने पिछली रात टीवी पर भी देखी थीं।

उनके चेहरे भयंकर अवसाद और भय से सने हुए थे। चलते हुए वे ऐसे लग रहे थे मानो अपने को जबरदस्ती घसीट रहे हों। ओंठ सूखे हुए और शरीर बिल्कुल थका हुआ था। भीतर धंसतते हुए पेट और आंखें उनकी लाचारी और भूखेपन की शिकायतें कर रही थीं। यह सब देखकर दादी भीतर तक दहल गई थीं। जैसे नदी के मर जाने की वे छिपी वेदनाएं एकाएक उमड़ पड़ी हो। अचानक उस लड़की की कही बातें याद आने लगीं। मजदूरों का वह झुण्ड जैसे ही उनके पास पहुंचा दादी ने उसे रोक दिया। सबसे आगे जो आदमी था वह उनका शायद मुखिया था। उसकी पीठ पर एक बेबस बूढ़ी औरत थी। दादी ने गाय को एक तरफ हांका और उनके रास्ते खड़ी होकर पूछने लगी थी,

"भई किधर से आ रहे हो तुम लोग..?"

उसने एक सरसरी नजर दादी पर डाली। सोचा होगा कि इस बूढ़ी औरत को बताने का क्या लाभ? जैसे ही कदम आगे बढ़ाए दादी बहुत विनम्रता से कहने लगी थी,

"देखो, तुम्हारा मुंह और चाल बता रही है कि तुम बहुत दूर चल कर आए हो और भूखे भी हो। मुझे बताओ मैं तुम लोगों के लिए क्या कर सकती हूं..?"

यह सुनकर उसके पांव ठिठक गए। इस आश्वासन ने पीछे चल रहे साथियों को भी रोक दिया था। उनकी सूनी आंखों में अचानक एक उम्मीद की चमक पसर गई। टूटे-बिखरे शब्दों में वह बताने लगा था,

"मालिक हम कई किलोमीटर दूर पैदल चल कर यहां पहुंचे हैं। हम सब जम्मु के रहने वाले हैं और बांध वाली कम्पनी में काम करते थे। लॉकडाउन के बाद कम्पनी ने काम बंद कर दिया और हमें नौकरी से निकाल दिया। हमारे पास जो पैसा और राशन था वह एक ही महीने में खत्म हो गया। किसी ने हमारी मदद नहीं की। हमने बहुत कोशिश की पर कुछ नहीं हुआ। कम्पनी वालों से बहुत गुहार लगाई कि हमें अपने घर भेज दो। कोई गाड़ी बस कर दो लेकिन सभी ने हाथ खड़े कर दिए। इसलिए हम पैदल ही चल पड़े। कुछ रोटी बिस्कुट थे जो भी अब खत्म हो गए हैं।"

यह कहते-कहते वह फूटफूट कर रो दिया। उसी तरह की सिसकियां पीछे से भी सुनाई देने लगी। दो-चार छोटे-छोटे बच्चे पता नहीं कब दादी की टांगों में चिपट गए थे जो निरीह व भूखी आंखों से उनके चेहरे की ओर ही देख रहे थे। उस मजदूर ने न जाने किस आस में अपनी पीठ पर उठाई बूढी मां को उतार कर सड़क पर लगे पैराफिट पर बिठा दिया था। दादी ने एक नज़र उसकी तरफ दी तो जैसे कलेजा मुंह हो आ गया। वह औरत के बजाए फटे-पुराने चिथड़ों की एक गठरी भर लग रही थी। काले-सफेद बालों के बीच उसकी आंखे और मुंह जैसे नदारद थे।

"देखो तुम रोओ नहीं। घबराओ भी नहीं। मेरे साथ चलो। मेरा घर सड़क से थोड़ा ऊपर है। पहले कुछ खा-पी लो फिर और बातें करेंगे।"

"मालिक हम बहुत हैं। उन्नीस लोग हैं बच्चों समेत।" उसने पीछे मुड़कर खड़े लोगों की तरफ इशारा किया।

"तो फिर क्या हुआ? तुम लोग पच्चास भी होते तो सभी को रोटी खिलाती मैं।"

यह सुन कर पैराफिट पर बैठी बूढ़ी औरत ने कब उठ कर दादी का हाथ पकड़

लिया था पता ही नहीं चला। कुछ देर पहले जिन आंखों और चेहरों पर भूख और मीलों पैदल चलने की बेबसी थी, रोटी की आस में वे जैसे कहीं गुम हो गई थी। आस या सांत्वना भी थमी हुई जीवन-गति को पंख लगा देती है। दादी ने सड़के के किनारे चरती गाय को वापिस घर की ओर हांक दिया। पीछे-पीछे सभी मजदूर भी चल पड़े। चलते हुए दादी सुनमा ने कई बाद जेब में रखी अपनी पासबुक को छुआ। दादी हमेशा उसे अपने कुरते की जेब में ही रखे रहती थी। तभी लड़की की बात याद आ गई थीं, "संभाल कर रखना दादी इन पैसों को। लाखों में हैं न। बहुत भली जगह लगेंगे तुम्हारे ये पैसे। बहुत पुण्य कमाओगी तुम।"

अकेली दादी की दोघरी उन्नीस लोगों से भर गई थी। आज पुराना घर काम आ गया। उसके चार कमरे थे और बाहर की तरफ खुला बरामदा। एक रसोई भी थी उसमें। दादी ने नए घर के भीतर से पांच-सात खजूर की मंजरियां निकालीं और बरामदे में बिछा कर सभी को वहां बिठा दिया। उन में से दो मजदूरों को साथ लेकर उन्हें पानी का घड़ा, सात-आठ गिलास और एक लोटा थमा दिया। खुद सभी को चाय बनाने लग पड़ी थी। चाय के साथ कुछ देने-खाने को नहीं था। उन्हें याद आया कि पिछली फसल पर एक बोरी भूनी हुई साबुत मक्कियों की सत्तु के लिए रखी है। झटपट उसे निकाला और उन लोगों को दे दिया।

दादी ने पुराने घर की रसोई खोल दी थी और उसी के चूल्हे में आग जला कर चावल, आटा और दाल मजदूरों को सौंप दिए थे ताकि वे खुद अब खाना बना सके। साथ ही समझाया भी कि उनका पैदल जाना खतरे से खाली नहीं है। जब समा अच्छा हो जाएगा वे जहां चाहे जा सकते हैं। यहां जब तक रहना चाहें रह सकते हैं। अभी काम नहीं है तो कोई बात नहीं। उन्होंने चाय पिलाने के बाद दो चार मजदूरों को अपने साथ लिया और राशन की दुकान पर चली गईं। एक साथ महीने भर का राशन डलवाकर वापिस घर लौटी थी। दुकानदार और कुछ लोग जो वहां बैठे थे दादी की इस दरियादिली पर हैरान रह गए।

जब राशन लेकर दादी आंगन में पहुंची तो सारे मजदूर वहां हाथ जोड़ कर जैसे उनके स्वागत के लिए खड़े थे। सभी को अब भरोसा हो गया था कि वे बेमौत नहीं मरेंगे। उन्होंने दादी को घेर लिया था और बारी-बारी आभार स्वरूप उनके पांव छूने लगे थे। छोटे-छोटे बच्चों ने भी ऐसा ही किया। इस दृश्य और गज़ब के स्नेह तथा आदर ने दादी को रूला दिया था। तभी एक अधेड़ उम्र का मजदूर हाथ जोड़ कर उनके सामने खड़ा हो गया। दादी ने जब उसके चेहरे की तरफ देखा तो लगा वह

कुछ कहना चाह रहा है पर संकोचवश कह नहीं पा रहा है। यही हालत औरों की भी थी। बहुत हिम्मत जुटा कर उसने कहना शुरू किया था,

"मालिक...।"

इस पर बार दादी ने टोक दिया था,

"देखो तुम मेरे को मालिक न कहा करो। मैं कोई मालिक-वालिक नहीं। तुम्हारी जैसी आदमी हूं। वह तो ऊपर है जो सब का मालिक है।"

दादी ने आसमान की ओर सर उठा कर दोनों हाथ से नमस्कार किया था।

फिर कहने लगी थी...,

"मैं तुम सब की दादी हूं दादी। दादी बोला करो मुझे।"

सुनकर सभी के चेहरों पर हल्की मुस्कान आ गई थी।

वे अभी भी वैसी ही मुद्रा में खड़े कुछ और भी कहना चाहते थे।

"कुछ और बात है तो बोलो।"

दादी ने पूछा था।

वही मजदूर कहने लगा था।

"मालिक...नहीं...नहीं... दादी जी। हम इतने लोग हैं। हमारे पास पैसे भी नहीं है। हमको अच्छा नहीं लग रहा है कि आप इतना कुछ हमको करो। हम जैसे कैसे चले जाएंगे। जो किसमत में होगा देखा जाएगा।"

दादी सुनमा को उनका यह अख़लाक़, पाकीज़गी और सदव्यवहार भीतर तक छू गया। वह अब थोड़ा डांट-अधिकार से कहने लगी थी,

"सब चुपचाप बरांदे में चले जाओ। तुम अब मेरा परिवार हो। जब हालत सुधर जाएंगे, चले जाना। मेरा है भी कौन। तुम सब आ गए एक भरा पूरा परिवार हो गया। मैं जानती हूं तुम लोग मेहनत की कमाने-खाने वाले हो। पर अभी टाइम अच्छा नहीं है। मैं तुमको मुफ्त थोड़े ही खिलाउंगी। खूब काम करवाऊंगी और मजदूरी भी दूंगी। तुम लोगों से जो बन सके करते रहना। मेरी इतनी जगह-ज़मीन अभी है, उसे ठीक करो। साथ गांव में यदि कोई काम मिलता है तो वहां ध्याड़ी लगाओ। मैं भी प्रधान को बोलूंगी। कुछ न कुछ काम तो मिलेगा ही। गांव में कोई परेशानी नहीं है अभी।"

काम के नाम से उन सभी के चेहरे खिल गए थे। अब उनका आत्मसम्मान भी बच गया, काम और आश्रय भी मिल गया था। उन में से एक मजदूर औरत जो देखने में बहुत भली और सुन्दर थी, बहुत धीरे से कहने लगी,

"दादी हम वापिस कम्पनी में नहीं जाएंगे। हमने अपना खून पसीना उनके लिए बहाया। रात दिन खूब काम किया परन्तु आज जब बुरा वक़्त आया तो उन्होंने नौकरी से निकाल दिया। वेतन भी नहीं दिया। बोले अभी पैसा नहीं है न रहने की जगह है। जब बंद खुलेगा फिर आना। अब आप बताओ हम कहां जाते। पहले सोचा बांध के पानी में डूब कर जान दे दें। फिर हिम्मत जोड़ी कि कुछ भी हो, जैसे-कैसे अपने घर निकल जाएंगे। और सरकार का भी कोई आदमी उधर नहीं आया। हमने फोन भी किए पर आश्वासनों के सिवा कुछ नहीं मिला।"

कम्पनी का नाम सुनते ही दादी के भीतर की नदी अचानक जाग गई थी। वेदनाएं और तड़फ उनकी आंखों में साफ दिखने लगीं। उनका चेहरा गुस्से में लाल हो गया था। मजदूरों ने जब उनके चेहरे पर नज़र डाली तो कुछ पल के लिए घबरा गए। कारण कतई समझ नहीं आया उनको। आता भी कैसे, वह नदी और दादी सुनमा के बीच की गूढ़ बातें जो थीं। अचानक दादी को क्या हो गया है। वे नहीं जानते थे कि सरकार और कम्पनी के नाम से उन्हें कितनी चिढ़ थी। उन मजदूरों की तरह ही उन्हें भी अपनी ही ज़मीन, घर और घराट से बेदखल होना पड़ा था। यह तो ईश्वर का वे शुक्र मनाती थी कि उनके पास दोघरी थी। ज़मीन थी। अन्यथा वह इस बुढ़ापे में कहां जाती। कितने ही गांव के ऐसे लोग थे जिनके तमाम घर, ज़मीन और ज़ायदाद डूब में चली गई थी। पैसा तो मिला पर बेदखली के दंस झेलते न जाने वे कहां-कहां चले गए थे। बस गए थे। उजाड़ के दर्द एक जैसे होते हैं। वह चाहे कम्पनी या नौकरी से हो या अपनी ज़मीन से। पैसा उनकी भरपाई नहीं कर सकता था। दूसरे कम्पनी की वजह से ही उनकी प्यारी नदी आज खत्म हो गई थी। आखिर विस्थापन या विलगाव का दर्द उनसे ज्यादा कौन जान सकता था। इन्हीं वेदनाओं ने दादी सुनमा को मजदूरों के मन से जोड़ लिया था।

बहुत गुस्से में उन्होंने कहा था,

"तुम लोगों को उनके पास जाने की कोई ज़रूरत नहीं है। मैं जब तक ज़िन्दा हूं तुम सब यहीं रहोगे। यहीं काम करोगे। मैं समझती हूं तुम लोग बिना काम-धन्धों के बैठ नहीं सकते। किसी का एहसान लेना या मुफ्त का खाना तुमको पसन्द नहीं। मेहनत से खाने-कमाने की जो आदत है। अपने-अपने घर फोन से बोल दो कि तुम सब बहुत अच्छे से हो। मेरे पास गौशाला है। एक गाय है। जहां सड़क पर तुम मिले थे वहां देखना कई गाए और बैल सोए रहते हैं। उनके मालिकों ने उन्हें भी अपने घरों से बेदखल कर दिया है। उजाड़ दिया है। वे बेजुबान बेचारे लौटने के लिए दिन-रात

रंभाते रहते हैं। कितना अत्याचार हो रहा है इस दुनिया में और शायद इसी लिए आज लोग घरों में बंद है। उनके पास सबकुछ है। बंगले, गाड़ियां, धन, दौलत सब कुछ, पर देखो तो इस बीमारी की कोई दवा नहीं है। आज पैसा किसी काम नहीं आ रहा। यह कुदरत का इंसाफ ही तो है। जैसा बोओगे वैसा ही खाओगे और भोगोगे। कोई नहीं बचेगा कुदरत की मार से।"

दादी को वह लड़की शतु फिर याद आ गई थी। कहती थी, "दादी! बहुत बुरा वक़्त आएगा, देखना तुम।" वह वक़्त आज आ गया है। वह यह भी कहती थी, "तुम इन पैसों को संभाल कर रखना, किसी बड़े पुण्य में लगाना।" सच कहती थी वह। आज पुण्य में ही लग रहे हैं। भगवान का दिया मौका है। मेरा क्या है इसमें। जो है उसी मालिक का है।

अब दादी को घर का कुछ भी काम नहीं करना पड़ता था। रोटी भी बनी बनाई मिलती थी। गाय भी अब ज्यादा चल फिर नहीं सकती थी। उसे मजदूरने खूंटे पर ही घास पानी दे दिया करतीं। उसके साथ के लिए गौशाला में अब कई और पशु भी आ गए थे जिन्हें मजदूरों ने सड़क से लाया था। दादी की दोघरी जैसे पूरे एक गांव में बसने लगी थी।

●●●

रात के खाने के बाद दो चार मजदूर और उनकी औरतें दादी के कमरे में टेलीवीजन देखने आ जाया करते थे। आज भी दादी के साथ सभी टीवी देखने बैठ गए थे। अब ज्यादा खबरें मजदूरों के पलायन और उनके पैदल चलने की ही आने लगी थी। जैसे पूरा देश ही सड़कों पर आ गया था। आज देश के बड़े नेता का भाषण होना था। वह जैसे ही शुरू हुआ सभी चुपचाप उसको सुनने लगे। उसने बहुत कुछ बातें की जो ज्यादा दादी की समझ में नहीं आई। फिर बड़े विश्वास के साथ वह कहने लगा,

"भाईयो बहनों और विशेषकर मेरे मजदूर साथियों। बहुत द:ुख से कहना पड़ रहा है कि आप घर जाने की जल्दी में हैं और सड़कों पर आ गए हैं। लेकिन जैसा मैंने पहले कहा था कि आप जहां है वहीं रहिए। आपको अपनी जगह ही सबकुछ मिलेगा। कोई आपसे किराया नहीं लेगा। आपकी तनख्वाह भी काटी नहीं जाएगी। आप सभी को राशन-पानी आपकी जगह मिलेगा। मेरी सरकार ने सभी के लिए बढ़िया प्रबंध किए हैं।"

दादी यह सुनकर ऐसे उठी मानो उन्हें बिच्छु ने काट खाया हो। पास बैठे मजदूर भी चौंके थे। वह जैसे आक्रोश में चीख ही गई थी,

“हरामी झूठ बोलता है।”

...और यह कहते हुए दादी ने टेलीवीजन पर ही उसके मुंह पर थूक दिया था। भीतर बैठे मजदूरों ने एक दूसरे का मुंह देखा और बात समझते हुए उन्होंने भी ऐसा ही किया था। उनके चेहरे भी इस झूठ से तमतमाने लगे थे। दादी ने झटके से टेलीवीजन की तार खींची और उसको बंद कर दिया। पता नहीं क्या हुआ, उस नेता की धुंधली सी आकृति अभी भी टीवी स्क्रीन पर चिपकी हुई थी जो थूक से लथपथ हो गई थी।

दादी सुनमा शेर की मानिंद छाती ताने बाहर निकली। उन्हें ऐसा लगा जैसे बरसों से छाती पर रखा घराट का पूड़ किसी ने उतार दिया हो। वह घर के पिछवाड़े चली आई जहां आम के पेड़ के नीचे से बांध दिखाई देता था। अब वह बिल्कुल सहज और शांत थी। नज़र झील के बीच पड़ी। पूर्णिमा का चांद जैसे उसके भीतर उतर आया था। दादी की आंखें उस पर स्थिर हो गई। वह धीरे-धीरे एक कागज़ की नाव में परिवर्तित होने लगा। उस नाव में शतु बैठी खिलखिला रही थी। वह हंसी पहले पूरे बांध के पानी पर बिखरी और फिर आम के पेड़ और उसके पत्तों पर ओस की बूंदो जैसी ठहर गई। बहुत धीरे जब वह दादी के कानों से मन में उतरी तो एक मीटी मीठी टीस महसूस हुई। दादी ने देखा वह नाव चलने लगी है और वह लड़की दादी सुनमा को हाथ हिला कर टाटा, बाई बाई कर रही है।

बहुत दिनों बाद उनका मन हुआ कि क्यों न भीतर जा कर एक बीड़ी सुलगा कर पी ली जाए।

(नोटः यह लम्बी कहानी पहल-122 कथा विशेषांक (जून-जुलाई 2022) में प्रकाशित हुई थी। बाद में इस कहानी के विस्तार ने उपन्यास का रूप ले लिया जो ‘नदी-रंग जैसी लड़की’ शीर्षक से वाणी प्रकाशन से वर्ष 2022 में प्रकाशित हुआ है।)

फ्लाई किलर

उस चिनार के पेड़ पर सारे मौसम रहते थे।

उसके नीचे लगी लोहे की बैंच अंग्रेजों के ज़माने की थी जिस पर वह बैठा रहता था। कई बार अपनी उंगलियों के पोरों पर हिसाब लगाता कि इस चिनार के पेड़ की उम्र इस बैंच से कितनी छोटी रही होगी लेकिन वह सही सामंजस्य नहीं बिठा पाता। आस-पास खड़े आसमान को स्पर्श करते देवदारों से बतियाना चाहता, जिन पर वह विश्वास कर सकता था कि इस दुर्लभ चिनार के पेड़ को किस समय और किस मौसम में रोपा गया होगा। वह नगर निगम के माली से भी यह बात पूछ सकता था परन्तु उसे किसी पर विश्वास ही नहीं होता कि कोई इस बारे में सही बता देगा। कुछ भी था वह इस बैंच पर बैठा-बैठा अपने को बहुत स्वतन्त्र और सुरक्षित महसूस किया करता था।

गर्मियां शुरू होने से पहले चिनार पर चैत्र-बैसाख बैठ जाते और उसके सूखे जिस्म से छोटी-छोटी हरी कोंपलें निकलने लगतीं। बैंच पर बैठा वह अपने भीतर बसंत महसूस करता और उसके अप्रतिम सौन्दर्य से अभिभूत हो जाता। हर पत्ते की ओट में उसे ज्येष्ठ और आषाढ़ भयंकर गर्मी की झुलस से छुपते दिखते। हवाएं जैसे तीव्र लू से बचती, उन्हीं के बीच छुपछुपी करती, शीत झोंकों में तबदील होती लगतीं और तीखी गर्मी में उस बैंच पर बैठा वह अपने भीतर ग़जब की ठंडक महसूस करता। उसके देखते-देखते चिनार के पत्तों पर पूरा यौवन बस जाता और सावन-भादो उन्हें अपने आलिंगन में ले लेते। रिमझिम या भारी वर्षा में भी वह अपने रुमाल से बैंच के मध्य भाग को सूखा कर वहां बैठ जाता। इन दिनों उसके पास एक छाता होता। कई बार बादलों की पतली परतें उसके छाते पर इठलाने लगतीं और उसे अपने शरीर में कांटो जैसी हल्की चुभन महसूस होती। उसे अचानक मां

याद आ जातीं जो बरसात में अक्सर उसे समझाया करतीं कि रिमझिम वर्षा के साथ जो सफेद धुंई खेतों में पसरी रहती है उसके कांटे बदन में चुभ जाते हैं। उन्हें वह धुंई के कांटे कहती।

अश्विन और कार्तिक के महीनों का आक्रमण जैसे ही उस हरियाते पेड़ पर होने लगता वह किसी सियाने की तरह परिपक्व और शांत दिखने लगता। इन महीनों के साथ माघ और फाल्गुन भी चले आते। चारों मिलकर उस चिनार को नंगा और निर्जीव करने में कोई कसर नहीं छोड़ते। एक-एक करके उसके पत्ते झरते रहते और बैंच के चारों तरफ उनका ढेर लग जाता। वह बैठने के लिए जैसे ही उन्हें हटाने लगता वे अजीब तरह से चरमराने लगते जैसे चिनार से अलग होने का विछोह वे सहन नहीं कर पा रहे हों। पौष के आते-आते उन पत्तों का कहीं नामोंनिशां नहीं मिलता। माघ और फाल्गुन तो जैसे उसका पूरी तरह चीरहरण कर लेते और वह पेड़ ऐसा लगता जैसे सदियों से सूखा खड़ा हो। निर्जीव। अचेत। निस्तेज। उसकी निराशा, शिथिलता, बुझापन और उल्लासता मानों पूरे परिवेश पर छा गई हो। इन्हीं सभी के बीच वह भी अपने को जैसे निपट नंगा पाता...महसूस करता। उसे ये महीने कई राजनीतिक दल के गठबंधनों जैसे लगते, जिनके मिजाज तो अलग-अलग होते पर उस हरे-भरे पेड़ पर पतझड़ से लेकर शीत-आक्रमण तक वे एकमत हो जाते और उस चिनार के जीवन को विरामित कर देते। पेड़ निष्प्राण जरूर दिखता पर वह और अधिक प्रमाणिकता के साथ उन प्रतिकूल प्रहारों को सहते हुए किसी तपस्वी जैसा सम्पूर्ण अक़ीदत के साथ नया जीवन पाने तक विश्रामशील लगता।

●●●

उस बैंच पर एक साथ चार लोग बैठ सकते थे। वह लंच टाइम में आकर वहीं बैठ जाता और उन मौसमों को अपने भीतर जीने लगता। उसका बैठना बैंच के मध्य इस तरह होता ताकि उसके अकेलेपन में कोई दूसरा खलल न डाले। वह जितनी बार भी वहां आता उसे बैंच खाली मिलता। शायद ही कभी ऐसा हुआ हो कि उस पर पहले से कुछ लोग बैठे हों और उसे अपने बैठने का इंतज़ार करना पड़ा हो। कभी जब उस पर कोई बैठा रहता और उसे सामने से बैंच की ओर आते देखता तो वह या कोई भी दो तीन लोग या बच्चे या औरतें या उसके हम उम्र पचपन साल के आसपास के लोग अचानक उठने लगते जैसे वे सभी उसके सम्मान में बैंच को खाली कर

रहे हों। उसे अपने होने पर गर्व होता और वह बीच में बैठ जाता। कुछ पल बैठने के बाद वह मानसिक रूप से स्खलित होने लगता। एकाएक खड़ा हो जाता। अपने कपड़े झाड़ता। अपनी पैंट की जिप को देखता कि कहीं खुली तो नहीं रह गई है। फिर जेब से अपना एंडराएड फोन निकालता और उसकी स्क्रीन में अपना चेहरा देखता। बाल देखता। गले में बंधी टाई हाथ से ठीक करता। अपनी छोटी-छोटी मूंछों को उंगलियों के पोरों से सिधाता। जब पूरी तरह आश्वस्त हो जाता कि उसके यहां होने या बैठने में कोई अवनति, अपकर्ष या अभद्रपन नहीं है जिसकी वजह से वह दुर्यश का कारण बने, वह फिर अपनी पूर्व मुद्रा में बैठ जाता और चिनार के पेड़ पर बैठे मौसम को निहारने लगता।

कुछ देर बैठने के बाद पता नहीं क्यों उसका अर्जित आत्मविश्वास टूटने लगता और आत्मसंदेह में परिवर्तित हो जाता। उसे लगता कि क्या उस के शरीर से कोई अशिष्ट संकेत तो नहीं मिलने लगे हैं जिससे लोग उससे दूरियां बना लेते हैं। वह अपने भीतर की गंध को महसूस करने का प्रयास करता। कई बार अपने नाक से सूंघने की कोशिश करते हुए जल्दी-जल्दी ऐसे सांस भीतर-बाहर लेता-छोड़ता मानो सुदर्शनक्रिया का अन्तिम चरण पूरा कर रहा हो। बहुत प्रयास के बाद वह अपने को थोड़ा स्थिर और सहज कर लेता और अपने विश्वास को समेटते हुए आश्वस्त हो जाता कि कहीं कुछ ऐसा दुष्कर नहीं है जिससे लोग उसकी उपस्थिति से असहजता महसूस करने लग जाए।

किसी भी काम से यदि किसी ने मिलना होता तो वह डेढ़ से दो बजे के मध्य इसी जगह चला आता और खड़े-खड़े उससे बातें करता। उसे अपने ऑफिस, मित्रों और रिश्तेदारों के बीच कई असामान्य गुणों की वजह से ऐसी मक़बूलियत हासिल थी जो आज किसी में भी विरल देखने को मिलती। हालांकि योजना निदेशालय में वह किसी बड़े पद पर तैनात नहीं था फिर भी कम्प्यूटर विज्ञान में महारत हासिल होने की वजह से उसे इन्फॉरमेशन टेक्नोलॉजी विंग का इन्चार्ज बनाया गया था। इसलिए कम्प्यूटर और इन्टरनैट से जुड़ी तमाम तकनीकें उसे बखूबी मालूम थीं। गूगल जैसी विश्व प्रख्यात साइट से तो उसका रिश्ता दादी-पोते जैसा हो गया था। अपने देश सहित विश्व भर की तमाम जानकारियां उसके ज़ेहन में दादी के उपले में रखी आग की तरह छुपी रहती। बैंच पर बैठा वह कभी किसी को मिलने खड़ा नहीं होता और न ही मिलने वाला उसके अगल-बगल बैठता। लोग उसके पास कई तरह की सलाहें

और मशविरें लेने आते रहते जिनमें आधुनिक तकनीक से लैस एंडराएड फोन का कल्चर समझने वाले अधिक होते। किसी का इन्टरनेट नहीं चल रहा होता। किसी की फेसबुक या दूसरे एकाउंट नहीं खुलते। कोई अपना पासवर्ड भूल जाता। कोई अपने थ्री जी फोन को फोर जी में कनवर्ट करने की तकनीक समझता। किसी का फोन हैंग हो जाता तो कोई हिन्दी में टाइप न होने की वजह को जानता-समझता। अब तो लोग विशेषकर उसकी सेवाएं मोबाइल इन्टरनेट बैंकिंग और पे-टीएम को समझने के लिए लिया करते और अपने-अपने बैंक एकाउंट उससे खुलवाकर साथ-साथ पेटीएम एप भी डाउनलोड करवा लेते। उसके मित्र इस काम के बदले उसे चाय-कॉफी ऑफर करते लेकिन वह साफ मना कर देता। वह इन कामों को करते कभी भी अमृदुल या असहज नहीं होता। वह हमेशा विनम्र बना रहता। किसी ने कभी भी उसके चेहरे पर मायूसी या शिकन नहीं देखी होगी। हमेशा चिनार के पेड़ की तरह उसके मुंह पर चैत्र-बैसाख बैठे रहते और उस बसंती मुस्कान से उसके मित्र भी उस जैसा दिखने का प्रयास करते।

●●●

उसकी सेवानिवृत्ति भी उसी मौसम में हुई थी जब अश्विन और कार्तिक के महीनों ने चिनार पर बैठ कर उसके पत्तों को एक-एक कर गिराना शुरू किया था। अपनी सेवानिवृत्ति के दूसरे दिन भी वह पहले की तरह तैयार होकर जब घर से बाहर निकलने लगा तो पत्नी ने पूछ लिया था,

'जी, ऐसे सजधज कर कहां जा रहे हो?'

उसके कदम ठिठक गए थे। क्योंकि आजतक तो कभी पत्नी ने इस तरह टोका नहीं था। खड़े-खड़े वह पीछे मुड़ कर उसके चेहरे को गौर से देखने लगा कि कहीं उसकी तबीयत तो खराब नहीं। इससे पहले वह कुछ प्रतिक्रिया देता पत्नी ने उसकी शंका का समाधान करते हुआ फिर कहा था,

'आप पिछले कल रिटायर हो गए हैं?'

रिटायर शब्द ने उसे भीतर तक झिंझोड़ दिया। उसे लगा जैसे पल में ही वह चिनार की तरह नंगो हो गया है। वह उस शब्द की विलोम ध्वनि कुछ देर अपने भीतर महसूस करता रहा। सचमुच उसे बिल्कुल याद नहीं था कि वह अब सेवानिवृत्त हो गया था। अपने को सहज करते हुए वह थोड़ा पास आया और प्यार से समझाने लगा,

'मैं तुम से झूठ नहीं बोलूंगा। सच में मुझे नहीं याद रहा। तुम तो जानती हो सैंतीस सालों तक नौकरी की है और वह भी एक ही दफतर में। अब यह आदत तो धीरे-धीरे जाएगी न। वैसे भी घर से बाहर तो उसी रूटीन में निकलना होगा। नहीं तो कुछ दिनों में ही जड़ हो जाऊंगा।'

'तो लंच साथ ले जाओ। अब दफतर की कण्टीन तो नहीं है कि भूख लगने पर कुछ मंगा लिया।'

पत्नी ने रसोई में जाते-जाते कहा था।

उसे उसकी बात जच गई। पता नहीं कितना समय लौटने को लगेगा। फिर उसे रिटायरमैंट के बाद के कई काम याद हो आए। अपने पर गुस्सा भी आया कि क्यों उसे इतनी सी बात याद नहीं रही। याद रहती तो पैंडिग कामों की एक लिस्ट ही बन जाती। दफतर के भी तो अभी कई काम शेष थे।

इसी बीच पत्नी ने उसे लंच पकड़ा दिया और हिदायत दी कि समय पर खा लें और जल्दी घर आ जाएं।

उसने लंचबाक्स पकड़ कर अपने बैग में डाला और बाहर निकल गया।

बाहर निकलते ही उसे नारों का शोर सुनाई दिया। सामने देखा तो एक विशाल हुजूम गाजे-बाजे के साथ सब्जीमंडी ग्रांउड की ओर जा रहा था। उसे एकाएक झटका सा लगा। उसे याद आया कि पूरे देश में नई पार्टी जीत कर आई है। रिटारयरमैंट की पार्टी और मिलने-जुलने आने वाले लोगों की वजह से उसे याद ही नहीं रहा कि चुनाव में विपक्ष भारी बहुतमत के साथ जीत गया है। पिछली रात को उसने पहली बार इतनी थकावट महसूस की कि समाचार तक ध्यान से नहीं देख-सुन पाया। हालांकि उसके कमरे में टीवी नहीं था, वह अपने कम्प्यूटर पर ही इन्टरनैट से यह काम चला लेता था। समाचार तो वह अपने ऑफिस में लगे टीवी पर ही देख लिया करता।

इन्हीं नारों की ध्वनियों के मध्य वह अपने रास्ते चलता रहा। बहुत से ख़याल उसके मन में आते-जाते रहे। सबसे आहत करने वाली बात यह थी कि जिस एक पार्टी को वह बरसों से, या आजादी के बाद से वोट देता रहा, वह पूरी तरह हर जगह हारती चली गई थी। उसे चिनार पर बैठे मौसम याद हो आए कि परिवर्तन तो समय की मांग है, उसे कौन रोक सकता है। लेकिन किसी भरे-भराए पेड़ पर से सारे मौसमों का इस तरह चले जाना दुःखद तो है ही।

●●●

आज जब वह उठा तो उसे अपने घर में कई परिवर्तन देखने को मिले। पहले उसका बेटा कमरे में आया। उसके हाथ में पांच सौ और हजार के कई नोट थे। फिर बहू आई और उसके बाद पत्नी। उनके हाथों में भी कुछ नोट थे। बेटे ने ही शुरुआत की थी,

'कैसा लग रहा है डैड फ्री होकर?'

वह मुस्कुरा दिया था। कहा कुछ नहीं।

'आप जानते हैं कि पांच सौ और हजार के नोट बन्द हो गए हैं।'

उसेझटका सा लगा।

'कब हुआ यह सब...घ्'

'अरे डैड, रात से ही तो टीवी पर आ रहा है।'

उसने कुछ नहीं कहा। वैसे वह इसका बढ़िया जवाब दे सकता था कि घर के दोनों टीवी तो आप लोगों के कमरों में हैं। मनमर्जी के कार्यक्रम देखने के लिए। अब मुझे तो समाचारों के लिए तीसरा टीवी खरीदना होगा। पर चुप्पी साध गया।

बेटे ने अपनी पत्नी और मां से नोटों को लेकर उसे पकड़ा दिए थे।

'डैड! ये नोट हमारे पास थे। कुछ मां के पास भी। आपके पास भी तो होंगे ही। अब समय ही समय है आपके पास। बैंक जाकर इन्हें बदलवा लीजिए। आपकी तो जान-पहचान भी बहुत है।'

अपना-अपना काम बता कर सभी कमरे से बाहर निकल गए। उसे आज अच्छा लगा कि उसके परिवार ने, रिटायरमैंट के बाद ही सही, उसकी अहमियत तो महसूस की। उसका छोटा सा परिवार था। बेटा यूनिवर्सिटी में प्रोफेसर था और बहू एक प्राइवेट स्कूल में अध्यापिका। दो पोतियां थीं जिनकी शादियां हो गई थीं। उसने नोटों को समेटा और अपनी अल्मारी खोली। पांच सौ और हजार के कुछ नोट रखे थे। आज घर में जितना भी धन जिस किसी ने अपने-अपने हिसाब या जरूरत के मुताबिक रखा था वह सभी निकल गया। कुल पैंतालीस हजार के करीब। उसे जोर की हंसी आई कि जीवन कुमार के पास 37 सालों की नौकरी के बाद घर में बस यही कालाधन है? उसने पैसों के साथ कुछ दूसरे कागज अपने बैग में डाल दिए। तैयार हुआ और नए काम पर निकल गया।

●●●

आज पूरे शहर का माहौल गर्म था। हर तरफ नोटबंदी की चर्चाएं थीं। बौखलाहट थीं। मायूसी थीं। हड़कंप था। वह सीधा अपने बैंक में गया। वहां देखा तो सर चकरा गया। तकरीबन पांच सौ लोगों का जमघट लगा था। कई लाइनों में लोग खड़े थे। वह भी एक लाइन में खड़ा हो गया। इधर-उधर झांकता रहा। बैंक में बहुत से कर्मचारी थे जो पूर्व में उसकी सेवाएं लेते रहे थे। लेकिन आज कोई दिखाई नहीं दे रहा था। एक दो बार उसने लाइन से बाहर निकल कर बैंक के भीतर जाने का प्रयास किया लेकिन वहां खड़े पुलिस वालों ने रोक दिया। पूरे दिन वह भूखा-प्यासा खड़ा रहा लेकिन उसकी बारी नहीं आई। थका हारा वह घर चला आया।

कई दिनों तक वह उसी रूटीन में बैंक के चक्कर काटता रहा परन्तु नोट बदलवाने या जमा करवाने में कामयाब नहीं हो पाया। घर में सभी आश्वस्त थे कि वह सभी के पैसों को बैंक में या तो जमा करवा लेगा या बदलवा देगा। आज जब वह घर पहुंचा तो सीधा बिना कुछ बात किए अपने कमरे में चला गया।

उसका माथा पसीने से तरबतर था। जितना पोंछता उतना ही गीला हो जाता। अपने को इतना कमजोर और असहाय कभी महसूस नहीं किया था जितना बैंक की लाइन में खड़े खड़े किया था। उसने कई बार बैंक में फोन पर बात करनी चाहिए लेकिन सभी के फोन बंद मिले। दिन को अब वह बेटे के कमरे में जाकर समाचार देख लिया करता था। जिस चैनल पर भी देखो, बैंक के बाहर लम्बी लम्बी लाइनें ही नजर आतीं। कहीं पैसों के लिए झगड़े होते तो कहीं भीड़ पर पुलिस वाले लाठियां बरसाते रहते। फिर खबरें आने लगीं कि लाइनों में खड़े-खड़े कई बुजुर्ग बेहोश होकर मरने भी लगे हैं। उसके मन में अचानक विचार आया कि उसके साथ भी तो ऐसा ही कुछ हो सकता है। वह एक पल के लिए जड़ सा हो गया। दूसरे पल सोचने लगा कि थोड़े से पैसों के लिए वह अपने को क्यों इतना विवश या मजबूर कर देगा कि वह इस परिस्थिति तक पहुंच जाए। लेकिन जिस तरह का माहौल बन रहा था उससे उसे यह चिंता जरूर थी कि वह समय रहते परिवार के इस छोटे से काम को कैसे निपटा पाएगा? रिटायमैंट से पूर्व ऑफिस में रहते हुए तो उसके सारे काम चपड़ासी या उसका कोई क्लर्क करवा दिया करता। उसके मन में यह भी ख्याल आया कि क्यों न वह अपने दफतर जाकर किसी को इन पैंसों को दे दें ताकि वह अपनी सुविधा से जमा करवा दें या उन्हें नए नोटों से बदलवा कर उसे दे दें। फिर उसे कई पहले के रिटायर लोगों का ध्यान आया कि जब वे उसके अपने दफतर आते थे तो लोग

कैसे उनकी उपेक्षा करने से नहीं चूकते। अब वह भी उन्हीं की श्रेणी में शामिल है। ...यह सोचते-सोचते उसे लगा कि वह 'रिटायरमैंट' शब्द कहीं उसकी जीभ पर चिपक गया है। उसने एक दो बार जीभ के मध्य दांत फंसा कर उसे बाहर निकालना चाहा लेकिन वह धीरे-धीरे कहीं भीतर घुसता चला गया था।

●●●

आज पहले वह बैंक की कतार में लगा रहा। भारी जद्दोजहद के बावजूद उसकी बारी नहीं आ सकी। फिर थका हारा वह कई दिनों बाद चिनार के पेड़ के नीचे लगी बैंच पर बैठने चला आया। वहां पहुंचा तो देखा कि उस पर सूखे पत्तों की कई परतें जमी पड़ी थीं। पतझड़ के महीनें जैसे हर टहनी पर बैठे उम्रदराज पत्तों को एक-एक करके बेघर करने में लगे थे। वह कभी बैंच को देखता तो कभी नंगे होते उस चिनार को। हल्की सी हवा से कोई पत्ता नीचे गिरता तो उसे लगता जैसे अथाह वेदना से वह कहरा रहा है। वह घिसटता, लड़खड़ाता सा अधमरा हो कर दूर-पार चला जाता। हवा तेज चलती तो बहुत से पत्ते भुरभुराकर उसके आसपास और कुछ उसके ऊपर गिरने लगते। उसने देखा कि समय के साथ-साथ कितना कुछ बदल जाता है? यह सोचते वह 'समय' शब्द पर अटक गया। एक समय था जब वह नौकरी के लिए शहर आया, एक समय था जब उसकी नौकरी लगी, एक समय था जब उसकी शादी हुई और बच्चे हो गए, एक समय यह भी है जब वह रिटायर है और अकेला-अकेला सा चिनार और पत्तों का सहारा ढूंढ रहा है...असहाय सा बैंक के बाहर लगी पंक्तियों में दिन भर खड़ा रहता है और अपने ही थोड़े से पुराने नोटों को बदलवाने में नाकामयाब हो रहा है।

पर वह इस मौसम का क्या कर सकता था जो अब चिनार के साथ उस पर भी बैठने लगा था। कई प्रश्न उसके मन में आए थे...कि क्या वह भी इस चिनार का ही कोई प्रतिरूप है...क्या वर्ष भर के सारे मौसम उस पर भी ऐसे ही आकर बैठ जाते हैं...उसका या किसी का भी जीवन इसी चिनार जैसा है...? उम्र के अंतिम पड़ाव में आदमी का जीवन भी सभी मौसमों से विछिन्न हो जाता है। पर एक मौसम हमेशा उसका साया बनकर उसके साथ अंत तक होता है, कभी विलग नहीं होता--पतझड़। वह निराश होकर कभी उस बैंच को देखता। कभी चिनार को तो कभी अपने ढलते जीवन को। तभी उसे लगता जैसे वह चिनार उससे बतियाने लगा हो...उस से कह

रहा हो कि...देखो मैं भी तो सर्दी में ठिठुरता रहता हूं। सांस भी नहीं ली जाती। फिर भी मुझे डट कर इन प्रतिकूलताओं का सामना करना है, ताकि मौसम खुद-ब-खुद चल कर आए और फिर से मुझे हरा-भरा करें। देखो, मैं कहीं नहीं जाता। एक जगह अडिग रहता हूं। भयंकर अंधेरों में भी। तूफानों में भी। मुसलाधार वर्षा में भी और बर्फ के दिनों में भी।

इन्हीं खयालों में खोया वह बैंच की तरफ बढ़ा और हाथ से सारे पत्ते हटा लिए। फिर अपनी जेब से रुमाल निकाला और उस पर जमी धूल की परत को साफ कर दिया। बैंच पहले जैसा चमकने लगा था। पता नहीं कितने दिनों से उस पर कोई नहीं बैठा होगा।...क्या लोग अब किसी पेड़ की छांव में नहीं बैठते होंगे...क्या लोगों ने अब आराम करना छोड़ दिया होगा...क्या अब सभी के भीतर पतझड़ घुस गया होगा...उसके मन में ऐसे कई विचार कौंधे और चले गए। उसने महसूस किया कि जैसे चिनार और बैंच उसके जीवन के दो छोर हो। एक जीना सिखा रहा है और दूसरा घड़ी-दो घड़ी उस जीने को ठहराव दे रहा है। यह ठहराव आराम है, जो जीवन का अभिन्न अंग है। इसी के साथ उसने एक ओर बैग रखा और बैठ गया था।

●●●

आज वह बैंच के मध्य नहीं बैठा। किनारे बैठ गया था। इसलिए ही कि शायद कोई दूसरा थका हारा, उस जैसा, आए तो पल दो पल यहां आराम कर लें। बैठते-बैठते उसे नई सरकार के बदलने के बाद के कई परिदृश्य याद आ गए। अचानक वह एंटी रोमियो सेना और गौररक्षक की कुछ असभ्य वारदातों के मध्य उलझ गया। पिछली रात जो कुछ समाचार उसने अपने ओर कई दूसरे शहरों के देखे-सुने उन्होंने उसे बहुत विचलित कर दिया था।...बैंको के बाहर लम्बी कतारें, लोगों का आक्रोश, पुलिस का लाठीचार्ज और लड़का-लड़की को एक साथ देख कर पुलिस और लोगों द्वारा उनकी पिटाई। वह उन स्मृतियों और छवियों को अपने मन से ऐसे बाहर निकालने का प्रयास करता रहा जैसे कोई कोट पर बैठी धूल को झाड़ता है, लेकिन उन समाचारों या घटनाओं के तीखेपन को वह झाड़ने और बाहर निकालने में पूरी तरह नाकाम रहा था। वह उसी तरह बैंच पर बैठ गया कि दो-चार घड़ी सुकून से गुजारेगा।

अभी बैठा ही था कि सामने से एक लड़की आती दिखाई दी। उसने अंदाजा लगाया कि उसकी उम्र सात या आठ बरस होगी। उसके हाथ में आइसक्रीम थी। उसकी नजर अचानक लड़की के दांई ओर पड़ी, जहां एक बंदर आइसक्रीम को झटकने की ताक में था। वह झटके से उठा और उसे पकड़कर बैंच तक ले आया। लड़की बंदर को देखकर घबरा गई थी। उसने उसे अपने साथ बिठा दिया। उसका दिल जोर जोर से धड़क रहा था। वह स्थानीय नहीं थी। बाहर से अपने परिजनों के साथ घूमने आई थी। उसने उसकी पीठ सहलाई और ढाढस बंधाया कि उसे डरने की आवश्यकता नहीं है। लड़की थोड़ा सहज होकर जल्दी-जल्दी बची हुई आइसक्रीम खाने लगी। वह इधर-उधर देखता रहा कि उसके परिजन उसे लेने आएंगे पर पता नहीं वह उसे छोड़ कहां निकल पड़े थे। वह यूं ही उससे बातें करने लग गया था।

तभी अचानक दो तीन पुलिस वाले कुछ युवाओं के साथ वहां धमक पड़े। नौजवानों के गले में एक विशेष रंग के पट्टे थे जिन पर लिखा था एंटी रोमियो सेना। उसे कुछ समझ नहीं आया। तभी एक पुलिस वाले ने पूछ लिया,

'तुम्हारी लड़की है घ्'

'नहीं तो...।'

'फिर ये इधर कैसे...घ्'

वह कुछ बोल पाता, पीछे से एक नौजवान ने आकर सीधा उसका कालर पकड़ लिया।

'हम बताते हैं न अंकल। ऐसे ही तुम इसे फुसलाओगे, बहलाओगे और गलत काम करके निकल जाओगे। जानते हैं हम तुम जैसे बूढ़ों को। ले चलो इसे पुलिस थाने।'

उस नौजवान की हरकत से पुलिस वाले एक पल के लिए भौचक्क रह गए पर क्या करते अब माहौल ही इसी तरह का था।

उसे कुछ समझ नहीं आ रहा था कि यह क्या हो रहा है। उस नौजवान ने उसका कालर अभी भी पकड़ा हुआ था। उसने पुलिस वालों की तरफ इस आस के साथ देखा कि वे इस बतमीजी के लिए उसकी मदद करेंगे। जब कोई प्रतिक्रिया नहीं हुई तो उसने झटके से उस नौजवान का हाथ कालर से हटा दिया। झटका इतना तेज था कि वह तकरीबन दस फुट दूर औंधे मुंह गिर पड़ा।

'तुमको इतनी भी शर्म नहीं है कि सिनियर लोगों से कैसे बात करते है...मैं तुमको बदमाश, गुण्डा दिखता हूं ...? मैं इसी शहर का हूं...एक वरिष्ठ नागरिक। किसी ने दोबारा हाथ लगाया तो तोड़ दूंगा।'

कालर सीधा करते हुए वह उन नौजवानों और पुलिस वालों पर टूट पड़ा था। उन्होंने सोचा भी नहीं था कि पतला-दुबला दिखने वाला वह आदमी पल भर में एक हंगामा खड़ा कर देगा। वे कई लोग थे। उसे क्या मालूम की अब इस तरह कोई अधेड़ या युवा किसी लड़की के साथ नहीं बैठ सकता। साथ नहीं चल सकता। कोई बच्ची भी किसी पराए आदमी के साथ नहीं बैठ सकती।

काफी देर वहां हंगामा होता रहा और आखिर उसे पुलिस वालों के साथ थाने में जाना पड़ा। बच्ची के परिजन अभी भी नहीं आए थे।

पुलिस स्टेशन में जब उसे ले जाया गया तो वह गुस्से से तमतमाया हुआ था। भीतर जाते ही उसने जेब से अपना फोन निकाला और सीधे सिटी के एस0पी0 को लगा दिया। पुलिस वालों ने कभी सोचा भी नहीं था कि इस तरह कुछ हो जाएगा। इससे पहले कि पुलिस वालों को बात समझ आती उसने सारी बात एसपी को बता दी थी। एस.पी ने इस मध्य चौकी इन्चार्ज से बात कर ली थी। चौकी प्रभारी ने स्थिति को ज्यादा बिगड़ने नहीं दिया और समझा बुझा कर इस मामले को खत्म करवा लिया। शायद अब पुलिस वालों और उन नौजवानों को थोड़ा एहसास हुआ होगा कि उन्होंने बिन वजह ही यह हंगामा कर दिया। लड़की अभी भी सहमी हुई थीं। इसी बीच उसके परिजन वहां पहुंच गए थे। पुलिस वालों ने उसे उनके हवाले कर दिया।

इस छोटे से वाक्य ने उसे भीतर तक हिला दिया था। वह सड़क पर चल तो रहा था लेकिन उसे लगा जैसे उन नौजवानों के गले के पट्टे उसके अपने गले में फंसने लगे हों। वह चलते-चलते जैसे उनको गले से उतार कर फैंकने की कोशिश कर रहा हो। उसने इस तरह कई बार कोशिश की लेकिन गले में कुछ नहीं था। वह सड़क में सभी से बच कर चल रहा था। विशेषकर उसे कोई बच्ची या लड़की दिखती तो उसकी सांसे रुक जातीं। वह झटपट उनसे दूर हो जाता या अपने को बचाकर निकल पड़ता। राह चलते लोगों की आंखें उसे दूर तक जाते देखती रही थीं। उन्हें वह शायद साधारण आदमी नहीं लग रहा था...कोई मानसिक विक्षप्त व्यक्ति जो इस तरह की सायास हरकतें करता चला जा रहा है...या कोई शराबी...? उसे इस बीच कोई भी परिचित नहीं मिला। वह अपने साथ हुई और अपने द्वारा की जा रही तमाम बातों

से इस तरह परेशान हो गया जैसे उसने न जाने आज कितनी शर्मनाक हरकतें कर ली होंगी। शर्म जैसी कोई चीज उसके शरीर और भीतर तक ऐसे महसूस हुई जैसे किसी मोबाइल या कम्प्यूटर में कोई खतरनाक वायरस घुस गया हो। फिर लगा कि यह वायरस कहीं उस नई सरकार के साथ-साथ तो नहीं चला आया है जो इस शहर जैसे कई शहरों में घुस कर उसे अशांत कर देगा। घर तक वह कई ऐसी बातें सोचता रहा था जिनका कहीं कुछ औचित्य नहीं था पर वे जैसे होने को तैयार बैठी थीं। घर पहुंच कर उसे कुछ राहत महसूस हुई पर न जाने क्यों उन पट्टों पर लिखा 'एंटी रोमियो' और थोड़ी देर मस्तिष्क में कौंधा 'वायरस' शब्द उसकी आंखों में घुस गए। वह सीधा बाथरूम गया और पानी से आंखें धोता रहा। वे शब्द अब आंखों के पोरों से निकल कर अपने कानों में पसरते लगे। उसने दांए और बांए हाथ की तर्जनी से कई बार कान खुजलाए लेकिन लगा कि वे कहीं उसके भीतर घुस कर बैठ गए हैं।

●●●

उस दिन के बाद कई शब्द जैसे उसकी आंख, कान, गले और मस्तिष्क में चिपक गए थे। कभी वे आंखों में चुभने लगते तो अजीब तरह से आंखे इधर-उधर घुमाता। खोलता और बंद कर देता। दूसरे पल कान खुजलाने लगता। उन्हें कुछ पल बंद किए रखता। फिर उसके हाथ अनायास ही नाक के नथूनों को बांए हाथ की तर्जनी और अंगूठे से बंद कर लेते। वह भीतर ही भीतर कपालभाती जैसा कुछ करता और जोर से उज्जैयी प्राणायाम की मुद्रा में आ जाता।

आज फिर सीधा वह बैंक चला गया था। लोगों की पंक्तियां अभी भी समाप्त नहीं हुई थीं, जैसे सभी कालाधन लेकर बैंक के बाहर खड़े हों। बहुत मशक्कत और जद्दोजहद के बाद भी वह अपने नोट नहीं बदलवा पाया। वह पिछले कई दिनों से देख रहा था कि एक पतली सी अधेड़ महिला लाठी के सहारे जब भी आती तो सबसे पीछे पंक्ति में खड़ी हो जाती। कुछ देर के बाद वह बैठ जाती। फिर उठती और कुछ हिम्मत जुटा कर लाइन में लग जाती। अचानक वह खांसने लगती तो जैसे सारे शरीर का बोझ दोनों हाथों की हथेलियों से जमीन में गड़ाई लाठी पर सिमट जाता। वह काफी आगे लोगों के मध्य खड़ा होकर उसे देखता तो लाइन तोड़ कर उस औरत को अपनी जगह खड़ा करने का प्रयास करता। लोगों की असंवेदनशीलता और अधैर्य इतना हो जाता कि वह जहां से पंक्ति से बाहर होता उस औरत के वहां

पहुंचाने तक लोग एक दूसरे से चिपक जाते और उसे उनसे बहुत अनुनय करके उसे वहां खड़ा करना पड़ता। परन्तु वह देखता कि उसका भी कोई लाभ उस बेचारी को नहीं मिलता और वह दिनभर उसी हालत में खड़ी रहती।

एक दिन पंक्ति में खड़ी-खड़ी वह अचानक गिरी और बेहोश हो गई। उसने अपने नोटों की परवाह न करते हुए तत्काल उसे अपनी बोतल से पानी पिलाया और 108 एंबुलैंस को बुला कर अस्पताल भिजवा दिया। वह कभी उससे उसके परिजनों के बारे में भी नहीं पूछ पाया। न ही उसने कभी किसी और को उसके साथ देखा। जब उसे एम्बुलैंस में स्ट्रेचर पर रख रहा था तो उसकी मुट्ठी में एक नोट दिखा। उसने धीरे से उसे खींचा और देखा कि वह पांच सौ का पुराना नोट है। वह अचम्भित रह गया कि महज पांच सौ रूपए के लिए वह बेचारी इतने दिनों से परेशान थीं। उसने नोट को अपने पास रख कर अपनी जेब से सौ-सौ के दस नोट निकाले और 108 में सेवारत महिला डाक्टर की उपस्थिति में उसकी जेब में डाल दिए। वह उस के साथ जाना चाहता था पर खुद भी कई दिनों से नोट बदलवाने और जमा करने के चक्कर में परेशान था। इसलिए उसका जाने का मन नहीं हुआ। उसने देखा कि जहां वह खड़ा था वहां अब लोग एक दूसरे से चिपक गए थे। वह अपनी जगह खड़ा होना चाहता था लेकिन लोगों ने उसे लाइन में पीछे खड़े होने के लिए बाध्य कर दिया। सभी के सामने वह घटना घटी थी और वे जानते थे कि उसने लाइन से बाहर होकर एम्बुलैंस बुलाई थी पर किसी को उससे कोई लेना-देना नहीं था। वह आहत, अपराजित, असहाय सा चुपचाप सबसे पीछे खड़ा हो गया था। अब उसने महसूस किया कि वह अधेड़ औरत उसके भीतर पसर गई है। उसने अपने शरीर को बेतहाशा भारीपन से लबरेज महसूस किया और एक पल के लिए जमीन पर बैठ गया। उसे दिमाग में वह पांच सौ का नोट घुसता महसूस हुआ। इस बीच बैंक में लंच हो गया और सभी को दूसरे दिन आने की हिदायत दे दी गई थी कि आज नोट नहीं बदलवाए जाएंगे।

लोग धीरे-धीरे लाइनों से बाहर हो लिए। सभी के चेहरों पर अपने ही पैसों के बोझ की ऐसी विकट थकान थी जिसे शब्दों में नहीं बांधा जा सकता था। केवल देखा और परखा जा सकता था। महसूस किया जा सकता था। वह बैठा-बैठा सभी के चेहरों की उस थकान को अपने भीतर कुछ देर जुगालता रहा और फिर ऐसे उठा जैसे टांगों में जान ही नहीं रह गई हो। उसका एक मन हुआ कि वह अस्पताल

जाकर उस औरत की सुख-सांद लें पर दूसरे पल सोचा कि इतने बड़े अस्पताल में बिना उसका नाम-पता जाने उसे कहां तलाश करेगा।

चलते-चलते उसने अपने भीतर पता नहीं कितने शब्द उठते-बैठते, बिलखते, अटपटाते, चीखते, विलगते महसूस किए थे...सरकार, रोमियो, नोटबंदी, पुलिस, लड़की, आईसक्रीम, चिनार, मौसम, 108 एम्बुलैंस और पांच सौ का नोट...ये शब्द नहीं जैसे नुकीली छुरियां हों जो उसे भीतर ही भीतर घोंपती चली जा रही हो। सबसे भारी-भरकम शब्द जो उस वक़्त उसे महसूस हुआ वह था 'रिटायरमैंट।'

●●●

थकाहारा वह फिर आज बैंच तक गया और पत्तों को साफ करके वहां बैठ गया। अब पत्ते कम होने लगे थे। जैसे वे अपने-अपने घर चले गए हों और जो कुछ बिरल चिनार की टहनियों और बैंच तथा उसके आसपास थे वे मानों किसी का इंतजार कर रहे हो।

संयोग से उस दिन भी उसे मिलने कोई नहीं आया। उसे पेड़ पर हल्की सी कांव-कांव की आवाज सुनाई दी। ऊपर देखा तो एक कौवा बैठा उसी की तरफ नीचे देख रहा था। सोचा वह भूखा होगा। उसने उठ कर पास वाली दुकान से एक बिस्कुट का पैकिट लिया। उसे खोला और दो बिस्कुटों को कुतर-कुतर कर बैंच के बांए किनारे डाल दिया। कौवा पेड़ से आकर उन्हें खाने लगा। इसी तरह लगभग पांच मिनट की अवधि में उसने कौवे को सारे बिस्कुट खिला दिए। वह खुश हुआ कि उसकी सेवानिवृत्ति के बाद बैंच और चिनार के साथ उसका एक और दोस्त भी हो गया है। वह इस बात के लिए अपने को धन्य समझ रहा था कि उसने अपने पित्रों को आज खुश कर दिया है। बचपन में स्कूल के समय जब गांव में श्राद्ध होते तो उसकी दादी और अम्मा दोनों मिलकर पहले कौवों को खाना खिलाया करतीं थीं। दादी एक थाली में रोटी के टुकड़े करके आंगन की मुंडेर से 'आओ कागा, आओ कागा' बोल कर आवाजें लगाती तो कई कौवे पलक झपकते ही वहां आ जाते और सारी रोटियां खा जाते। उसके बाद जब वह शहर आया, जैसे कौवों को देखना ही भूल गया। कभी कभार ही ऐसा होता कि कोई कौआ उसे कहीं पेड़ पर चुपचाप बैठा दिखाई देता। उनकी नस्लें जैसे गुम होने लगी थीं। कौवा तो उड़ गया था लेकिन 'कौआ' शब्द उसके सीधे मन में बैठ गया।

वह बैंच से उठा और घर की तरफ चलने लगा। बैगमें रखा पुराने नोटों का बंडल इस दृष्टि से देखा-छुआ कि कहीं गिरा तो नहीं दिया है। एक छोटे से काम के लिए इतनी मशक्त उसे शायद ही जीवन में करनी पड़ी हो। आज वह इसलिए भी अपनी ही नजरों में अपमानित महसूस कर रहा था कि पहली बार वह अपने परिवार का इतना छोटा सा काम नहीं कर पाया है। चलते-चलते किसी ने उसे बताया कि जिस अधेड़ महिला को उसने अस्पताल भिजवाया था वह अब नहीं रही।

'वह बेचारी अपने सांजे हुए पैसे के लिए मर गई।'

उसकी आंखें भर आईं थीं। वह उसे नहीं जानता था पर एक इनसानियत का रिश्ता तो था ही। फिर वह तो अभी भी शब्दों में उसके भीतर जिंदा थीं। उसे एकाएक वह कौआ याद आ गया। शायद वह मौत का संकेत लिए वहां आया होगा। उसे एक पल के लिए अच्छा लगा कि उस महिला के लिए ही कहीं वह बिस्कुट का श्राद्ध तो नहीं लगा होगा। अब दो और शब्द उसके भीतर पसर गए थे। श्राद्ध और कौआ। पर उन सब पर भारी 'मौत' शब्द था जिस पर वह कई तरह से सोच रहा था। यह बात उसके भीतर कहीं चिपक गई थी कि इस आजाद देश में और वह भी इक्कीसवीं सदी के समय में कोई अपने ही पैसे बैंक से लेने लिए कैसे मर सकता है? पर सच तो यही था। और सोचते-सोचते उस बुढ़िया की जगह आज बैंक की कतार में वह अपनेआप को खड़ा महसूस कर रहा था...।

वह आज बहुत निराश, आहत और दुखी मन से घर पहुंचा। कई पल दरवाजे के बाहर ऐसे खड़ा रहा जैसे किसी अजनबी घर के बाहर खड़ा किसी का पता ढूंढ रहा हो। बहुत हिम्मत से उसने डोरबैल दबा दी। पत्नी ने दरवाजा खोला था। आज पत्नी ने उसे नहीं टोका कि नोट बदले या नहीं। वह जानती थी कि इन दिनों किसी बुजुर्ग का लाइन में खड़ा होना कितना खतरनाक हो रहा है। टीवी पर दिखाई जाने वाली खबरों से वह पूरी तरह वाक़िफ हो गई थीं। वह दबे पावं, हारा हुआ सा अपने कमरे में चला गया। आज उसे दरवाजे के पास बूट खोलने की याद भी नहीं रही। उसकी पत्नी ने ही उसके बूट उतारे थे और सामने एक पानी का गिलास रख दिया था। उसने एक ही घूंट में पूरे गिलास को भीतर उड़ेल दिया। बहुत राहत मिली उसे। लगा कि जितने भी शब्द भीतर उबल रहे थे, वे पानी में कहीं शांत हो गए हैं।

●●●

उसे नींद आनी कम हो गई थी। वह देर रात तक खबरें देखता और सुनता। उसने अपने जीवन में अख़बार और टीवी समाचारों को कभी इतनी गंभीरता से नहीं लिया था, जितना अब लेने लगा था। पहले तो काम के बोझ से वह समय ही नहीं निकाल पाता था। उसने आज एक टीवी रिपोर्ट देखी थी जिसमें भारत में हुए आतंकी हमलों के साथ-साथ दुनिया में हुए कुछ बड़े नर संहारों को भी दिखाया गया था। साथ ही अपने देश में किसानों को किस तरह आत्महत्या करने के लिए विवश होना पड़ रहा है, इस पर कुछ विशेषज्ञों की बहस आयोजित की गई थी। 1990 के बाद जिस तरह की परिस्थितियां देश में उत्पन्न हुईं, उसने अब तक लाखों किसानों को आत्महत्या करने पर विवश कर दिया। सत्ताएं अपने स्वार्थ और अतिजीविता के लिए कितनी क्रूर और आततायी हो सकती हैं, ये रिपोर्टें उसका अभूतपूर्व उदाहरण थीं।

एक चैनल पर देश में मासूम लोगों पर गौ-रक्षकों के हमलों से मारे गए कुछ अल्पसंख्यक और दलितों के बारे में रिपोर्ट दिखाई जा रही थीं।

वह इन रिपोर्टों को देखकर बहुत विचलित हो गया था। उसके दिमाग में पहले से घुसे कई शब्दों के बीच अब आत्महत्याएं, आतंकी हमलें, नरसंहार और गौ-रक्षक जैसे शब्द ऐसे घुस गए थे कि वह बार-बार उन्हें याद करके भयभीत होने लगा था। इन शब्दों को अपने दिमाग से कई बार बाहर निकालने का प्रयत्न किया पर उसे लगा जैसे ये शब्द फेबीकोल के जोड़ की तरह मजबूती से भीतर फंस गए हैं।

उसने अपना कम्प्यूटर बंद कर दिया और अरामदेय कुर्सी पर पीछे की तरफ गर्दन लटकाए आंखें बंद करके बैठ गया। उसने लाइट बुझा दी थी। वह चाहता तो अपने दिमाग को आराम देने की गरज से सो भी सकता था परन्तु उसे लगा कि वह कुर्सी पर आगे-पीछे झूल कर थोड़ी राहत महसूस कर लेगा। पर ऐसा नहीं हुआ। उसका विचलन बढ़ता ही गया। उसने जो टीवी में देखा था और जो कुछ समय-समय पर अपनी स्मृतियों में संजोया था उसके धुंधले से परिदृश्य भीतर उमड़ने-घुमड़ने लगे थे। उसकी सांसे तेज-तेज चलने लगी थीं। वह बिस्तर से उठना चाह रहा था लेकिन उसे लगा कोई भारी चीज उसे दबाए हुए है। अचानक नोटबंदी फिर दिमाग में घुस गई...उससे भी ज्यादा नोटों को बदलवाने के लिए लगी कतारें... दम तोड़ते लोग...अपने ही पैसों के लिए तड़पते...पुकारते...रोते...बिलखते लोग।

काफी देर बाद वह उठ कर बैठ गया था। उसने शांत होने के लिए ओम का मन ही मन उच्चारण आरम्भ कर दिया। उसने मन को थोड़ा एकाग्र और शांत करने

के लिए भ्रामरी प्राणायाम का सहारा लिया। परन्तु भीतर का शोर कम होने के बजाए बढ़ता ही चला गया।

उसे महसूस हुआ कि उसका रक्तचाप बढ़ रहा है। उसने तत्काल बिजली जला दी थी। वह दूसरे कमरे में सोई पत्नी को उठा कर रक्तचाप मापने की मशीन को मंगाकर अपना रक्तचाप देखना चाहता था लेकिन उसकी नज़र जब घड़ी पर पड़ी तो वह रुक गया। रात का एक बज रहा था। उसने बिजली बुझा दी और पुनः सोने का प्रयास किया। लेकिन नींद कोसों दूर भाग गई थी। अंधेरे में जैसे ही आंखें बंद कीं उसे फिर कुछ बड़ी राजनीतिक और बौद्धिक हत्याएं याद आ गईं।

●●●

उसे नहीं पता सुबह कब हो गई। परन्तु उसकी आंखों में नींद की वजह से अजीब सी ऊंघ पसर गई थीं। वह रात भर जो कुछ भी मन की आंखों से देखता रहा उसकी धुंधली सी छवियां अभी तक आंखों में बसी थीं। उसने उठ कर कई बार आंखों में पानी मारा और कुछ देर पलकों को यूं झपकाता रहा जैसे उनके बाहर-भीतर कुछ अप्रत्याशित शब्दों के कतरे चिपके हुए हैं।

वह रोज की तरह तैयार होकर बैंक के लिए चल दिया। उसने अपने बैग में रखे पुराने नोटों के बंडल को हाथ से छुआ। आश्वस्त होकर बाहर निकल गया। पत्नी ने उसके चेहरे पर जब नज़र डाली तो घबरा गई। उसे ऐसा महसूस हुआ कि वह एक रात में ही इतना कमजोर और बूढ़ा कैसे हो गया है...? उसका मन हुआ कि उसे आज न जाने के लिए कहें, पर पैसे याद आ गए। समय रहते नहीं बदले तो नोट बेकार हो जाएंगे। पत्नी और बच्चों की प्राथमिकताएं अचानक उसके होने में नहीं बल्कि नोटों को बदलने में चलीं गईं थीं।

अपने से उसने पूरा प्रयास किया कि वह जल्दी जाकर बैंक की पंक्ति में खड़ा हो जाए, लेकिन आज भीड़ पहले से ज्यादा थीं। उसने देखा कि पंक्तियों में असंख्य बिहारी, नेपाली और उत्तर प्रदेश के मजदूर अपनी-अपनी पासबुकें हाथ में लिए खड़े हैं। कई नेपाली औरतों की पीठ में बच्चे हैं। उसी भीड़ में कई गांव के किसान भाई भी हैं। मजदूरों का कहना था कि वे अपने खाते बंद करवा रहे हैं क्योंकि अब शहर में काम नहीं रहा। ठेकेदारों के पास पैसे नहीं है। वे अपने-अपने गांव लौट जाएंगे। किसान कह रहे थे कि बिना पैसों के उनके छोटे-छोटे काम रूक गए हैं। खेतीबाड़ी

चौपट हैं। ब्याह-शादियां बंद हो गई हैं। यहां तक कि दो जून की रोटी भी नसीब नहीं हो रही। उसके साथ ही दो-तीन पत्रकार भाई भी थे, जिनके चेहरे से लग रहा था कि उनकी कलम कई दिनों से उनके झोले में बंद पड़ी है और वे लाइनों में या तो नोट बदलवाने या कुछ पैसे निकलवाने के लिए रोज आकर खड़े हो जाते हैं।

उसका मन लाइन में खड़े होने का नहीं हुआ। उसने दो-चार चक्कर भीड़ के आसपास ऐसे लगाए जैसे वह किसी अखबार का रिपोर्टर हो या किसी एजैन्सी का निरीक्षक। उदास-हताश वहां से आते हुए उसका मन कॉफी पीने का हुआ। पहले उसने सोचा कि वह कॉफी हाउस चलें लेकिन वह आज किसी शांत-एकांत जगह पर बैठना चाहता था। कॉफी हाउस के मिजाज से तो वह वाकिफ था कि वहां कितना शोर होता है।

चलते-चलते अब उसके मस्तिष्क में मजदूर, किसान और पत्रकार-लेखक जैसे कुछ और शब्द पसर गए थे जो भीतर पहले विराजमान शब्दों पर भारी पड़ते महसूस हुए। उसे पंक्तियों में इसी तरह के आमजन खड़े मिल रहे थे। जो सम्पन्न थे, या रसूखदार या राजनीति से जुड़े नेता या अफसर, उन्हें तो उसने कभी पंक्तियों में खड़े नहीं देखा। वह सोचने लगा कि क्या यह नोटबंदी हम जैसे आम लोगों के लिए ही हैं...क्या उन लोगों के पास...पांच या हजार रूपए के नोट नहीं होंगे...क्या उन्हें पैसों की आवश्यकता नहीं होगी...?

यह सब सोचते हुए वह शहर के सबसे बढ़िया रेस्तरां में घुसा और एक किनारे की मेज पर बैठ गया। वेटर ने जैसे ही पानी के गिलास के साथ मैन्यू मेज पर छोड़ना चाहा उसने कोल्ड कॉफी का आर्डर दे दिया। वह यह तय करके कतई नहीं आया था कि कोल्ड कॉफी पियेगा। उसे यदि कुछ ठंडा ही लेना था तो वह बाहर आईसक्रीम या साफ्टी भी ले सकता था, यह सोचते हुए उसे अचानक 'चट' की आवाज सुनाई दी। यह उसे साधारण आवाज नहीं लगी। पता नहीं इस आवाज में ऐसा क्या था कि वह सीधे उसके मस्तिष्क में चुभती हुई दिल पर बैठ गई। उसने दोनों उंगलियां बहुत अजीब ढंग से कानों में घुसाई...बाहर निकाली...फिर अंदर डाली...जैसे उस 'चट' की आवाज को कानों से घसीट-खींच कर बाहर निकाल दे परन्तु कहीं कुछ नहीं मिला। दो-तीन बार उठा और बैठा...। अपनी कुर्सियां बदलीं। वेटर दो बार उसे पूछने आया कि उसे कुछ और लेना है...या कोई असुविधा है लेकिन उसने उसकी बात को कोई उत्तर नहीं दिया।

उसने सामने ध्यान से देखा। वहां फ्लाई किलर लगी थी जिसके समीप जैसे ही कोई मक्खी जाती, चट की आवाज से उसके छिछड़े उड़ जाते। हालांकि उसने किसी मक्खी को मरते हुए नहीं देखा था परन्तु उस मौत की आवाज़ ने उसे परेशान कर दिया। वह उस आवाज पर पूरी तरह एकाग्र हो गया। इसी बीच वेटर कॅाफी लेकर आया और मेज पर रखते हुए उसने दो सौ रूपए थमाकर बिल काटने के लिए कह दिया। जैसे ही उसने कॉफी का गिलास मुंह तक लाया पुन: दो-तीन आवाजें उससे टकरा गईं। वह पूरा गिलास पानी की तरह गटक गया और यह भी नहीं सोचा कि आस-पास बैठे लोग उसे क्या कहेंगे? उसने बकाया पैसे भी नहीं लिए और रेस्तरां से उस आवाज के साथ बाहर निकल गया। फिर लौटा और जहां ऊपर वह मशीन लगी थी उसके नीचे खड़ा हो गया। कई आवाजें उसके कानों से टकराईं...उने आक्रमण उसे बर्रे की तरह लगे। कई बार अपना सिर झटका। दाएं-बाएं, ऊपर-नीचे झटका और बाहर निकल लिया। इस बार भीतर बैठे न केवल वेटरों और काउंटर कर्ल्कउसकी इन अजीबोग़रीब हरकतों को देख कर अचम्भित हुए बल्कि ग्राहक भी कुछ नहीं समझ पाए कि वह पागल है या फिर उसने खूब पी रखी है।

बाहर निकल कर वह सड़क में एक जगह खड़ा होकर सोचता रहा कि मौत किसी की भी हो शायद उसकी आवाज़ ऐसी ही होती होंगी। उसे चिनार से अलग होते पत्तों का स्मरण हो आया और दिमाग पर जोर देकर सोचता रहा कि इस तरह की असंख्य आवाजें उसके भीतर पहले से मौजूद हैं। उसे एक पल के लिए अपने ऊपर गर्व हुआ कि वह दुनिया का शायद पहला आदमी होगा जिसने मौत की आवाज़ सुनी है या पहचानी है। वह जानता था कि आए दिनों रेस्तरां में ये आवाजें बहुतों के कानों तक जाती होंगी लेकिन उनके लिए तो ये आम आवाजें होंगी...केवल एक मक्खी के मरने की आवाज भर।

वह जिस शांति के लिए रेस्तरां में गया था उसे उस मौत की आवाज ने भंग कर दिया था। वह अशान्त मन से उसी बैंच पर बैठने चला आया। उसने देखा कि चिनार बिल्कुल नंगा हो गया था। बैंच के ऊपर-नीचे और आसपास कुछ पत्ते जरूर औंधे मुंह बिखरे थे जिन्हें न जाने कितने पैरों ने मसल दिया होगा। उसके भीतर, बैंच पर बैठते-बैठते, अब उन पत्तों के मरने की आवाजें पसर गईं। नीचे पड़े सूखे पत्तों को देखकर वह उकड़ूं बैठ गया और दांया कान ज़मीन पर बिखरे पत्तों पर लगा दिया। अचानक उसे आसपास लोगों के आने-जाने का ख्याल आया और एक शर्मींदगी जैसी महसूस कर वह फिर चुपचाप बैंच पर बैठ गया। उसने कनखियों से इधर-उधर

ऐसे देखा जैसे उसकी कोई चोरी पकड़ी गई हो। पर यह मात्र उसका भ्रम था। लोग अपने-अपने रास्ते आ-जा रहे थे।

वह उन पत्तों की वेदनाओं में खो गया। आज चिनार के पेड़ से पत्तों का यूं विलग हो जाना उसे अच्छा नहीं लगा। न ही रेस्तरां में उन निर्दोष मक्खियों का मरना ही। उसकी आंखें भर आईं। वह बहुत देर गर्दन झुकाए रोता रहा था। चिनार की तरह का अकेलापन उसने अपने भीतर महसूस किया। उसे पहली बार ऐसी आतंकानुभूति हुई जो इससे पूर्व उसने कभी महसूस नहीं की थी। वह अपने भीतर के इस मनोविकार में कई कुछ देखने लगा था...मन की अस्थिरता... मस्तिष्क का असंतुलन...न्यूरोसिस या साइकोपैथी जैसा कुछ...या फिर इस चिनार के साथ-साथ उस पर वर्ष भर के मौसमों ने उसकी ज़ेहनीयत या मनोवृत्ति को बिल्कुल तबदील कर दिया है। वह अपने भीतर रिटायरमैंट से पूर्व के जीवन कुमार को ढूंढने लगा जो उसे कहीं नहीं मिला। उसकी जगह उसे अकर्मण्यता, अचेतनता, अजीवंतता, अवसाद और निराशा के चक्रव्यूह में फंसा एक दूसरा ही आदमी दिखाई दिया। वह कई बार खड़ा हुआ और बैंच के दांए-बांए बैठता रहा। उसने अपने को स्थिर करने का भरसक प्रयत्न किया। इस ठहराव में उसे एक बात यह सूझी कि वह व्यर्थ ही इतनी दुनिया की चीजों को अपने भीतर घुसा बैठा है जिसका शायद कोई मतलब नहीं हो...वह आग को शायद अपने दामन में ढकने का प्रयास कर रहा है। उसने एक गहरी सांस ली और आंखें बंद कर लीं। उसे पता ही नहीं चला कि कब उसकी आंख लग गईं। नींद में उसे जो स्वप्न दिखे वे भयानक थे। उसने देखा अपनी ही खून-पसीने की कमाई के पैसों को न जाने कितने बुजुर्ग आदमी, औरतें और कुछ युवा कई दिनों की थकान और नोट न बदले जाने की हताशा से बारी-बारी धड़ाम से नीचे गिर कर मर गए हैं। सभी के हाथों में पांच सौ और दो-दो हजार के नोट हैं जो बुरी तरह तुड़मुड़ गए हैं। वे हाथों में पकड़े ऐसे लग रहे हैं जैसे अब खुद ही उनसे छूटने का उपक्रम कर रहे हो। उसे फिर वह पहली औरत दिखी जो उसके सामने पंक्ति में केवल पांच सौ रूपए के नोट बदलने के लिए छटपटा रही थी। उसने देखा कि सत्ता और पूरी व्यवस्था एक मक्खीमार मशीन में परिवर्तित हो गई है जिसमें ग़रीब किसान, मजदूर, दलित और सच बोलने-लिखने बाले लोगचट की आवाज के साथ खून के कतरों में बदल रहे हैं। हड़बड़ाकर कर उठा पर लगा बेहाशी की हालत में हैं।

तभी दाएं तरफ के कन्धें में कुछ खिंचाव सा महसूस हुआ। गर्दन घुमाई तो देखा कि बगल में लटके बैग के भीतर एक गाय मुंह पसराए कुछ चबा रही है। जैसे ही उसे छुड़ाया देख कर दंग रह गया कि उसके मुंह में वही पुराने नोटों की गठ्ठी है जिसे बदलवाने के चक्कर में वह इस स्थिति तक पहुंचा गया है। वह बौखला गया। इससे पहले कि गाय के मुंह से उन्हें छुड़ाने का प्रयत्न करता सामने वही विशेष पट्टे वाले लड़के खड़े थे।

'क्यों अंकल! आज दूसरा धन्धा शुरू। गाय को बेचने ले जा रहे हो...?'

बोलने वाला वही व्यक्ति था, जिसने उस मासूम लड़की के चक्कर में उसका कालर पकड़ लिया था।

बिजली के करंट की तरह उसके शब्द महसूस हुए। मस्तिष्क में मौत की वह आवाज कौंध गई। लगा जैसे सामने लड़के नहीं एक विशाल फलाई किलर जैसी कोई मशीन है जो उसको अपनी ओर खींच कर चट की आवाज के साथ मार देगी। वह भीतर तक हिल गया था। कुछ पल स्तब्ध सा खड़ा रहा। थोड़ी हिम्मत जुटाई। गर्दन उठाकर चिनार के पेड़ की तरफ देखा जिस पर चैत्र-बैशाख अपने शाही अंदाज से बैठे हुए थे। उसे पता नहीं क्या सूझा। गाय के पास गया...पहले उसका माथा चूमा फिर उसकी पीठ पर ऐसे हाथ फेरा जैसे खेत बाहने के बाद हलाई अपने बैलों के कंधो पर हाथ फेरता हो।...वहां से निकलते हुए जोर का ठहाका लगाया... मानो गाय को शाबाशी दे रहा हो कि जो काम वह कई दिनों से नहीं कर पाया, गाय ने पल भर में कर लिया।

वे विशेष पट्टे वाले लोग किंकर्तव्यविमूढ़ से दूर तक जीवन कुमार को जाते देखते रहे।

काफी नीचे सड़क पर जाते हुए उसने एक बार पीछे की तरफ देखा। गाय उन नोटों को चबाती हुई उसी के पीछे चली आ रही थी।

(नोट: यह कहानी पहले बनास जन पत्रिका में छपी थी और बाद में वाणी प्रकाशन से प्रकाशित 'कीलें' कहानी संग्रह में अन्य कहानियों के साथ संकलित है। यह बहुत लम्बी कहानी है। मुझे बार-बार महसूस होता रहा कि इस कहानी में दो कहानियां मौजूद हैं। कुछ मित्र लेखकों और आलोचकों ने भी यह बात कही थी। इसीलिए इस कहानी का अंतिम भाग निकाल कर इसे थोड़ा संशोधित करके पुन: उसी शीर्षक से इस संग्रह में दे रहा हूं)।

देव-खेल

- यह घटना उस दिन की थी जिस दिन चंद्रयान-3 चंद्रमा के दक्षिणी ध्रुव के पास की सतह पर उतरा था।
- हालांकि उस मंदिर में शूद्रों का प्रवेश निशिद्ध माना गया था परन्तु देवता नहीं जानता था कि उसके सामने जो युवा बैठा है वह दलित है।

संतोष कुमार ने एक नज़र मंदिर की भव्य इमारत पर डाली। मंदिर की निर्माण शैली बहुत सुन्दर और आकर्षक थी। दो मंजिले इस मंदिर की ढलवां छत स्लेट की छवाई से बनी थी। चारों तरफ दोनों मंजिलों के कमरों के बाहर सुन्दर बरामदा था। पूरा मंदिर पत्थर और लकड़ी के मिश्रण से निर्मित कारीगरी का उत्कृष्ट नमूना था। मुख्य द्वार पर बारीक लकड़ी की नक्काशी थी जिसके मध्य कई जगह देवी-देवताओं की प्रतिमाएं उकेरी गईं थीं। पशु-पक्षियों के चित्र बनाए गए थे। मुख्य द्वार खुलते ही भीतर खुला प्रांगण था। सामने से बरामदे में सीढ़ियां जाती थीं। मध्य भाग में मंदिर का गभगृह था जिसमें मुख्य देवता का अष्टधातु का मोहरा स्थापित था। कुछ अन्य देवताओं के विविध प्रकार के मोहरे आसपास रखे हुए थे। एक ओर देवता की पालकी थी जिसे जातराओं और मेले त्यौहारों के लिए ही सजाया जाता था और मध्यभाग में देवता की मुख्य प्रतिमा विराजमान होती थी। गर्भगृह का दरवाजा चांदी से बना था जिसपर भी नक्काशी से कई देव प्रतिमाएं बनाई गईं थीं। संतोष कुमार को देशज शैलियों में निर्मित इस तरह के कई मंदिर स्मरण हो आए। उसने मन ही मन उन कारीगरों को नमन किया जिनके हाथों मंदिर निर्माण और अद्‌भुत नक्काशी हुई थी। वह जानता था ये हाथ किसी उच्च वर्ग के न होकर उन वंचित कलाकारों के हैं जिन्हें मंदिर निर्माण के बाद देवता को स्पर्श करना तो दूर भीतर आना भी मना है। उसने कई मंदिरों के इतिहास पढ़ते हुए यह पाया था कि जब ये मंदिर बन कर तैयार

हुए तो उस कारीगर को इनाम तो दूर की बात, उसके हाथ तक काट दिए गए ताकि वह दूसरी जगह इतने भव्य मंदिरों का निर्माण न कर सके।

संतोष कुमार ने बहुत ध्यान से इधर-उधर नजर दौड़ाई। वह सुनिश्चत कर लेना चाहता था कि कहीं किसी बोर्ड पर 'मंदिर के भीतर शूद्रों का प्रवेश वर्जित है' जैसी हिदायतें तो नहीं लिखीं गईं हैं। परन्तु इस तरह का सूचनापट्ट उसे कहीं नहीं दिखा। मंदिर प्रांगण में आने के बाद उसके मन में वही पूर्ववत आशंकाएं उमड़ रही थीं जिनका वह पिछले या यूं कहें कि अपने बचपन से ही सामना करता रहा है। परन्तु भीतर जाने तक किसी ने उससे उसकी जाति के बारे में कुछ नहीं पूछा। इसका एक कारण यह भी लगा था कि उसके साथ जो उसके पुरोहित पंडित रघुनाथ थे वे बिल्कुल सादे ब्राह्मणी लिबास में थे। सिर पर कश्ती टोपी थी जिसके पीछे से उनकी लम्बी चोटी बाहर झांकती दिख रही थी। माथे पर चंदन, सिंदूर मिश्रित तिलक था। दाएं हाथ की कलाई पर रूद्राक्ष की माला के साथ खूब लाल रंग की मौलियां बंधी थीं। मंदिर का एक कारदार उनका पहले से जानकार था इसलिए आज उन्हीं के आग्रह पर देव पंचायत बुलाई गई थीं।

●●●

पंडित रघुनाथ दूर-दूर तक अपनी ज्योतिष और तंत्र विद्या के लिए अच्छे-खासे मशहूर थे। इलाके के कोई व्याह-शादी या अनुष्ठान उनके बिना सम्पन्न नहीं होते थे। वे जब घर में रहते तो ऐन तड़के से उनके पास लोगों का तांता लग जाता जो अपनी घरों और बीमारियों की समस्याओं को लेकर उनके पास आया करते। घर में वे कभी-कभार ही मिलते थे। अक्सर लोग उन्हें देव-भूत-ग्रह दोषों के निवारण के लिए दूर-पार और शहरों तक ले जाते। इसलिए कई-कई दिनों तक उनका आना घर नहीं होता था। कुल मिलाकर वे बहुत गुणी और विनम्र स्वभाव के थे। उनकी इस काम करने की कोई निर्धारित फीस नहीं थी लेकिन जब वे घर से बाहर जाते तो उन्हें लोग ध्याड़ी के साथ श्रद्धानुसार अच्छा खासा पैसा दे दिया करते थे। उनके पास ज्यादा ज़मीन भी नहीं थी। दो बेटे और तीन बेटियां थीं। सभी के विवाह बहुत धूमधाम से सम्पन्न हुए थे और ऊपर से अब तक अपने जीवन के पांच भागवत भी करवा चुके थे। बच्चे भी उन्हीं की तरह उन्हीं की विद्या को अपनाते हुए आगे की पढ़ाई कर रहे थे। अपनी इसी कमाई से उन्होंने दस कमरों वाला खूबसूरत घर भी बना लिया था।

उनके यजमान हर जाति के लोग थे। संतोष कुमार का परिवार दलित था परन्तु पंडित जी का उसके परिवार से बहुत ज्यादा लगाव इसलिए भी था कि संतोष कुमार के पिता लकड़ी के बहुत अच्छे कारीगर थे और संतोष एक होनहार लड़का था। उनका घर उन्होंने ही बनाया था। संतोष के परिवार में जब भी कोई संकट आता, कोई बीमार होता तो उसके पिता बजाए अस्पताल जाने के या तो देवता के पास जाते या फिर उनके डाक्टर-वैद्य पंडित रघुनाथ ही थे जो कभी उनके घर सात या नौ दिनों के महामृत्युंजय, गायत्री पाठ या अन्य कोई अनुष्ठान कर दिया करते थे या फिर मंत्रित भभूत, सरसों, काले माह या तिल के साथ कुछ जंतर गले में लगाने के लिए दे दिया करते। इसलिए संतोष के परिवार का उन पर ईश्वर या देवता जैसा विश्वास भी था।

संतोष कुमार का बचपन से ही पूजा-पाठों इत्यादि की तरफ ज्यादा ध्यान नहीं था। उसे यह सब ढोंग लगता था और पैसों की बर्वादी। इस कारण उसके पिता उसके लिए हमेशा चिंतित भी रहते थे कि उसमें उनके कोई संस्कार नहीं आ रहे हैं। वह उनके साथ मिस्त्रीगिरी में भी हाथ नहीं बंटाता है और न ही कहीं मंदिरों में पूजा-पाठ में शामिल होता है। संतोष कुमार ऐसा नहीं कि पिता के साथ मंदिर नहीं जाता था। परन्तु जाता तो उसे केवल उनकी निर्माण शैलियां, नक्काशी, चित्रकला और वहां स्थापित तरह-तरह की प्रतिमाएं और मोहरे बहुत आकर्षित किया करते। या फिर बाहर की जात के जो बजंतरी अर्थात लोक कलाकार होते, उनके साथ खूब समय व्यतीत करता और देखता कि किस तरह वे लोग नगाड़ा, ढोल, शहनाई, नरसिंघा और करनाल में जीवन फूंक देते थे जिस पर देवता भी नृत्य करने लग जाता था। साथ ही देवता के गूर भी उनकी धुनों पर देव-खेल में आ जाते। उपस्थित जन समूह उस समय हाथ जोड़ कर विनम्र श्रद्धाभाव में नतमस्त होता कि गूरों में देवता प्रवेश हो गया है जबकि संतोष कुमार को यह सब वाद्य यंत्रों की उतेजित और धुनों का करश्मि लगता जिससे मनुष्य के भीतर रोमांच और अनूठी उतेजना भर जाती। यह बिल्कुल उसी तरह था जैसे नाटियों की धुनों पर लोगों के पांव स्वत: ही हरकतों में आ जाते और वे झूम-झूम कर नाचने लगते। उसे जहां एक ओर नए-नए अनुभव होते वहीं लोगों की अंधभक्ति और अथाह विश्वास अतिरेक लगता।

लोक वाद्यों की विशेष देव-धुनों पर गूर जोर-जोर से चीखते और उनके शरीर बदहवास कांपते रहते। वे अजीब तरह से ऊपर-नीचे और दांए-बाएं अपने सिर को

नचाते रहते। इसे ही देवता का उनके भीतर प्रवेश माना जाता और लोग हाथ जोड़ कर उनकी जय जयकार करने लगते। उनके सामने पहले से ही लोहे की लड़ियों वाले शांगल रखे होते। गौ मूत्र का बर्तन होता। सिंदूर की थाली होती और गेहूं-चावल के दाने तथा आटे के बर्तन होते। कोई कंपकंपाते शरीर पर जोर-जोर से लोहे के शंगलों का अपनी पीठ पर कई बार वार करता। कोई गोमूत्र का गिलास पी जाता तो कोई कपड़े उतार कर सिंदूर को अपने माथे, मुंह और शरीर में पोथ देता। कारदार थोड़ी-थोड़ी देर में चारों तरफ गौमूत्र छिड़कते और अपने हाथों से आटे की चुखटियां फैंकते। कई बार बलि के लिए लाए गए मेमने, बकरे और भेड़ू उनके आगे प्रस्तुत किए जाते और लाने वाले संतुष्ट हो जाते कि उन्हें देवता ने बलि के लिए स्वीकार कर लिया है। उनकी भेंटे कबूल हुई है। यह समय संतोष कुमार के लिए बेचैन करने वाला होता और वह वहां से चुपचाप निकल लिया करता। कितनी बार उसने देव कमेटियों से इस बावत बहुत तर्क के साथ बात की थी कि निरीह जानवरों की बलि गलत है। गैर कानूनी है लेकिन सभी उसकी निंदा करते और उसके पिता को उसकी वजह से भला-बुरा सुनना पड़ता। इसलिए अब वह ज्यादा विरोध नहीं करता था। वह इन कारणों से अपने छोटे से परिवार में अशांति या किसी विरोध, लड़ाई का पक्षघर नहीं था। घर का अकेला बेटा था। मां और पिता की अब ढलती उम्र थी। उन्हें समझाना पक्के घड़े पर मिट्टी चढ़ाने जैसा था। परन्तु उसके विरोध बहुत सशक्त तर्कों के साथ कई जगह दर्ज होते थे जिस कारण कई देव कमेटियों ने पशुओं की बलि बंद कर दी थी और उसकी जगह नारियल की बलियां चढ़ने लगी थीं।

●●●

संतोष कुमार के पिता क्योंकि खुद लकड़ी के अच्छे कारीगर थे और संतोष जानता था कि इलाके के कितने ही मंदिरों के प्रवेश द्वार उन्होंने महीनों की नक्काशी के बाद तैयार किए हैं। इतना ही नहीं उनके हाथ से देशज, पैगोडा, पिरामिड के साथ कई अनेक शैलियों के मंदिरों तक का निर्माण हुआ था। इसलिए वे संतोष को भी इसी कला के माहिर बना देना चाहते थे। पिता उसे जब किसी मंदिर की निर्माण शैलियां बताते तो साथ उन समुदायों, ठकुराईयों और रियासतों के राजाओं के बारे में भी बहुत सी दंत कथाएं सुनाते और बताया करते कि उन्हें अपनी-अपनी संस्कृति के तहत्

मंदिर निर्माण का कितना शौक हुआ करता था। संतोष को गर्व भी होता कि उसके पिता या उन जैसे न जाने कितने लोगों और उनके पूर्वजों ने दूर दराज तक अपनी उत्कृष्ठ कला की साधना से न केवल मंदिर निर्मित किए बल्कि उनके देवता और उनके साज-सामान भी तैयार किए। परन्तु जो बात संतोष के भीतर हमेशा नश्तर की तरह चुभती रहती वह इन कलाकारों के अछूत होने की होती। कितने ही मंदिर, देवता के मोहरे, प्रतिमाएं और उनके साज-सामान निम्न जातियों के कारीगर और कलाकार तैयार करते थे। परन्तु निर्माण के बाद महज चार-छः पंडितों को कई-कई दिनों के अनुष्ठान में बिठा कर, गंगाजल तथा गौमूत्र छिड़का कर उन निम्न जातियों के लगे हाथों और पैरों को धोया जाता ताकि मंदिर पवित्र हो और देवता की प्राण-प्रतिष्ठा हो जाए। उसके बाद किसी भी निम्न वर्ग के व्यक्ति को चाहे वह कितना बड़ा कारीगर क्यों न हो, उनका मंदिर में प्रवेश वर्जित माना जाता था। न ही उनके मंदिर निर्माण में दिए गए योगदान का कहीं जिक्र होता था।

संतोष कुमार को यह बात भी भीतर ही भीतर कचोटती जाती थी कि हर देवता और उनकी देव कमेटियां महज उच्च जाति के लोगों की बपौतियां बन कर रह गईं हैं। देवताओं को भी छोटे-बड़े या सवर्ण-दलित देवताओं में बांट लिया गया है ताकि बड़े देवता के गूर, माली, पुजारी और कारदार केवल उच्च जाति के लोग हों और देवता के साजो सामान के उठाने वाले बाहर के लोग। इसलिए अपने पिता से भी उसकी कई बार बोलचाल हो जाती थी। परन्तु उसके पिता बहुत समझदार व्यक्ति थे। उनका मन एक कलाकार का संस्कारी मन था। इसलिए संतोष की भावनाओं की कद्र भी करते थे। उन्होंने अब यह सनिश्चित कर लिया था कि वह संतोष को अच्छी शिक्षा देकर या तो बड़ा अफसर बनाएंगे या वकालत पास करवाएंगे। ये संभावनाएं संतोष में वे बचपन से इसलिए भी देखते आए थे कि वह हमेशा ही कक्षा में प्रथम श्रेणी में पास होता। कई भाषण प्रतियोगिताओं में जब भाग लेता तो भी प्रथम स्थान ग्रहण करता। कई पुरस्कारों से सम्मानित होता रहता। छोटी सी उम्र में ही कितने मोमैंटो, स्मृतिचिन्ह संतोष के नाम के इकट्ठे हो गए थे जिन्हें उसके पिता एक शीशे की अल्मारी में सजा कर रखते और जब भी कोई उनके घर आता तो गर्व से उसका बखान करते। संतोष को अब स्कूलों से वजीफे भी मिलने लगे थे जिस कारण उसके पिता को अब उसकी पढ़ाई की ज्यादा चिंताए नहीं थीं। अपनी दक्षता के कारण जब वह आगे की पढ़ाई में गया तो उसने लॉ कॉलेज ही चुना और अपनी

अनूठी प्रतिभा और होशियारी के कारण कॉलेज में भी प्रथम आने लगा। इस तरह वहां भी उसकी पढ़ाई का सारा खर्च कॉलेज प्रशासन ही उठाने लगा था। और बहुत जल्दी वह लॉ पास करके अब लोअर कोर्ट में वकालत करने लगा था।

●●●

उस वक्त संतोष को अपने सरवाईवल के लिए धन की सख्त आवश्यकता थी। वकालत में शुरूआती दिन किसी बड़े वकील की मुंशीगिरी में ही निकल जाया करते हैं। वह पहले जिस नामी-गिरामी वकील के पास प्रशिक्षण की मंशा से गया था वहां दिन-रात मेहनत करता रहा। उसकी प्रतिभा से वकील साहब अच्छे-खासे प्रभावित थे। कई बार जब किसी ठेठ केस में उन्हें कोई सूत्र न मिलता तो संतोष कुमार उनके लिए वरदान साबित होता। वह कानून की पुस्तकों का कीड़ा हो गया था इसलिए ऐसे संदर्भ और उच्च न्यायालय के मामले तलाश कर वकील साहब को उपलब्ध करवाता जिनकी वे कल्पना भी नहीं कर पाते। बावजूद, उसके साथी जो उसी ही की तरह उन वकील महोदय के पास सहयोगी वकील थे, संतोष कुमार से उसकी अतिरिक्त समझ और जाति की वजह से भीतर ही भीतर नफरत करने लगे थे। जलने लगे थे। अपने को उसके काम के आगे अपमानित समझने लगे थे। यह नफरत उसे कई बार अपने 'बार रूम' में भी महसूस हुई थी। अमूमन उसके साथी उससे अलग रहने का ही प्रयास करते थे। इन्हीं वजहों से एक दिन उन वकील महोदय ने संतोष कुमार को बड़े प्यार से अपने ऑफिस से निकाल दिया था।

संतोष ने हार नहीं मानी थी और न ही उसने अब किसी वरिष्ठ वकील के पास मुंशीगिरी करना अच्छा समझा था। उसका मन एलएलएम करके पी.एच.डी करने का भी हुआ लेकिन आर्थिक स्थिति बेहतर न होने की वजह से कर नहीं पाया। वह पिता से भी पैसे मांगने से शर्म महसूस करता था। वैसे भी उसके पिता की उम्र सहत्तर पार करने लगी थी और उनसे पहले जैसा काम भी नहीं हो पाता था जिसकी वजह से घर का खर्च और देखभाल भी उसी के सर पर थी। पिता बीमार भी रहने लगे थे। संतोष लाख कोशिश करता कि एक बार वे उसके साथ शहर आकर किसी बड़े अस्पताल में दिखा लें लेकिन वे साफ मना करते देते। बस एक रट लगाए रहते कि 'बस देवता ठीक कर देंगे'। उनका अस्पतालों के बजाए देवी-देवता और वैद्यों पर ही ज्यादा विश्वास था। संतोष अपने पिता की भावनाओं का बहुत आदर करता

था इसलिए वह उन्हें ज्यादा किसी बात के लिए मजबूर भी नहीं करता था। परन्तु दिन-ब-दिन उनके गिरते स्वास्थ्य की वजह से वह चिंतित रहने लगा था।

●●●

संतोष कुमार के पास शहर में किराए का एक कमरा और रसोई थी। छोटा था परन्तु उसका गुजारा बेहतर हो जाता था। घर से शादी का दवाब भी बढ़ने लगा था परन्तु वह चाहता था कि जब तक काम में अचछी तरह पैर न जम जाएं, शादी बेमानी होगी। इसलिए उसने अब स्वतन्त्र रूप से उसी कमरे को ऑफिस बनाकर वकालत शुरू कर दी। पहले-पहल तो उसके साथियों सहित कई वरिष्ठ वकीलों ने उसका उपहास उड़ाया लेकिन कोर्ट में न्यायधीशों के सामने जब एक दो बार उसे दलीलें देने का मौका मिला तो उसकी प्रतिभा और गज़ब की कानूनी समझ और अपने तर्कों को ठोस संदर्भों के साथ प्रस्तुतिकरण की वजह से न केवल जजों के मन में उसके लिए सम्मान उत्पन्न होने लगा बल्कि वरिष्ठ वकील भी उसकी प्रशंसा करने से नहीं रह पाए...हालांकि उनके मन अभी भी जातिगत नफरतों से लबरेज रहते थे।

एक दिन एक एट्रोसिटी का मामला उसके पास आया। उसने बार रूम या अपने आसपास कोर्ट कचहरियों में आए दिनों बहुत से ऐसे मामले देखे थे जो किसी न किसी अति गरीब या निम्न वर्ग के थे। उसे आश्चर्य होता कि वकीलों से लेकर जजों तक उन्हें कितने बेमन से डील करते थे। उनके केस बहुत सच्चे और सशक्त होते हुए भी उन्हें या तो पेशियों में लटकाए रखा जाता या फिर प्रारम्भिक चरणों में ही समाप्त कर दिया जाता। उसे अब हर जगह इस 'जाति पावर' का खेल समझ आने लगा था। सवर्ण बनाम दलित मामलों में इसे ज्यादा खेला जाता जिसकी दौड़ में वकील से लेकर जज तक शामिल होते। कई बड़े मामलों में तो अप्रत्यक्ष रूप में सत्ता की दखलंदाजी उसे चौंका देती...और यहां उसे 'कानून अंधा होता है' की परिभाषा सही अर्थों में कचोटने लगती। कोर्ट रूम या कोर्ट के बाहर कानून की देवी की आंखों में बंधी पट्टी भले ही निष्पक्ष न्याय का प्रतिनिधित्व करती रही हो...उसे एक हाथ में तराजू और दूसरे हाथ में तलवार के साथ न्याय में संतुलन के प्रतीक के रूप में दर्शाया गया हो परन्तु जिस तरह झूठे सबूतों और निराधार तथ्यों के वजन करते-करते हमेशा सच हारता रहा है...संतोष कुमार कभी इस प्रतीक संतुष्ट नहीं

हो पाता था। उसने कोर्ट में लाखों केस ऐसे चलते देखे और सुने जो कई पीढ़ियों से चले आ रहे थे और वकील भी आगे से आगे उनके जिंदा रखने की मंशा से पेशियां दर पेशियां लगाए जाते थे परन्तु उनके फैसले कभी नहीं होते थे। बार रूम में उसने अपनी साथी वकीलों को कई बार ठहाकों के साथ यह कहते सुना था कि यदि एक दो पेशी में ही मामला निपट जाए तो जजों और वकीलों की अहमियत क्या रहेगी... उनका और तमाम कर्मचारियों का होना तो पेशियों में ही सुरक्षित है...। तारीखें बढ़ेगी तो जेबें भी भरती रहेगीं। कई बार उसे कोर्ट-कचहरियों में बैठे जज भी किसी देवता के गूर जैसे लगते और सामने बैठे वकील उनके कारदार। देवता के पास जो दुखियारा फरियाद करे उसे कई कई महीनों के बंधन-बंधेज दिए जाते और पेशियों की तरह बार-बार देवता के कार्ट में आते रहना पड़ता...और अब यही परम्परा और खेल उसे यहां भी लगने लगा था। परन्तु समाज के लिए दोनों की जरूरत थी जिसका न कोई विरोध कर पाता न किनारा। कोर्ट के मामलों में तो फिर भी अपील की छूट रहती परन्तु देवता के निर्णयों को तो कोई कोर्ट-कचैहरी या जज, वकील भी खारिज नहीं कर पाता। एक ओर कानून की जद में लोग थे तो दूसरी ओर देवताओं की आस्थाओं में बंधे हुए। देवता के प्रवक्ता गूर थे जबकि कानून के प्रवक्ता जज-वकीलनुमा गूर या कानून के ठेठ प्रवक्ता।

सबसे ज्यादा इस कानूनी व्यवस्था पर कूढ़न संतोष कुमार को तब होती जब वह कचैहरियों के बाहर भीतर फटेहाल अधेड़ों-बुजुर्गों को देखता जिनमें पुरुष और महिलाएं बराबर होतीं। कई तो महीनों महीनों से बैंचों पर बैठे बैठे रहते। दिनभर ऊंघ-ऊंध कर कहीं रोशनी की तरह गुम हो जाते। फिर चारों तरफ अंधेरा होता और सूरज निकलते ही वे फिर रोशनी की तरह प्रकट होने लगते...दिन के उजालों में उनके मन रातें होतीं...जिनमें असंख्य झिंगुर चीखते-बोलते महसूस होते...उनके मन अथाह सन्नाटों, निराशाओं और हताशाओं से भरे होते। इसके बावजूद भी उनमें कहीं अंधेरे में टहलते-चमचमाते जुगनू भर न्याय की उम्मीदें भी बनी रहतीं। संतोष कुमार चाहकर भी कुछ करने में असमर्थ होता। वे बेचारे अब कोई लोग-विशेष नहीं रह गए थे। किसी न किसी वकील महोदय के क्लाइंट या कोर्ट के वादी-प्रतिवादी बन गए थे। बिल्कुल उसी तरह जैसे लोग अब आधार, क्रैडिट और डैबिट कार्ड हो गए थे।

●●●

संतोष कई बार जब लोक सभा में कानून मंत्री के बयान को याद करता है तो सिर पकड़ कर बैठ जाता है। मंत्री ने कहा था कि देश की अदालतों में पांच करोड़ के लगभग मामले लम्बित है। लोग बरसों-बरसों न्याय के लिए तरसते रहते हैं। इसलिए संतोष कुमार के मन में हमेशा कुछ अलग करने का विचार भरा रहता था। धीरे-धीरे वकालत में उसके पांव मजबूत होने लगे थे और एक दिन जब प्रदेश के हाई कोर्ट में उसने एक एट्रोसिटी के मामले को, जो कई दिनों से लम्बित था, जीता तो सभी सकते में आ गए थे। इसका प्रमुख कारण यह था कि वह मामला सरकार के एक मंत्री से सम्बद्ध था जिसने अपने क्षेत्र की एक पंचायत के दलित प्रधान को थप्पड़ मारा था और कई जातिसूचक शब्दों से उसे अपमानित भी किया था। क्योंकि वह प्रधान विपक्षी पार्टी से सम्बन्धित था और मंत्री जी उसे जबरन अपनी पार्टी में लाना चाहते थे जो उसे मंजूर नहीं था। यह मामला अचानक संतोष कुमार के पास आया था जिसने उस प्रधान से केवल कागज इत्यादि के पैसे लिए थे और आश्वस्त किया था कि इस मामले को जीतने के प्रयास होंगे। जैसे ही मामला कोर्ट में गया, जज महोदय पर सरकार और मंत्री के बहुत दवाब पड़ने लगे थे कि मामला तत्काल खारिज कर लिया जाए परन्तु जिस तरह से संतोष कुमार ने तथ्यों और एट्रोसिटी एक्ट की धाराओं के साथ जिरह की थी उसने जज महोदय को भी हिला कर रख दिया था। मजे की बात थी कि मंत्री का वकील वही था जिसके पास कभी संतोष कुमार मुंशीगिरी किया करता था। वह वकील अब बड़े लोगों और राजनेताओं के मामले ही लिया करता। सबूतों, तथ्यों और ठोस तर्कों के आगे राजनीति को हारना पड़ा था और संतोष कुमार की जीत हुई थी। इस जीत ने संतोष कुमार को नई उर्जा दी थी। नई ताकत दी थी और कानून की देवी की आंखों में बंधी पट्टी के सही अर्थ भी। प्रदेश के दलित समुदाय में भी इसका गज़ब का संदेश गया था और उसके पिता और मां तो संतोष के दूरदर्शन पर दिए साक्षात्कारों को देख कर फूले नहीं समा रहे थे। अखबारें मंत्री को दोषी करार दिए जाने के समाचारों से भरी थी जिसके कारण उसे मंत्री तक से हाथ धोना पड़ा था।

हालांकि संतोष कुमार ने प्रधान से इस मामले में कोई फीस तय नहीं की थी परन्तु उसने संतोष को उसकी उम्मीद से ज्यादा राशि इस जीत की खुशी में अदा की थी। इसके बाद इस तरह के मामलों की संतोष के पास होड़ सी लग गई थी। उसने अपने लिए एक अच्छा ऑफिस भी शहर में किराए पर ले लिया था और अपनी ही

बिरादरी के दो लड़कों को जो अभी अभी वकालत पास कर आए थे, अपने पास रख लिया था। उसने यह संदेश भी देना शुरू कर दिया था कि वह केवल अपनी बिरादरी के ही अधिक मामले लेता रहेगा। यह उसका निम्नवर्ग के लोगों, विशेषकर ग़रीबों के लिए एक सेवाभाव भी था क्योंकि जब भी उसके पास ऐसे कोई मामले आते तो वह उनकी तहों तक जाकर केवल गुणवत्ता और सच्चाई की परख पर ही लेता था। बड़ी बात यह थी कि कई लोग फीस देने के योग्य भी नहीं होते और संतोष कुमार उन्हें निराश नहीं करता बल्कि बिना फीस के उनके केसों को लड़ता और उसे तकरीबन सभी में कामयाबी हासिल होती।

●●●

उसके पास इन दिनों तीन ऐसे मामले आए थे जो उसे अचम्भित कर गए थे। पहला मामला एक परिवहन निगम के परिचालक का था। घटना कुछ ऐसे हुई थी कि प्रदेश के एक गांव के लिए नई सरकारी बस सेवा शुरू हुई थी। गांव में या उसके आसपास कोई ढाबा या दूकान भी नहीं थे जहां वे रात गुजारते। रहते। क्योंकि बस शाम को जाती और सुबह वहीं से आती थी। रात हो चालक परिचालक को वहीं रहना पड़ता। उन्होंने गांव में ही एक कमरा ले लिया था। गांव में कोई दलित परिवार नहीं था। उसे उच्चवर्ग का सबसे सम्पन्न गांव माना जाता था जहां से तीन आई.ए.एस अधिकारी थे, कुछ पुलिस और दूसरे महकमों में बड़े ओहदों पर थे।

पांच दिनों के बाद जब किसी गांव के व्यक्ति को यह मालूम हुआ कि जिन चालक परिचालक ने एक घर में रात को ठहरने के लिए कमरा लिया है उनमें परिचालक दलित वर्ग से है। फिर क्या था सारा गांव सकते में आ गया और उस दिन शाम को जैसे ही बस स्टेशन पर पहुंची अच्छी खासी भीड़ वहां पहुंच गई। परिचालक को बस के भीतर से ही घसीट कर खूब पीटा गया। गालियां दी गईं। पिटाई में उसकी एकबाजू टूट गईं। चालक क्योंकि ठाकुर वर्ग का था, उसे थोड़ा बहुत मारपीट करके छोड़ दिया गया। गांव के लोगों ने परिचालक को पीटा ही नहीं, उसे एक पेड़ से सारी रात बांधे रखा। दूसरे दिन देव पंचायत में यह निर्णय लिया गया कि परिचालक को दस हजार रूपए जुर्वाना भरना होगा अन्यथा बस गांव से नहीं जाएगी। परिवहन प्रशासन इस घटना को सुन कर स्तब्ध तो था परन्तु ज्यादातर अधिकारी वर्ग उसी उच्च श्रेणी के पोषक थे। अब किसी तरह मामले को रफादफा

करना था। परन्तु इस घटना की भनक कुछ मीडिया वालों को लग गई थी जिन्होंने इसे प्रमुखता से उठाया था। संमझौता इस बात पर हुआ कि परिचालक दस हजार रूपए जुर्वाना दे और दोबारा इस गांव में न आएं।

बहुत बेशर्म घटना थी। कई संगठनों ने इसके विरूद्ध आवाजें उठाईं। परिवहन प्रशासन की ओर से स्थानीय थाने में एक अर्जी भी दी गई लेकिन उसे एफआईआर में दर्ज नहीं किया गया। जब एक महीने में कोई कार्यवाही नहीं हुई तो उस परिचालक ने संतोष कुमार को यह मामला सौंप दिया। हाई कोट में जब यह केस पहुंचा तो फिर वही तरह-तरह के दबाव का खेल शुरू हो गया। लेकिन जज के समक्ष संतोष कुमार के तर्क बेजोड़ थे। उसने मीडिया की तमाम क्लिपिंग और कुछ अन्य तथ्य भी जुटा लिए थे। बहुत प्रयास हुए कि यह मामला डिसमिस हो जाए लेकिन उसी दिन इस मामले को एडमिट कर लिया गया और सरकार, स्थानीय पुलिस, पंचायत और परिवहन महकमें को नोटिस जारी हो गए जिससे खलबली मचना तय था। नोटिस में इस घटना में संलिप्त लोगों को कोर्ट में पेश होने के आदेश भी थे।

उसी दौरान एक और मामला संतोष के पास आ पहुंचा। मामला एक देव परम्परा से जुड़ा था। दूर दराज के गांव में हर वर्ष एक देव मेला आयोजित होता था। इस वर्ष भी हुआ। मेले में देवता की जातरा-उत्सव के दौरान जो देवयात्रा निकलती थी उसमें देवता का प्रवक्ता गूर देवछाया के तहत फूलों को भीड़ पर फैंकता है और भीड़ में जिनके हाथ वह पुष्प आता है उसे देवकृपा माना जाता है और देवता उसे अपने पास बुलाकर आशीर्वाद देता है। हुआ यह था कि जैसे ही गूर ने फूल भीड़ पर फैंके, वह हवा के साथ उड़ कर उसी गांव के एक जूता गाठने वाले परिवार के एक लड़के के हाथ में आ गया। हालांकि निम्न वर्ग के लोगों को इस भीड़ में आने की अनुमति नहीं होती, जिससे वे दूर-दूर खड़े तमाशा देखते रहते ताकि देवता का पुण्य केवल सवर्णों को ही प्राप्त हो। जैसे ही वह फूल उसके हाथ में आया, कुछ लोगों ने देख लिया। फिर क्या था उसे घसीट कर अधमरा कर दिया गया और रात को उसे शहर के बड़े अस्पताल में भर्ती करवाना पड़ा। क्योंकि मेले की बात थी। मीडिया वहीं था। कुछ यूट्यूबरों ने उसका वीडियो बना कर वायरल कर दिया। दूसरे दिन कई समाचार पत्रों ने इसे अपनी मुख्य खबर भी बना दिया। संतोष कुमार क्योंकि उसी गांव के पड़ोस के गांव का रहने वाला था इसलिए वह दूसरे दिन परिचालक को देखने अस्पताल चला गया। देख कर बहुत दुःख हुआ। उसने उस लड़के के परिजनों से बात की और जब वे सब इस अन्याय के विरूद्ध लड़ने के लिए तैयार

हो गए तो पहले एक एफआईआर दर्ज करने के लिए अर्जी दी गई लेकिन उसका हश्र भी पहले जैसा ही हुआ। उसके बाद संतोष ने उस केस को भी अपने हाथ में ले लिया जो जिसका निर्णय भी शीघ्र ही होने वाला था।

तीसरा एक हासयस्पद मामला था। संतोश कुमार के पास जब वह आया तो पहले तो उसे यह अच्छा खासा मजाक लगा लेकिन जब लोगों ने विस्तार से बताया तो वह अचम्भित रह गया। सोचने लगा कि आखिर हम किस देश के वासी हैं और किस सदी में रह रहे हैं...? घटना दिलचस्प थी। एक गांव में पहली बार बिजली आई। जगह-जगह खम्बे लगे और बिजली की तारें बिछने लगीं। इस गांव में उच्च और निम्न बिरादरी के लोगों के घर थे। एक पंडित के घर के नीचे दलित परिवार का घर था। जिस दिन खम्बों में तारें लगीं वह उस दिन घर नहीं था। कहीं पूजा पाठ करने गया था। बिजली के कर्मचारियों ने पहले खम्बे से पंडित के घर को तारें बिछाई और फिर नीचे बसे दलित परिवार के घर को बिजली दी। शाम को जब पंडित जी घर आए तो यह देखकर स्तब्ध थे कि बिजली के कर्मचारियों ने उसके खम्बे से दलित परिवार को बिजली कैसे दे दी। उसका तर्क था कि "हम उच्चकोटि के ब्राहमण हैं। एक ही तार से यदि दलित के घर बिजली जाएगी तो हम भ्रष्ट हो जाएंगे। हमारे चूल्हें, बैडरूम, मंदिर तक में वहीं 'अछूत' बिजली होगी।" इसलिए उसने इसका कड़ा विरोध किया। बजाए इसके कि उसकी बात को अनसुना किया जाता, बिजली कर्मचारियों ने उस दलित परिवार की बिजली ही काट दी। मामले की खूब चर्चा हुई और धूमता फिरता यह मामला भी संतोष के पास पहुंच गया। इस बार संतोष ने कोर्ट में मामला नहीं डाला। उस परिवार को लेकर पुलिस अधीक्षक के पास चला गया और उन्हें सारा मामला बताया। पुलिस अधीक्षक इन मामलों में बहुत निष्पक्ष थे। उन्होंने उस समय कोई कार्यवाही नहीं की और अगले दिन स्थानीय एस.एच.वो और बिजली के अधिशासी अभियन्ता को लेकर मौके पर पहुंच गए। जैसे ही उस पंडित ने पुलिस देखी तो दबंगता में आ गया। उसे पुलिस ने बहुत समझाया लेकिन वह नहीं माना। पुलिस अधीक्षक ने कई धाराओं के तहत उसे केवल गिरफ्तार ही नहीं किया बल्कि उसके घर की बिजली काट कर खम्बा भी उखाड़ दिया और सीधी बिजली दलित परिवार को दे दी। खूब चर्चा हुई इस मामले की और विशेषकर पुलिस अधीक्षक के साथ संतोष कुमार की भी।

●●●

मंदिर आने से पूर्व ही उसने एक और जातिदंश का मामला अपने हाथ लिया था। यह एक दलित परिवार की लड़की से सम्बद्ध था। लड़की अब पढ़ाई के लिए अपने ननिहाल रहती थी। उसकी स्कूल की सहेली की शादी थी। सहेली ठाकुर परिवार से थी। गांव में शादी-व्याह में अनुसूचित जाति के लोगों को भी बुलाया गया था। परन्तु उन्हें न तो उच्च वर्ग के साथ खाने की अनुमति होती और न ही शादी-व्याह के मंडप में आने की। उन्हें भोजन के लिए भी उस समय बुलाया जाता था जब यह सुनिश्चित कर लिया जाता कि सभी सवर्ण लोग खा चुके हैं। पहाड़ों के शादी-व्याह में पहाड़ी नाटियों की बहुलता रहती है जिस में लोगों समूहों में नाचते रहते हैं। ऐसा ही आयोजन जब इस व्याह में हुआ तो वह लड़की भी उस समूह में नाचने लगी थी। अचानक उसी गांव के एक व्यक्ति ने उसे देख लिया। वह पिछले दिनों ही सरकारी नौकरी से अफसर के पद से सेवानिवृत हुआ था। देखते ही उसने उस लड़की को बाजू से खींच लिया और समूह से बाहर धकेल दिया। साथ जितनी भी जातिगत गालियां थीं उसे देने से भी नहीं चूका। यह भी भूल गया कि उस जैसी उसकी अपनी बेटियां भी होंगी। तर्क यह था कि उनका देवता नहीं मानता कि कोई दलित परिवार का आदमी उनकी-व्याह शादियों में नाचे। बेचारी लड़की की सहायता किसी ने नहीं की। उसकी बिरादरी ने इस अभद्रता का जब विरोध किया तो उन्हें शादी से बाहर निकाल दिया गया और देवता की तरफ से दंडित करने की धमकियां दी गईं।

लड़की तेज-तर्रार थी। आहत थी। अपमानित थी इसलिए इस अभद्रता के प्रति लड़ना चाहती थी। उसने एक अर्जी स्थानीय पुलिस में दी लेकिन कई दिनों तक किसी ने कुछ नहीं किया। उल्टा टाल-मटोल करते रहे और कई बार घण्टों उसे पुलिस चौकी के बाहर बिठाए रखा जाता। जब वह निराश हो गई तो उसने सोशल मीडिया का सहारा लिया। एक यूट्यूब चैनल को अपना लम्बा साक्षात्कार दिया जिसमें अपने साथ पूरी घटना का ब्यौरा तो दिया ही बल्कि उस गांव में अनुसूचित परिवारों के साथ जो अत्याचार होते रहे उनका विवरण भी तफसील से दे दिया। उस विडियो ने हंगामा मचा दिया। अनुसूचित जाति के कई संगठन उसके पक्ष में तो आए लेकिन प्रशासन की चुप्पियां बढ़ती रहीं। बजाए इसके कि इस मामले पर कड़ी कार्यवाही होती, लड़की को ही नोटिस थमा दिया गया कि उसे जो अनुसूचित जाति का प्रमाण पत्र दिया गया है वह गलत है और उसे रद्द किया जा रहा है। यह अजीब था कि जब एक प्रथम श्रेणी मजिस्ट्रेट ने बाकायदा सारे कागजात देखकर

उसे अनुसूचित जाति का प्रमाण पत्र जारी किया गया है तो यह उस घटना के महज दस दिनों बाद ही गलत कैसे हो गया।

यह मामला भी संतोष कुमार के पास पहुंचा था और उसने बहुत से तथ्य और जानकारियां जुटा ली थीं। उसके मन में दो बातें थीं। पहली यह कि यदि किन्हीं धाराओं के तहत् लड़की का अनुसूचित जाति प्रमाण पत्र खारिज होता है तो नि:संदेह वह उच्च जाति की मानी जाएगी। उस हालत में वह कोर्ट से गुहार लगाएगा कि उसे सुरक्षा के साथ उसी देवता के मंदिर में प्रवेश करवाया जाए जिसकी वजह से उसे शादी में अपमानित किया गया था।

●●●

क्या कुछ याद करें संतोष कुमार। उसने खुद भी गांव से लेकर शहर तक पल-पल इस जातिदंश को झेला था। बचपन से लेकर अभी तक। पिता के साथ जाते-रहते मंदिरों और उच्चजाति के घरों में...कहीं प्रत्यक्ष...कहीं अप्रत्यक्ष। शादी-ब्याहों में... कोर्ट-कचैहरियों में...न्याय के कर्ता-धर्ता और रखवाले जजों-वकीलों के बीच बार और कोर्ट रूम तक। कहां कहां नहीं इंसान के प्रति इंसान के लिए इन नफरतों को देखा था उसने। अपने साथ चलते-रहते, उठते-बैठते उच्च वर्ग के दोस्तों की दबी-दबी मुस्कुराहटों में। आज फ्लैशबैक की तरह ये सब घटनाएं उसके मस्तिष्क में कौंध रही थीं जब एक और सामना इसी नफरत से उसका हुआ थाऔर वह भी देव-दरबार में। उसे कई बार यह सोचते हुए भ्रम होता है कि हम सचमुच आजद भी हैं कि यह सब ड्रामा चल रहा है। यह कैसा देश और समाज है जहां आज भी लोग संविधान का आदर नहीं करते। भारत रत्न भीमराव अम्बेडकर का आदर नहीं करते। क्या यह इंसान से इंसान की नफरत का देश है...? क्या ये देवता और ईश्वर केवल और केवल उच्च वर्ग की बपौती है। सम्पत्ति है जिसे वे लोग अपनी उच्चता-श्रेष्ठता और सवर्णता को बरकरार रखने के लिए आए दिनों वंचितों पर अपनी धौंस और डर बनाए रखने के लिए इसतेमाल करते रहते हैं। आज हम इक्कीसवीं सदी में हैं और जिस देश में आज भी "आर्टिकल पन्द्रह" जैसी फिल्म बनानी पड़ रही है, उस देश का क्या होगा...? यह पावर जात इस देश को जाति और धर्म के नाम पर बर्वाद कर रही है। देश में जागरूक लोग हैं। पढ़े लिखें हैं। बड़े-बड़े ओहदों पर विराजमान है। उसके बावजूद ये चुप्पियां डराती है। कोई अन्याय के खिलाफ नहीं बोलता। जो

बोलता है उसकी जान हथेली पर रहती है। वह आग पर चल रहा होता है। कई बार भयंकर हमलों का शिकार हो जाता है तो कभी उसकी हत्या तक की जाती है। उसे ऐसे कितने ही मामले स्मरण है। यह खतरा खुद उस पर भी मंडरा रहा है। वह भी न जाने कितने उच्च-दबंगों की आंखों की किरकिरी बना हुआ है। लेकिन उसका विश्वास ही उसका बड़ा हथियार है।

संतोष कुमार जानता था कि इस तरह के मामलों को लेना, उनमें सफलता हासिल करना हालांकि उसके अपने लिए, अपनी बिरादरी के लिए एक बड़ा सम्मान है...अन्याय के प्रति पुरजोर आवाजें हैं फिर भी उसे उस आग का एहसास था जो उपले की मानिंद उन स्वार्थी लोगों के मन ही मन सुलग रही थी। वह इस बात से भी भली-भांति वाकिफ था कि उसकी अपनी ही जात-बिरादरी के लोग उसके कामों में दखलंदाजी करते रहते हैं। वे देवता के गूरों की तरह उच्च वर्ग के लठैतों के विश्वसनीय प्रवक्ता बने बैठे हैं। भले ही उनके दरवाजों पर रोटी और चाय दूर से फैंक कर कुत्तों की तरह क्यों न मिलती हो...चंद स्वार्थों के लिए उनके लिए अपने मान-सम्मान से कोई लेना-देना नहीं होता। यही सोच वह देव कमेटियों और पंचायतों में देखता कि लोग महज ढोल, नगाड़ों को बजाने की खातिर उसी देवता के गूरों और कारदारों से जलालतें सहते रहते हैं। अपमानित होते रहते हैं। महज सौ-दौ सौ रूपए की दिहाड़ी की खातिर दो-दो दिनों तक नगाड़ा अपनी पीठ पर उठाए घूमते रहते हैं। देवता ने उन्हें कभी इस योग्य नहीं बनाया कि एक अच्छा रहने योग्य घर भी बना लें। अच्छे स्कूलों में अपने बच्चों को पढ़ा लें...देव सेवा में भी हमेशा अछूत...।

आज मंदिर भी वह अपने पुराहित के साथ भारी मन से आया था। अपने बुजुर्ग बीमार पिता के लिए। उनकी इच्छा थी कि एक बार उस देवता से उनके लिए स्वस्थ होने का आशीर्वाद मिल जाए। उन्हें पुरोहित पंडित रघुनाथ ने ही बताया था कि संतोष कुमार के पिता को विष दिया गया है। उनकी गणना में बार-बार यही आता रहा है। और एक मात्र यही मंदिर है जहां इसका निवारण संभव है। संतोष कुमार पंडित रघुनाथ की इस बात को सुनकर सकते में आया था। उसने यही सोचा कि उसके पिता को किसी ने विष पिला दिया है या खाने में दे दिया है। परन्तु पंडित रघुनाथ ने इस बारे में जब उसे तफ़सील से बताया तो वह थोड़ा शांत हुआ था। उन्होंने बताया कि पहाड़ों में विष देने की घटनाएं इन दिनों बहुत हो रही है। विष कोई खाने में नहीं

दिया जाता। यह एक विष का सिद्ध मंत्र होता है जिसे कोई भी नकारात्मक सोच वाला आदमी या औरत सिद्ध कर लेता है। सिद्धि के बाद उन्हें इसकी आज़माइश अपने ही घर में करनी होती है और ऐसे लोग अपने बच्चों तक पर यह प्रयोग करने से भी नहीं संकुचाते। जब उन्हें पूर्ण विश्वास हो जाता है कि उनकी सिद्धी सफलत हो गई तो वे महीने में किसी न किसी को अपना शिकार बना लेते है। उन्होंने बताया कि विष देने वाला हमेशा कोशिश करता है कि जिसे यह देना होता है वह कोई भी मीठे वाली चीज या तो पी रहा हो या खा रहा हो। यह करते हुए ऐसे आदमी की भनक तक नहीं लगती और वह अपना काम कर जाता है। पंडित ने बताया था कि विष का असर धीरे-धीरे होता है और वह वहीं अटैक करता है जिस बीमारी से व्यक्ति ग्रसित हो। फिर न तो उसे कोई दवाई लगती न देवता का आशीर्वाद। उसकी सेहत गिरती जाती है। इसका इलाज इसी एक मात्र मंदिर में बताया जाता था कि देवता का गूर पहले यह सुनिश्चित करेगा कि विष दिया है या नहीं। दिया होगा तो वह अभिमंत्रित पानी तीन दिनों के लिए चावल के दाने के साथ खाने को देगा और माथे पर सिंदूर का तिलक। परहेज कड़ा था। जिसे यह बंधेज या इलाज दिया जाता वह फोन पर अपने किसी रिश्तेदार से भी बात तक नहीं कर सकता था। यानि उसे तीन दिनों की कैद दे दी जाती थी। केवल उसकी पत्नी या बच्चे ही उससे बात कर सकते थे।

संतोष कुमार के लिए यह एक और चौंका देने वाली जानकारी थी। परन्तु पंडित रघुनाथ की यह बात उसके पिता ने मन को लगा ली थी जिससे वे अब ज्यादा परेशान रहने लगे थे। यही कारण था पिता के लिए संतोष को आज वही सब करना पड़ रहा था जिसकी वह कल्पना भी नहीं करता था। न ही मंदिरों और गूरों के अंधविश्वास का वह शिकार होना चाहता था।

संतोष कुमार जबरदस्ती पिता को पन्द्रह दिनों पूर्व अस्पताल ले गए थे। उनके कई टैस्ट हुए। एक टैस्ट कैंसर का था जिसकी रिपोर्ट आनी बाकी थी। उन्हें सांस लेने में तकलीफ थीं और छाती में दर्द के साथ बहुत भारीपन रहने लगा था। डाक्टर का कहना था कि उस जांच के बाद ही असली बीमारी का मालूम हो पाएगा। डाक्टर हालांकि उन्हें दाखिल करना चाहता था परन्तु संतोष के पिता नहीं माने और उन्हें उसी दिन घर लाना पड़ा। पिता के मन के लिए, अपने मन को मार कर वह यहां आया था।

●●●

देव पंचायत बरामदे में आयोजित की गई थी। यह पंचायत देवता की पूछ के लिए थी। हालांकि इस तरह की पंचायतें बिना लोक वाद्यों के नहीं होती थीं परन्तु लोगों के विशेष निवेदन पर कभी-कभार ऐसा किया जाता था जिसमें केवल मुख्य गूर ही शामिल होता। गर्भगृह के सामने दांई तरफ मुख्य गूर अपने आसन पर बैठ गया। उसके पीछे दो कारदार खड़े हो गए थे। बांई तरफ तीन कारदार थे। एक के हाथ में कांसे की थाली थी जिसमें धूप जल रहा था। एक तरफ आटा, गेहूं के दाने और थोड़ा सिंदूर था। कुछ मौली की डोरियां थीं। दूसरे के पास गौ-मूत्र का बर्तन था। उसकी शक्ल गोमूत्र की तरह निपट काली हो गई थी। उसने भीतर रखे गोमूत्र की बास से साफ लग रहा था कि वह कई दिन पुराना है। इधर-उधर छिड़काव के लिए उसमें एक बणे के पौधे की टहनी थी जिसका रंग बदरंग हो गया था। कारदार उससे चारों ओर गोमूत्र छिड़का रहा था। तीसरा देवता के लिए चारों तरफ चुखटियों से आटा फैंक रहा था। लोहे के धुड़छ में आग के बीज खूब धूप जल रहा था जो गुर के सामने रखा था। वह आंखें बंद किए उस पर झुक गया।

कारदारों ने देवता का आह्‍वान किया। जय देवा...जय ...जय महाराजा...जय कुंती पुत्रा, जय दानवीरा...प्रकट हो...। इसे कई-कई बार दोहराया जाता था। कुछ देर बाद देवता के गूर में देवछाया प्रवेश हुई। उसका शरीर धीरे-धीरे कांपने लगा। सिर से जैसे ही टोपी नीचे गिरी उसके लम्बे बाल पीठ-मुंह पर बिखर गए। कंपकपाते हाथों से उसने धूप का धुड़छ हाथ में उठा लिया। वह भी उसी तरह कांप रहा था। उसे मुंह के पास जब लाया तो बालों की एक चादर की उस पर फैल गई। उसी तरह उसे जमीन पर छोड़ा गया। कांपते हाथ में कारदार ने सिंदूर रखा जिसे उसने अपने माथे और मुंह पर लगा लिया। फिर दोनों हाथों की हथेलियां एक साथ मिलाई जिसमें दूसरे कारदार ने गेहूं के चावल रख दिए। गूर ने तीन-चार बार...रखे...रखे... यह ठेठ अपनी बोली के लेहजे में था। जिसका अर्थ होथा है...'रक्षा...रक्षा...यानि देवता की आप सभी पर रक्षा हो।'

गूर शांत हुआ। दोनों हाथ आपस में गूंथे हुए थे जिनमें गेहूं के दाने भी कांप रहे थे।

धीमी आवाज आई,

"क्यों जगाया मेरे को।"

कारदार ने अपनी बोली में सब समझाया। गूर और कारदार की भाषा समझ नहीं आ रही थी। फिर पंडित रघुनाथ की तरफ इशारा करके उसे बोलने की अनुमति दी गई। पंडित ने सारी घटना बताई और संतोष कुमार को गूर के सामने आने को कहा। वह उकड़ूं सामने बैठ गया। ...बताया गया कि यह बीमार व्यक्ति का लड़का है। गूर का शरीर फिर खूब कंपकपाया और कहा "कि दो महीनों का वादा है, उस बीमार को मेरे मंदिर लाना। मैं सब ठीक कर दूंगा। कोई दोष नहीं रहेगा। मेरा जश देखो।" जश का मतलब था कि देवता का यश देखो दो महिनों तक। यह कहते हुए अब आशीर्वाद देने की बारी थी। आशीर्वाद के तीन तरीके मंदिर में निर्धारित थे। ब्राह्मणों को सिर पर और ठाकुरों को पीठ पर हाथ रख कर आशीर्वाद दिया जाता था जबकि दलित समुदाय के लोगों को को दूर नीचे प्रांगण में बिठाकर उन पर बरामदे से चावल के दाने फैंक कर आशीर्वाद दिया जाता था। जैसे ही संतोष कुमार को आशीर्वाद देने गूर के हाथ उठे, गूर ने पूछ लिया...कौन जात हो...? यह वही गूर था जिसमें देवता आया था। कोई कारदार नहीं था। साथ बैठे पुरोहीत पंडित रधुनाथ को लगा जैसे सौ घड़े पानी के सिर पर डाल दिए हो। संतोष के भी वही हाला थे। उसका एक मन किया कि झूठ बोल दूं परन्तु मन नहीं माना। उसने एक विश्वास से कहा... बाहर की बिरादरी यानि "कोली जात।" गूर के साथ वहां आसपास बैठे कारदारों को जैसे सांप छू गया। कानों में "कोली" शब्द गर्म शीशे की तरह पड़ा और पल भर के लिए आंखों के आगे अंधेरा छा गया। गूर का हाथ जितनी श्रद्धा से ऊपर उठा था उतनी ही तीव्रता से ऐसे नीचे गया मानो किसी ने काट दिया हो। शरीर की कंपकपाहट बंद थी। वह कुछ देर धूप के ऊपर मुंह किए रहा। फिर स्फूर्ति से बाल समेटे। पास पड़ी टोपी उठाई...चेहरा गुस्से से काला पड़ गया था। आंखों में आग थी। एक नजर मंदिर के भीतर देवता की तरफ दी और दूसरी साथ रखे एक दराट पर टिक गई। इस देव-दराट के नाम पता नहीं कितने निरीह प्राणियों की हत्याओं का खून रचा-बसा था। कई पल उसकी नजर उस दराट पर टिकी रही...परन्तु सामने तो एक जीता-जागता आदमी था, मेमना नहीं। संतोष ने उसके साथ सभी के चेहरों पर सरसरी नजर दौड़ाई तो उनकी शक्लें उस भद्दे गो-मूत्र के लोटे जैसी लगी। संतोष बिल्कुल भी विचलित नहीं हुआ जबकि पंडित रघुनाथ की हालत देखने वाली थी। उससे न उठते बन रहा था न बैठते और न ही कुछ कहते हुए। टांगे बुरी तरह कांप रही थी। इस पश्चाताप में भी कि क्यों नहीं कारदारों से पहले ही सब पूछ लिया। पर अब भैंस तो पानी में चली गई थी।

कारदारों ने बांह से पकड़ कर संतोष कुमार को बरामदे से नीचे उतारा और उस जगह बिठा दिया जहां दलित बजंतरी और दूसरे दलित समुदाय के लोग बैठते थे। मंदिर से जुड़े ऐसे दो-चार लोग वहां पहले से मौजूद थे। अब मंदिर के चौकीदार को बुलाया गया कि उसने क्यों नहीं पूछा कि ये लोग किस जाति के है...? उसके पास कोई उत्तर नहीं था। अब पंडित रघुनाथ की जुबान खुली थी। मुंह सूखा हुआ था। बोलना शुरू किया कि हर मंदिर में पहले जाति पूछी जाती है और हम से तो यहां नहीं पूछी गई। इसलिए हमने सोचा कि यहां जात-पात नहीं चलती होगी। इस पर गूर, सरपंच और कारदार लाल-पीले हो गए और कहने लगे कि आप लोगों को खुद बतानी चाहिए थी। अब इसका दंड तो मिलेगा ही। आपको भी और चौकीदार को भी। कमेटी तय करेगी कि क्या करना है।

इस बीच कुछ कारदार मंदिर की पवित्रा को पुनः बहाल करने की दृष्टि से इधर उधर भाग रहे थे। किसी के हाथ में पानी की बाल्टी थी। किसी के हाथ में छाड़ू। कोई गंगाजल लेकर छिड़का रहा था तो कोई गौ-मूत्र फैंक रहा था। बरामदे पर कई बाल्टी पानी उड़ेल कर उसकी पवित्रा पुनः बहाल की जा रही थी। जब यह सब हो गया तो गूर सहित कारदार थोड़ी देर के लिए कहीं गुम हो गए और फिर कपड़े बदल कर प्रकट हो लिए। मंदिर पवित्र कर लिया गया था लेकिन उसकी पवित्रा पर मोहर मेमने या बकरे की बलि से ही लगनी थी। गांव में किसी ने बता दिया था कि किसी बाहर की जाति के आदमी ने मंदिर को अपवित्र कर दिया है। उस गांव में ज्यादा संख्या दलित समुदाय के लोगों की थी। ये लोग देवता के बजंतरी थे। उसके मंदिर के साज-समान उठाने वाले थे। ब्राह्मणों और ठाकुरों के कम परिवार थे जिनका वर्चस्व गांव के लोगों पर साहुकारी और देवता के नाम पर पीढ़ी-दर-पीढ़ी चलता रहा था।

●●●

संतोष की नजर अचानक मंदिर प्रांगण में पड़ी तो भीड़ देख कर थोड़ा घबरा गया। उसने एक नजर अपने पुरोहित पंडित रघुनाथ पर डाली। वे भी फिर से घबरा गए थे। संतोष जानता था आस्था और भीड़ का कोई चेहरा नहीं होता। दोनों अंधी होती है। उनमें न कोई संवेदना होती है और न ही कोई दया-भाव। वे न कानून जानते हैं और न ही किसी संविधान को। वह बस अपने मुखिया का इशारा समझती है। पंडित रघुनाथ कारदारों से बात भी कर रहे थे कि वे बकरा इस समय कहां से लाएंगे।

पखले हैं। घर बहुत दूर है। ...हम पैसे ही दे देते हैं। और माफी अलग से मांगते हैं। वे चाहते थे किसी तरह मामला सुलझे और वहां से छुटकारा मिल जाए। भीड़ में कुछ लोग शराब पीए हुए थे। संतोष ने बहुत गहरी नजर उन पर डाली। कुछ लोगों के हाथों में डंडे और दराट भी थे। साफ लग रहा था ये लोग दलित समुदाय के ही हैं क्योंकि इस भीड़ में भी जाति साफ दिख रही थी। इनमें जो सवर्ण थे वे मंदिर के साथ आ गए थे जहां गूर और कारदार खड़े थे।

संतोष कुमार ने जेब से एक दो बार मोबाइल फोन निकाल कर कुछ लिखा और जेब में रख दिया। अपनी जेब का पैन हाथ से छुआ जो यथावत था। चेहरे पर हल्की सी मुस्कुराहट उभरी...अब बोलने की बारी उसकी थी अन्यथा भीड़ कभी भी अपने देवता के सम्मान में आक्रमण कर सकती थी। गूर, मंदिर का पूजारी और कारदार इंतजार में थे कि कब जैसे पैसे मिले और बकरा काटा जाए। उसकी दावत में पूरा गांव शरीक होना था। एक कारदार ने तो मंदिर से दराट निकाल कर बाहर रख लिया था। इस दराट पर बदरंग सा भगुवा कपड़ा लपेट रखा था ताकि उसकी धार न दिखे। इसका उपयोग जानवरों की गर्दनें काटने में होता था। कारदार ने एक दलित को निर्देश दिए थे कि वह बकरे की गर्दन काटने को तैयार रहे। उन्होंने पैसे लेना मान लिया था और पल भर में एक हट्टा-कट्टा मेमना एक आदमी भीड़ के बीच से घसीट कर ले भी आया था। संतोष और पंडित ने अभी तक कोई पैसे नहीं दिए थे परन्तु सभी आश्वस्त थे कि बिना पैसे दिए जाएंगे कैसे...देवता की बात है...?

संतोष बहुत सहज होकर आंगन के मध्य गया...उसने मोबाइल पहले गूर-कारदारों की तरफ और फिर भीढ़ की ओर घुमाया और हाथ में लेकर उनकी तरफ किए रखा। दो-तीन चक्कर अपनी जगह पर खड़े-खड़े चारों तरफ लगाए। किसी की कुछ समझ नहीं आ रहा था कि वह कर क्या रहा है। फिर विनम्रता से कहने लगा...

"मैं देवता को प्रणाम करता हूं। लेकिन न तो हम कोई दंड देंगे, न बकरा देंगे और न पैसे, न माफी।"

पहला झटका पंडित रघुनाथ को लगा जिसे अब मामला सुलझता दिख रहा था। दूसरा गूर-कारदारों को और तीसरा वहां उपस्थित भीड़ को। अचानक एक मरियल सा आदमी डंडा लेकर संतोष पर टूट पड़ा। संतोष ने एक हाथ के झटके से उसका डंडा छुड़ा लिया और भीड़ की तरफ धक्का दिया। वह कहीं भीड़ में कई फुट पीछे गिर पड़ा। कुछ और दबंग संभलते या उस पर आक्रमण करते, संतोष की आवाज गूंजने लगी थी।

“पहले आप यह जान लो कि हम है कौन...? और दूसरी बात यह कि मेरे आपके देवता, आपके गूर और कारदारों से कुछ प्रश्न हैं जिसके उन्हें उत्तर देने होंगे। ताकि यह पता तो चले कि आपके गूर में देवता की कितनी शक्ति है...? मैं जानता हूं आपकी अपने देवता के प्रति अंध-श्रद्धा है जिसकी आड़ में देवता कमेटी के लोग आप पर राज करते हैं। इन्हीं के वर्चस्व और पावर के नीचे आप सब दबे हुए हैं। आपको अब यह देव-खेल गहरे से समझना होगा। हां...जो लोग हम पर आक्रमण करने की सोच रहे हैं...दराट-डंडे लेकर भीड़ में खड़े-पसरे हैं...उनकी रिकाडिंग मोबाइल में हो रही है और यह लाइव है। आप नहीं जानते इस लाईव को सोशल मीडिया पर आपका प्रशासन भी देख रहा है। थाना भी। सरकार भी और देश भी।”

यह कहते हुए संतोष ने मोबाइल की स्क्रील उनकी ओर घुमा ली जिसमें भीड़ और मंदिर साफ दिख रहे थे। यह देख-सुन कर गूर सहित देवता के कारदार और वहां आए लोगों के चेहरे फीके पड़ गए। काटो तो खून नहीं। जैसे जुबानें बंद हो गईं।

संतोष कुमार ने प्रश्न पूछने शुरू किए...

वह सीधा गूर के पास गया। पूछा...

“आप देवता के गूर हैं। प्रवक्ता हैं। देवता प्रकट होता है आपमें। देवता मानते हैं आपको लोग। आप में जब देवता प्रवेश हुआ था या प्रकट हुआ था तो क्या आपको मेरी जाति नहीं दिखी थी...आप तो अन्तरयामी है। सब के कष्ट दूर करते हैं। इतनी सी बात पता नहीं चली आपको...?”

फिर भीड़ की तरफ घूम कर पूछा...

“आप पीढ़ी दर पीढ़ी अपने देवता की पूजा में हैं। सेवा में हैं तो क्या इतना बड़ा देवता और उसका गूर यह बताने में असमर्थ क्यों हुआ कि हम कौन जात है...? उसके सामने, मंदिर के गर्भगृह के सामने जहां आपका देवता विराजमान है...मैं बैठा हुआ था। क्यों पता नहीं चला देवता को...क्यों...? शक्ति तो कुछ भी कर सकती है। कुछ भी देख सकती है। देवता कुछ भी बूझ सकता है। तुम सब सोचो और बताओ क्यों आपके देवता को यह पता नहीं लगा...? मैं अगर कह देता कि मैं तो उच्च ब्राह्मण हूं, ठाकुर हूं तो मुझे देवता आशीर्वाद दे देते और हम चुपके से निकल लेते। लेकिन मैंने देवता के दरबार में सच बोला। छुपाया नहीं कुछ। जरा सोचो आप।”

गहरा सन्नाटा था और सभी बुत की तरह अपनी-अपनी जगह पर खड़े थे।

“दूसरा प्रश्न देवता के बारे में था...जानते हो आप, यह मंदिर किस देवता का है...? बताओ...बताओ किस देवता का है।”

एक सुन्दर सा लड़का भीड़ से सामने आया। उसके चेहरे पर गज़ब का तेज था। हाथ में मोबाइल था और कानों में ईयरफोन। निःसंदेह वह सब देख रहा था। उसने इधर-उधर देखा और संतोष कुमार के पांव छू लिए। फिर हाथ जोड़ कर सामने खड़ा हो गया। मंदिर प्रांगण में ये घटना पहली घटना से भी बड़ी थी कि एक ब्राह्मण का लड़का एक दलित के पांव छू रहा है...? पंडित रघुनाथ और सभी के लिए यह अप्रत्याशित था। किसी को कुछ समझ नहीं आ रहा था। केवल गूर और उसके साथी कारदारों में हरकत हुई थी। परन्तु किसी की अब संतोष तक पहुंचने की हिम्मत नहीं थी।

बहुत विनम्रता से कहा था उस लड़के ने...

"सर! मैं अभिलाष कुमार। लॉ कॉलेज का विद्यार्थी। यायद आप भूल गए होंगे। बहुत दिनों बाद देखा आपको। याद कीजिए सर, आप नहीं होते मुझे कभी दाखिला नहीं मिलता। आपकी वजह से दाखिला मिला था मुझे। उसके बाद क्लास में कभी जब आपके लेक्चर होते हैं हम कितना सीखते हैं आप से।"

उसने भीड़ की तरफ मुड़ कर कहा..."ये मेरे सर हैं। प्रदेश के बहुत बड़े वकील। ये नहीं होते तो मैं आज लॉ फाइनल ईयर का छात्र नहीं होता। जब मेरी किसी ने वहां मदद नहीं की तो यही सर, दलित के बेटे थे जिन्होंने इस ब्राह्मण लड़के की फीस भी दी और दाखिला भी करवाया। आप लोग आज इनकी जात पूछ रहे हैं लेकिन इन्होंने उस दिन नहीं पूछी थी मेरी जब मैं इनके ऑफिस गया था। मुझे किसी ने बताया था कि ये ही मेरी मदद कर सकते हैं।"

"और सर ये क्या बताएंगे ये मंदिर किस देवता का है...? मेरे गांव के अंधे लोग हैं सब। मैं जानता हूं आप इन अंधविश्वासों में विश्वास नहीं करते। मैं ट्रिब्यून और अमर उजाला में आपके आलेख पढ़ता रहा हूं। आपके एक्टीविजम से परिचित हूं। मेरी आंखों के सामने इस मंदिर में आए दिनों निरीह पशु कटते हैं। दलितों के साथ अन्याय होता है। शोषण होता है लेकिन अपने पिता की वजह से नहीं कह पाया कुछ क्योंकि इस देवता के गूर है मेरे पिता। उधर देखिए सर, दखिए, जो प्रश्न मेरे मन में बरसों से घर किए थे आपने आज इनसे पूछे हैं और इनके पास कोई उत्तर नहीं है।"

"और सर, ये लोग मंदिर के बारे में क्या बताएंगे। अंध भक्त है सब। उसी दानवीर कर्ण का मंदिर है ये जो कभी दान देने और वचन निभाने के लिए पीछे नहीं हटा। उसी महान यौद्धा का है जिसे महाभारत में राजा कर्ण के नाम से जाना जाता है। दानवीर कर्ण। लोक कथाएं कहती हैं जिस देवता माहूनाग का यह मंदिर है,

यहां कभी राजा कर्ण प्रकट हुए थे। ...कर्ण कौन थे...एक सूत पुत्र के नाते उन्हें बार-बार अछूत घोषित किया जाता रहा...अपमानित किया जाता रहा...कौन लोग थे वो...इन देव कमेटियों के सरपंचों, गूरों और कारदारों की तरह अपनी उच्चता की श्रेष्ठता के नशे में मदहोश। उस कर्ण के कुंडल-कवच को धोखे से किसने हर लिया था...? देखा होगा न महाभारत आप सभी ने और आज उसी के अवतार देवता के नाम पर आप ये सब कर रहे हैं।"

वह फिर संतोष कुमार के पांव में पड़ गया...

"मुझे शर्म आ रही है सर आज जो आपके साथ हुआ...ये जो देवता के प्रवक्ता है न ये मेरे पिता है...मैं जानता हूं आप अपने लिए कभी यहां नहीं आते। शायद अपने पिता या मां के लिए अच्छा स्वास्थ्य मांगने उनकी इच्छा से आए होंगे। और मैं भी बेजुबानों की तरह बस अपने पिता के लिए नहीं बोल पाता कुछ। परन्तु कानून ने बहुत सिखाया है...लड़ना भी...विरोध करना भी...और सच का सामना करना भी। मुझे माफ कर दो सर।"

देवता के गूर का चेहरा देखने वाला था। वह अधमरे से मुख्य द्वार की सीढ़ियों पर अपमानित से सिर घुटनों में डाल कर बैठे थे। बाकि सभी संतोष कुमार और उस लड़के अभिलाष की तरफ ऐसे खुले मुंह हक्केबक्के होकर देख रहे थे मानो कोई चमत्कार हो रहा हो। या डरावनी फिल्म चल रही हो।

संतोष कुमार ने उसे उठा कर गले लगाया और बात जारी रखी...

"सुन लिया आपने...आपके गांव में ऐसे होनहार बच्चे भी हैं जो सच्चाई का सामना करना जानते हैं। मैंने आपसे क्यों पूछा था कि यह मंदिर किस देवता का है...राजा कर्ण का मंदिर। जिसे अछूत माना गया...और उसी मंदिर पर किस का अधिकार है यहां...आप सोचिए जरा...यह क्या खेल है जो सदियों-सदियों से लोगों को बरगलाने के लिए खेला जा रहा है। यहां की या आप ही की बात नहीं है। पहाड़ों के नव्वे प्रतिशत देवताओं के मंदिरों में यही सब होता है। देवता के नाम पर ठगियां चल रही हैं। बहाने तलाश कर मंदिरों में निरीह पशुओं की बलियां दी जा रही हैं। अंधविश्वास फैलाया जाता है। व्यर्थ के पूजा पाठ किए जाते हैं। और जो लोग देवता के मंदिर में जाने के असली हकदार हैं वे बेचारे हमेशा से अपनी पीठ पर नगाड़े उठा रहे हैं, देवता के निशान ढो रहे हैं, ढोल, करनाल, नरसिंगा और शहनाई बजा रहे हैं। परन्तु अपने ही देवता के मंदिर में अछूत हैं। सोचो आप सब...ये मंदिर किन हाथों

से बना है..? ये नक्काशियां किसने की है...? ये देवता के मोहरे, प्रतिमाएं किसने बनाए हैं...? कोई उच्चजाति का कारीगर नहीं आया था इन्हें बनाने...निम्न वर्ग का कोई कारीगर होगा...जिसके हाथों ये सब बने...और बाद में पानी छिड़काकर, गौमूत्र डाल कर और कुछ पाठ, पूजा करवाकर मंदिर को पवित्र कर लिया गया... वह देवता और मंदिर का निर्माता बेचारा अछूत ही रह गया जिसे अपने ही देवता को छूने और मंदिर के भीतर जाने तक का हक नहीं मिला...? असली खेल यही है। पावर का खेल। राजनीति और देव सत्ता एक जैसी हो गई है। बस जैसे-कैसे अपना वर्चस्व कायम रखना है। पावर जिंदा रखनी है और उसके नीचे आप जैसे ग़रीब और मासूम लोगों को दबाए रखना है। अपने मूल अधिकारों से वंजित रखना है।"

संतोष कुमार ने आक्रोश के साथ उस मेमने को भीड़ में से खींच लिया था जिसे अब वह आदमी चुपचाप खिसक कर अब ले जाने की आड़ में था।

"इस बेचारे को ध्यान से देखो। जिस घर में भी यह पता-बढ़ा होगा, बचपन में आपके बच्चों की गोदी का खिलौना होगा। आप इसे इसलिए पाल-पोष रहे थे कि एक दिन ऐसे ही किसी खेल में यह बिके और आप मांस-भात का आनंद लें। क्या आपने सोचा कभी कि किसी देवता ने कोई बकरा खाया है? कोई मेमना खाया है...? सब आपके गूर, कारदार और आप खा जाते हैं देवता के नाम पर। ...यदि कोई शक्ति यहां है...या देवता इसे खाता है तो मैं आपके देवता का आहवान करता हूं कि वो आकर मुझे और आपको इसका प्रमाण दें और इसे अपनी शक्ति से मार दें...बन्धुजनों नहीं होता ऐसा कुछ। सब ठकोसलेबाजी है...अपने मांस-भात के धंधे हैं। मत करो ऐसे पाप...मत करो। उस प्रकृति से डरो जो स्वयं ईश्वर हैजिसकी वजह से हम आप जिंदा है।"

संतोष कुमार को लग रहा था कि वह कुछ ज्यादा ही बोल गया है लेकिन मन की सारी भड़ास आज सही जगह निकल रही थी...। अंतिम शब्द थे उसके अब...,

"अपने देवता का शुक्रगुजार होना चाहिए आप सभी को कि यह लड़का आज देवता की तरह आया और आप सब को बचा गया। नहीं तो कुछ ही देर में पूरी मंदिर कमेटी आपके गूर सहित गिरफ़्तार हो जाती और कई दिनों तक इस अपराध के लिए आपको क्षमा भी नहीं मिलती। ऊपर से उच्च न्यायालय के आदेशों की अवहेलना में कई दिनों जेल में सड़ते रहते। देव कमेटी को पता होना चाहिए कि सुप्रीम कोट पशु बलि पर कभी का प्रतिबन्ध लगा चुका है।"

अचानक देवता का गूर, कारदार और कुछ और लोग संतोष के सामने निरीह से हाथ जोड़े खड़े थे। संतोष को यह डर भी सता रहा था कि अंधभक्तों को इन बातों से कोई लेना-देना नहीं होता और निःसंदेह यहां भी कुछ ऐसे होंगे ही। इसलिए उसने पंडितर घुनाथ को चलने का इशारा किया। प्रांगण से निकलते हुए केवल अभिलाषा को फिर से गले लगा लिया। सड़क तक पैदल रास्ता था जहां उनकी गाड़ी खड़ी थी। वहां तक किसी ने कोई बात नहीं की। जैसे ही गाड़ी के पास पहुंचे दोनों की आपस में आंखें मिलीं। पंडित जी के चेहरे पर गज़ब की चमक थी और पहली बार उन्होंने संतोष कुमार को बाहों में भींच लिया था। वहां से आते हुए संतोष ने मोबाइल की स्क्रीन पर सरसरी नजर डाली तो दोपहर के तीन बज रहे थे। उसके एक दम कुछ याद आया। एक न्यूज चैनल खोला जहां चन्द्रयान 3 के चांद पर पहुंचने की खबरे चल रही थीं। उसने एक नज़र आसमान की तरफ दी और दूसरी मंदिर, गूर, कारदार और सामने खड़ी भीड़ की तरफ...फिर कुछ देर अभिलाष पर नजर टिकी रही।

●●●

संतोष देर रात घर पहुंचा था। तभी अपने मोबाइल पर एक संदेश देखा। पिता की जांच की रिपोर्ट थी वह। फेफड़ों का कैंसर था जो पहली स्टेज पर था। डाक्टर ने तत्काल दाखिल होने के लिए बुलाया था। अब पिता से किसी बात को छुपाना ठीक नहीं था। उन्हें यह एहसास करवाना जरूरी था कि यदि इतने दिन देवता, गूर, झाड़ फूंक करने वालों के चक्कर में न रहते तो यह बीमारी ठीक हो जाती। कैंसर का नाम सुनकर संतोष के पिता भी सकते में आ गए। उनकी माता को तो आना ही था। विष देने का भ्रम भी आज टूट चुका था।

संतोष के पिता का इलाज अच्छे अस्पताल में शुरू हुआ और कुछ महीनों में बिल्कुल ठीक होकर गांव लौट आए। अब संतोष पर और भी गर्व होने लगा था उनको।

एक दिन अभिलाष संतोष को मिलने दफतर आया तो बहुत अच्छा लगा था। उसने बताया कि उसकी वकालत की पढ़ाई पूरी हो गई है और वह संतोष के साथ ही अब प्रैक्टिस करना चाहता है। संतोष कुमार बहुत खुश हुआ। उसे क्या आपत्ति हो सकती थी।

अभिलाष ने उसदिन की घटना को स्मरण कर संतोष को बताया था कि गांव में बहुत से बदलाव हुए उसके बाद। पहला तो यह कि अब कोई भी दलित समुदाय के लोग मंदिर नहीं जाते हैं।

दूसरा यह कि उस दिन के बाद मंदिर बंद है और कोई देवता की बात नहीं करता। सभी लोग बहुत प्यार-स्नेह के साथ रहते हैं। एक दूसरे के सुख-दुख में आते जाते हैं। यहां तक कि अब तो लगता है कि वह गांव एक ही बिरादरी के लोगों का है।

संतोष कुमार ने इसका कोई प्रतिउत्तर नहीं दिया। बस एक लैटर कम्प्यूटर पर लिखा। निकाला और दस्तखत कर संतोष को दे दिया। कहा, कल से ऑफिस आना शुरू कर लो। लिफाफा बंद था। अभिलाष खुश था। घर आकर जब पत्र पढ़ा तो हैरान रह गया। पत्र में प्रैक्टिस की अनुमति के साथ पांच हजार रूपए मासिक मानदेय भी लिखा था। उसने उस पत्र को पहले माथे से और फिर गले से लगा लिया।

पक्षधर (अंक-36, जनवरी-जून, 2024)

नोट: यह कहानी कई सच्ची घटनाओं का मिश्रण है। जाति दंश का यह देव-खेल आज भी हर जगह किसी न किसी रूप में मौजूद है जो समाज में नफरतें पैदा कर रहा है। आए दिनों दूर-दराज के इलाकों में ही नहीं दफतरों, संस्थाओं से लेकर राजनीतिक गलियारों तक ऐसे मामले होते रहते हैं पर सामने नहीं आते। कोई लाता है या उसके खिलाफ आवाज उठाता है तो उसे धमकियां मिलती है। पुलिस में उसके केस दर्ज नहीं होते और कई बार हत्याएं हो जाती हैं। कमोबेश पूरे देश में ही यह पावर जात हावी है जिसका इस्तेमाल न केवल राजनीति कर रही है बल्कि ईश्वर, देवता के नाम पर बनी देव कमेटियां, संगठन, उसके सरपंच और कारदार, उनके प्रवक्ता बने संत, महात्मा, बाबे, तांत्रिक, गूर और चेले।